붉은
모란
주머니

붉은
모란
김현주 장편소설
주머니

다인숲

일러두기

1. 이 소설은 『다시 읽는 미암일기』(전 5권, 담양군, 2004)에 등장한 실존 인물과 정치적
   사건을 참고로 구성했다.
2. 미암 유희춘의 일기, 송덕봉의 시와 편지, 상소문, 임금의 교지, 대신들의 편지는 요약
   하여 작은 글씨로 옮겼다.
3. 방긋덕의 편지는 글쓴이가 지어내 작은 글씨로 썼다.

차례

마천령을 넘어

＊

　달빛이 사방에 환했다. 적막한 바다를 휘몰아치는 바람이 뼈에 사무치게 찼다. 눈바람이 이는 초겨울이었다.

　굿덕은 마천령 고개를 넘고 있었다. 춥다고 징징대는 딸들을 앞서거니 뒤서거니 어르고 달랬다. 몰아치는 겨울 북풍을 온몸으로 받으며 무릎이 자꾸 꺾어지는 것을 겨우 추스르면서 걸었다. 목울대에 가득 울음이 차올랐다.

　―이제, 소첩이 떠나야겠지요?

　굿덕은 떨리는 목소리로 말했다. 영감마님이 서안 위에 내려놓은 정실부인의 편지를 본 후였다. 편지를 손에 쥔 영감마님의 얼굴은 감격이 벅차오르는 듯 표정이 환했다. 무슨 내용일까, 굿덕은 앞이 캄캄해 뜻을 캐어 물었다.

─어찌 떠날 생각부터 하는 것이냐?

영감마님이 간곡하게 물었다.

─마님이 오셔서 우리 딸들을 보시면 질색팔색하실 텐데, 그때 쇤네는 어떡합니까.

─그동안 고생한 네 공이 큰데 무어라 하시겠느냐.

그 말로는 굿덕의 불안이 가시지 않았다.

─한 가지만 약속해주시어요. 이제 누가 뭐라고 해도 딸 넷은 선산유씨의 핏줄이지요? 제 자식들 속량을 꼭 해주신다면 본가 옆에서 죽은 듯이 살 것입니다. 영감마님이 해배되는 날만 기다리고 살 것입니다.

굿덕은 그 밤을 눈물로 지새웠다.

다음날부터 영감마님의 의복을 모두 찾아내 솔기를 뜯고 세탁했다. 며칠 내내 풀을 먹여 다듬질해서 새로 바느질한 후, 차곡차곡 반닫이 속에 넣어두었다. 해남에서 제주도로 첫 유배를 떠났을 때, 정실부인이 당부했다. 영감마님을 잘 보필하거라. 의복은 늘 빨아 깨끗이 해 드리고 음식은 맵지 않고 짜지 않게 담담하게 조리해서 위장병을 살펴드려야 한다. 시시콜콜 신신당부가 그치지 않았다. 제주에서 종성으로 유배지가 바뀌었을 때부터 도련님 경렴이 정실부인의 편지와 새 의복을 등에 지고 마천령을 넘나들었다.

　−죄인 된 처지로 좋은 옷이 가당키나 한 것이냐. 나는 괜찮으니 이걸로 딸자식들의 입성에나 신경 쓰거라.

　굿덕은 새 옷을 뜯어 딸들의 옷을 만들어 입혔다.

　영감마님은 자상하고 따뜻한 성품이었다. 단 한 번도 화를 낸 얼굴을 본 적이 없을 정도였다. 어린 네가 나 때문에 고생이 많다. 고맙구나. 종년 주제에 나라에 큰 벼슬을 한 영감마님의 후실이 되었으니 고생이 고생 같지 않았다. 종 팔자 중에서 상팔자였다. 천한 어미의 배를 빌려 태어났으나 어질기 이를 데 없는 영감마님의 딸을 넷이나 낳아 사람 대접받으며 살았다. 자상한 지아비를 지극히 은애하면서 웃음이 떠날 날 없이 평안한 삶이었다.

　굿덕이 갈 곳은 단 한 군데 해남 땅이었다. 해남에는 선산유씨 가문의 본가가 있었다. 참혹한 사화를 세 차례나 겪은 유씨 본가 가까이 외거노비 어미와 오라비가 살았다.

　−왜 굳이 떠나려느냐? 여기서 함께 살자꾸나.

—마님이 원하시질 않아요.

—니 고생길이 천리만리구나.

—이제 마님이랑 신접살림처럼 재미나게 살아보시어요.

굿덕은 빈정대듯 한 마디를 덧붙였다. 영감마님은 허허허, 웃고 말 뿐이었다.

마른 장작 같은 몸피에 새살이 돋아나려는 듯, 영감마님은 그날부터 식사량이 늘었다. 정실부인이 도착할 날짜에 맞추어 그토록 귀찮아하던 세수를 정갈히 하고 뜨거운 물을 데워달라 하더니, 홍탕 목욕까지 했다. 오직 책만 들여다볼 뿐, 다른 일에 의욕이 없던 영감마님은 들뜬 마음을 감추지 않았다.

정실부인은 사서삼경은 기본이요, 온갖 서책을 모조리 통달한 여학사라고 영감마님이 칭송을 아끼지 않았다. 매사 사리분별이 정확하고 무쇠처럼 단단한 정신력을 가졌다는 것이다. 굿덕으로서는 감히 고개 들어 쳐다볼 수 없을 만큼 어려운 존재였다.

도련님 경렴은 굿덕과 서녀들의 존재를 끝내 발설하지 않았다. 만 리 길을 걸어서 어머니와 함께 종성에 도착했을 때까지 침묵했다. 정실부인이 놀라 혼절해버린 것은 당연했다. 영감마님은 물론이요, 아들에 대한 배신감 때문일 것이다.

영감마님이 젊은 혈기에 나처럼 곱상한 여종을 어찌 그냥 두 겠소? 마님이 어리석지 않소? 이 말을 대침처럼 찔러주고 나올 것을.

몰아치는 후회가 굿덕의 가슴을 쳤다.

─마님, 저는 이제 떠납니다. 부디 평안하시어요.

굿덕이 마당에서 절을 올렸으나 정실부인은 방문을 닫고 내다보지도 않았다. 그 방은 영감마님과 굿덕이 거처하던 방이었다. 한참을 서 있다가 사립문 밖을 나섰을 때야 방문이 빼꼼히 열렸다. 영감마님이었다. 굿덕은 고개를 돌리지 않았다. 입술을 꾹 깨물고 딸들을 재촉해 길을 나섰다. 영감마님은 마루에 서서 배웅했다.

"어머니, 한숨 그만 쉬세요."

큰딸 해성이가 걱정스러운 표정으로 굿덕을 올려다보았다. 막내 해귀를 손에 걸린 채 볼이 벌겋게 얼어버린 해성이의 몰골도 참혹했다. 머리와 귀가 시릴까 모두 이엄을 만들어 씌웠으나 새 누비 솜옷은 마련할 길이 없었다.

"우리는 이제 해남으로 가서 죽은 듯 살아야 할 팔자 아니냐."

도련님 경렴이 무거운 등짐을 대신 져주고서, 이십 리 길을 걸어 마천령까지 따라왔다. 심성이 착하고 말수가 없는 경렴이 볼세라 굿덕은 냇힌 서러움을 꾹꾹 눌러 참았있다.

　—잘 가시게나.

　따뜻한 경렴의 말에 굿덕은 눈물이 핑, 돌았다.

　—고맙구만요. 그동안 참말 고마웠구만요.

　경렴이 돌아서는 뒷모습을 보면서 그제야 실감이 났다. 타관 종성 땅에서 자식 넷을 낳아 키우던 굿덕은 담양과 종성을 오가던 경렴에게 마음으로 큰 의지를 하고 살았던 것이다.

　"애들아, 보아라. 저 경치 좀 봐"

　둘째 해복이가 소리쳤다. 굿덕은 시린 눈을 바다로 돌렸다. 달빛이 점점 희미해지고 동쪽 하늘의 별들이 드문드문 사라지고 있었다. 넓은 바다가 한눈에 들어왔다. 진홍 비단 수십 필을 물 위에 펼친 듯, 바다가 일시에 붉게 물들었다. 바다 물결도 붉게 굽이쳐 출렁거렸다. 황홀하기 이를 데 없었다.

　"어머니, 힘내세요. 그래도 아버님이 약조도 했으니까 우리는 어쨌든, 노비를 면하게 되지는 않겠습니까?"

　해복이의 얼굴이 벌겋게 상기되어 있었다. 뽀얀 볼에 실핏줄이 드러나 있는 게 동상이 들 지경이었다.

　"어머니, 왜 배가 자꾸 고파요. 밥을 먹었어도 이상해요."

　큰딸 해성이 말했다. 막내 해귀를 업은 해성이의 걸음은 이미 지친 듯 보였다. 마천령을 넘어선 곳, 길가의 주막거리 객점에서 국밥으로 허기를 때웠으나 뱃속이 허한 모양이었다. 어미의 근심을 제 마음으로 모두 받은 듯, 해성은 지나치게 마음이 늙어버린 것이다.

"어째, 저걸 어째! 해가 보이지 않아요."

붉은 기운이 퍼지고 있었으나 해는 물밑에서 솟아오르지 않고 있었다.

"무슨 해를 보겠다는 거냐. 정신 차려, 이것아! 해가 문제가 아니다. 니 아우들 자칫하다 얼어 죽겠으니께."

굿덕이가 해복이 등을 탁, 치며 쏘아붙였다.

곧이어 동그란 숯불 같은 것이 바다 속에서 올라오고 있었다. 붉게 빛나는 호박 구슬 같은 것. 굿덕이 오래오래 간직했던 패물, 정실부인이 준 호박 구슬은 해남 가는 여비 마련을 위해 장에 내다 팔았다.

마님, 부디 잘 사시오. 쇤네는 오늘 일을 절대 잊지 못할 것이구만요.

굿덕은 속곳 허리춤에 꽁꽁 바느질한 붉은 모란 주머니를 생각했다. 제주 유배길을 떠날 때, 마님이 직접 건네준 비단 주머니였다. 주머니 중앙에는 활짝 핀 붉은 모란 한 송이가 있고 봉오리를 맺은 꽃들이 나비 두 마리에 휩싸인 화려한 분양이었다. 양쪽으로 잡아당기게 만든 매듭에는 콩알만한 옥이 매달려 있었다. 어찌, 이런 귀한 것을 내게…. 그 말을 입 밖에 내려고 하다가, 꿀꺽 삼켰다. 갑자기 속이 울렁거리면서 무언지 모를 환희감에 휩싸였기 때문이었다. 후드득, 몸이 떨렸다.

"어머니, 저기 보세요!"

셋째 해명이가 소리쳤다. 붉은 기운이 바닷물을 훌훌 움직이며 돌고 있었다. 딸 중에서 가장 허약해 늘 마음이 쓰였던 해명이는 해복이의 치마말기를 잡고 통통 뛰었다.

"보세요. 항아리 같아요.!"

해복의 말에 굿덕이 눈을 크게 떴다. 마천령 내려가는 길, 새벽에 출발해서 떠나오는 길에 마주친 드넓은 바다. 막막하고 고달픈 길을, 부리는 남자 종 하나도 없이 여자 다섯 명이 도망치듯 서럽게 떠나온 길이었다. 내 팔자, 종년 주제에 어찌 남자 종을 부리겠는가. 굿덕은 입술을 피가 나도록 깨물었다.

"저것 봐, 저것이 소 혓바닥 늘어지듯이 늘어지네."

해성이 소리쳤다. 붉은 항아리같이 번뜩이던 동그란 것. 길고 긴 꼬리 같은 해의 빛이 물 위에 드리워졌다. 하늘의 구름이 들고 나는 듯 바다는 그늘이 되는 듯하다가 밝은 기색을 몇 차례

반복했다. 그것은 보이지 않더니, 점차 사라지고 말았다. 놀라운 일이었다. 일시에 고요해졌다. 물결의 붉은 기운이 차차 가시며 맑고 깨끗해질 때까지 움직이지 않았다.

굿덕은 하늘을 올려다보았다. 구름이 길게 드리운 곳에 떠오른 둥근 해가 황금빛을 드리우고 있었다. 하늘색이 곱고 황홀하기만 했다. 생각해보니, 살아온 날이 한낱 꿈 같았다. 하늘의 조화 같았다. 영감마님의 그늘은 참으로 따뜻했구나. 그것을 떠나오면서야 알았다. 굿덕은 영감마님이 해배되기만을 기다리며 고향 해남으로 돌아가기를 손꼽아 기다리며 살았다. 너희들을 꼭 속량시켜 주마. 영감마님의 말이 굿덕의 귓전에서 뱅뱅 돌았다.

"아버님께서 해남 본가에 가 있으면 된다고 하셨잖아요? 유배에서 풀려나면 저희도 면천시켜주신다고 하셨으니 우린, 그 말씀을 믿어야죠?"

둘째 해복이가 또랑또랑한 목소리로 물었다.

"그렇지. 틀림없이 약조하신 일이다. 너희들은 염려하지 않아도 된단다. 어미는 그 희망을 붙들고 살았다. 너희는 결코 노비로 살면 안 되느니…."

굿덕이 서러움을 품고 떠나가는 마천령 고갯길을 정실부인은 기쁨으로 벅차올라 걸음조차 가벼웠을 것이다. 달리는 말처럼 뛰어서 날아오듯 도착했을 것이다.

–꼭 지금 가야만 직성이 풀리겠느냐?

–쇤네가 있으면 모두 불편하셔요. 영감마님과 도련님이 제 자식들을 감추었던 세월이 이십 년입니다. 마님께서 더 이상 마음을 상하시면 안 되는 걸, 어찌 모르겠습니까. 요새도 매일 눈물이 마를 날 없으시지 않습니까. 처음엔 혼절하셨습니다. 이제 저러다 가슴앓이 심해지면 영감마님도 감당할 수 없습니다요. 쇤네도 그것이 기막히고 또 죄송하지만 당장은 고향으로 내려가는 것이 우선입니다.

굿덕은 정실부인의 병수발까지 들고 싶은 생각은 없었다.

어찌 내가 마님의 종이란 말이오. 나는 영감마님의 어엿한 후실이랑게요. 나를 우습게 보지 마시어요.

굿덕은 속말을 꿀꺽 삼켰다.

좋으시겠어요. 영감마님도 이제야 소원성취하셨습니다. 저 없이 만복을 누리시겠습니다.

그 말도 목구멍 속으로 훅 밀어 넣었다.

–꼭 내 누이의 집에 몸을 의탁하거라. 그 담에는 따로 네게 서찰을 보낼 것이야. 내가 일러준 그대로 하고 당분간은 참고 지내거라. 너를 꼭 만나러 갈 것이다.

영감마님 유희춘은 누이 오씨댁과 사돈 해남윤씨댁에도 사정을 간곡히 말하는 편지를 썼다. 그것이 최선의 방책이었다.

굿덕은 두 통의 편지에 의지해서 땅끝 해남으로 향했다. 해남은 영감마님의 친구이며, 굿덕의 주인 이구가 사는 곳이었다.

고향에 이렇게 돌아가다니. 노비 팔자 딸자식 넷을 데리고 쫓기듯 돌아가다니. 내 자식들을 이제 어찌할 것인가. 기필코 이 어미가 너희들 신공을 바칠 것이고, 영감마님이 해배되면 꼭 면천시킬 것이야. 너희들을 영원히 종으로 살게 두지는 않을 것이다.

굿덕은 종성에서 태어난 딸 넷의 앞날이 걱정스러울 뿐이었다. 불안이 먹구름처럼 밀려왔다.

"아버님은 이 나라 최고의 벼슬을 했던 분이시다. 보지 않았느냐, 매일 우리 집을 드나드는 종성의 내로라하는 양반들을. 그 사람들이 무엇이 아쉬워 너희 손에 약과를 들려주겠으며 달디단 엿을 너희 입에 물려주려 하겠느냐. 그 양반들이 장성한 자식들을 내어 맡겨 글 읽는 소리가 온 마을에 낭랑하게 들렸다. 오직 아버님께 머리를 조아리며 자식 공부를 청하지 않았느냐. 기다리자. 아버님이 해배되면 다시 조정에서 큰 벼슬을 하실 분이다."

굿덕의 가느다란 목소리가 목이 쉬어 쇳소리처럼 들렸다. 초막의 사립을 나서면서 억울한 생각에 통곡을 거듭한 탓이었다.

그동안 딸 넷의 신공을 바치려고 삯바느질과 남의 집 일을 가리지 않고 다녔다. 오직 정실부인이 모르기만 하면 된다, 는 약조를 영감마님이 경렴을 통해 주인에게 전해두었다. 해성·해복·해명·해귀! 금쪽같이 귀한 딸들이었다. 이십여 년 세월, 유배지 종성에서 살았던 영감마님과의 생활은 종이 아니라 사람으로 살았던 좋은 시절이었다.

굿덕은 종성 고을에서 부지런한 손으로 이름이 났다. 밤낮 가리지 않고 일을 했다. 죄인으로 유배처에 있으나 당상관이었던 영감마님의 당찬 후실이었다. 그것이 지금은 모두 소용이 없었다. 해남으로 내려가 날품팔이를 해서라도 딸 넷의 신공을 제대로 바쳐야만 했다. 주인 이구에게 자식 넷을 빼앗기지 않으려면 악착같이 재물을 모아야 했다.

내 자식들은 결코 종으로 살게 두지 않겠어. 나도 면천해서 영감마님의 후실로 당당하게 살 것이다.

굿덕은 현실이 믿어지지 않았다. 기가 막히고 억장이 무너져 내리는 것 같았다.

**

　해남에 있는 굿덕에게 없는 날개가 돋는 희소식이 들렸다. 영
감마님 유희춘이 해배되어 새 임금님께 학문을 가르치게 되었다
는 것이다.

얼굴 없는 바람

*

　대숲이 울었다. 울음은 바람에 흔들리다 길게 휘어졌다. 바람은 동쪽에서 오는지 서쪽에서 오는지 시작과 끝을 알 수 없었다. 바람은 막힌 곳에서 서로 부딪쳤다가 저절로 스러졌다. 얼굴 없는 바람의 길은 방향을 알 수 없었다. 순한 바람은 음악처럼 아름다웠고 격한 바람은 삿된 분노를 몰고 다니다 우레처럼 세상을 쓰러뜨렸다.

　매일 대신들은 상소를 올렸다.

"적폐 청산을 하지 않으면 정의가 바로 설 수 없습니다."

신진사림들은 빠른 시일 안에 과거사를 청산해야 한다고 했다. 반면, 속도 조절을 하자는 건 원로들이었다.

"적폐 청산의 정의가 무엇이라고 생각하십니까?"

임금은 입을 굳게 다물고 있었다. 대신들의 말을 귓등으로 흘리는 듯, 과거사에 관여하려는 마음을 전혀 내보이지 않았다. 심중을 쉽사리 드러내지 않은 임금의 속은 우렁잇속 같아서 헤아릴 수 없었다.

"을사년의 희생자들을 신원해야 한다는 충언을 명심하시고, 귀를 열어주셔야 합니다. 전하!"

희춘이 나서서 임금에게 완곡하게 말했다.

"조정 대신들의 뜻이 모두 그렇다면 자전과 상의해 고려해보겠소."

임금은 높낮이 없이 겨우 대답을 하고, 귀찮은 듯 고개를 돌렸다. 섭정 왕대비 의성전의 심기를 거스르지 않겠다는 의지였다.

사림들의 날카롭고 엄정한 상소가 임금을 더욱 궁벽한 입장으로 몰아갔다. 그러나 임금은 오직 왕대비에게만 빚을 졌다. 왕대비의 뜻대로 움직이면서 대신들에게 마음을 열지 않았다. 왕대비가 자신을 새 임금으로 지목했다는 것이 그것이었으니, 명종조의 실책인 을사사화는 자신과 상관없다는 듯 모르쇠로 일관했다.

개혁 군주를 원했던 대신들은 서로 간에 답답함을 토로했다. 시간이 갈수록, 명종대의 부패를 바로잡기가 쉽지 않았다.

"참혹했던 을사사화를 신원伸冤하십시오. 을사년의 화를 해결하지 못하고는 결코 새로운 정치를 할 수 없습니다."

연일 대신들의 상소가 그치지 않고 올라왔다. 상소문은 한결같은 목소리로 젊은 임금을 강하게 압박했다. 그러나 임금은 왕대비를 불편하게 할 수는 없었다.

희춘은 날이 갈수록 입지가 곤란해져 갔다. 신진사림들이 희춘을 향해 날 선 공세를 그치지 않았던 것이다.

**

희춘은 육안차를 꺼냈다. 마른 대나무 껍질을 펼치고 흑빛으로 숙성된 차를 한 줌 꺼내 다관에 담았다. 유배지에서 마셔보지 못한 좋은 차였다. 희춘은 오래 숙성된 차의 향을 깊이 들이마시며 생각을 다듬고 있었다. 성급한 개혁은 무리였다. 직언을 싫어하는 임금은 마음의 문을 열었다 싶다가도 곧 닫아버렸다. 마음을 철벽처럼 닫아 둔 채, 매사에 자신감이 없었다. 원로대신들을 의지하면서도 속내를 보이지 않았다. 왕대비전 앞에서는 지극히 순했으나 대신들에게는 강했다. 임금이 왕대비에게 향하는 효심은 일관성이 있었다.

─나는 그 일에 대해 아는 바 없다.

임금이 바위처럼 움직이지 않아 잇따른 상소는 쩍쩍 마른 땅에 물 들어가듯 순식간에 쓸모가 사라졌다. 상소문이 빗발쳤다. 주야로 계속되는 경연장에서도 냉랭한 기류가 흘렀다. 경연관 희춘은 긴장감 때문에 쉽게 지쳤고 수시로 가슴이 답답해졌다.

─나는 을사년의 일은 모른다. 하여! 왕대비의 지엄한 명을 어길 수는 없지 않은가.

성균관 유생들의 상소도 연일 올라왔다. 섭정 왕대비는 눈도 깜짝하지 않았다. 불리한 과거사를 모조리 덮은 왕대비는 자신이 임명한 젊은 임금을 통해 정사를 장악했다. 권력의 속성을 알고 있는 임금은 이제 딴청을 부리기까지 했다. 방계혈통의 서자 임금의 심장은 콩알만 했고, 보이지 않는 왕대비의 영향력은 무소불위 막강했다.

희춘은 뜨거운 물을 다구에 부은 후, 찻잔을 헹구던 손을 멈추며 고개를 천천히 저었다. 육안차 서너 잔을 혼자 비워내도 이이는 오지 않았다. 경연이 끝나자마자 득달같이 다가와 임금의 반응을 캐물었던 이이의 성급함에 대답을 주지 않았더니 숙소로 찾아오겠다며 으름장을 놓았다. 희춘은 이이의 결기가 부담스러웠다.

이이가 숙직실의 문을 열었다. 화가 난 표정을 여전히 풀지 않은 채였다.

"승지께서는 제가 지나치다고 생각하십니까? 여럿이 모여 함께 가자고 했으나 제가 뿌리쳤습니다. 따로 드릴 말씀이 있어서요. 주상은 도대체 무슨 생각이신지요? 선을 쓰지 못하고, 악을 버리지 못하면 나라가 망하는 겁니다. 안타깝습니다. 백성들까지 공론이 그치지 않고 있어요."

"좋은 말이오. 어서, 차 한 잔 드시지요. 따뜻할 때 마셔야 차 맛이 좋아요."

희춘이 앉기를 권하며 다구에 다시 물을 붓고 차 두어 줌을 새로 넣었다.

"저는 한가하게 차나 마시려고 이 걸음을 한 게 아닙니다."

단호한 표정을 풀지 않은 이이에게 희춘이 다시 차를 권했다.

"차 한 잔 드시면서, 찬찬히…."

"어찌하실 생각이십니까?"

이이가 그제야 찻잔을 입에 대고 한 모금 마셨다.

"그대 말처럼 선이 실행된다면 이 나라에 참다운 도학정치가 행해지겠죠. 하지만 우리 성상은 어찌하실지 알 수 없소만."

"그런 뜨뜻미지근한 말씀을 어찌 쉽게 하십니까? 승지께서 책임지고 강하게 청을 올리셔야 합니다."

이이가 들고 있던 찻잔을 탁, 하고 내려놓았다.

"압니다. 다 알지요."

희춘은 더는, 대답하고 싶지 않았다. 이이는 원로대신 중에서 희춘을 가장 못마땅하게 여겼고, 적폐 청산에 대해 강하게 요청하지 않는다며 비난했다.

이이가 두루마리를 펼쳤다.

"원로들을 대표한 사람이 바로 영공 아닙니까. 제가 오죽하면 이런 글을 올리려 하겠습니까."

희춘은 답답했다.

지금은 임금을 압박할 때가 아닌 것을 왜 모를꼬.

"공의 마음을 압니다. 잘 알지요. 정순봉·윤원형·이기·임백령·허자, 다섯 간신은 반드시 청산해야 할 자들입니다. 명분을 바로 잡음이 바로 도의 근본이니까요."

이이의 글에서 눈을 떼지 않은 채, 희춘이 나직한 목소리로 대답했다.

"요사이 우리도 공론을 모으고 있어요. 때를 보고 있는 참입니다."

희춘을 비롯한 원로대신들은 임금의 마음을 먼저 살피고 있는 형편이었다.

"때는 지금입니다. 모든 의로움은 명분을 바로 잡는 것보다 큰 것이 없습니다. 적폐를 즉각 단죄해야 합니다. 그래서 이렇게 승지 영감을 설득하러 나선 겁니다. 주상은 지금 충성스럽고 곧은 신하를 반역이라고 물리치고, 간특한 괴수들을 공신으로 기록하려 합니다. 만일 이 악이 그대로 행해진다면 군자는 충성을 다할 수가 없을 것이고, 소인들은 간흉이 되어 예전의 악을 이어갈 것입니다. 승지께서는 측근이면서 이를 주상께 적극 말하지 않는데, 무슨 까닭입니까? 왜 두고만 보시려는 겁니까?"

이이를 비롯한 신진 사림들은 원로들을 칼로 베어버릴 듯 단호하게 공격하는 중이었다.

"잘 알고 있지요. 그러나… 이런 중대사에는 완급 조절이 꼭 필요하다고 봅니다."

원로들은 영의정 이준경의 의견에 뜻을 같이 보았다. 이준경은 왕대비와 함께 새 임금을 추대한 권력이었기 때문이다.

"승지께서도 을사년의 피해자이십니다. 적폐 청산에 어찌 이리 소홀하단 말입니까? 어찌 현재 자리에만 연연하신단 말이오?"

이이가 더는 말하기 싫다는 듯 얼굴을 찌푸렸다. 희춘은 가타부타 답하지 않았다. 경계하고 또 경계해야 할 언쟁이기 때문이다. 대전을 물러난 사석의 이야기는 자칫하면 과격해지기 쉬웠고, 이견이 생기면 왜곡되어 흘러 나갔다. 경연 외의 시간, 젊은 교리 이이의 말에 호응해서 새 임금을 함께 비난할 수는 없었다. 입으로 나온 말은 민들레 홀씨처럼 천지사방 허공을 떠돌 것이다. 입으로 나온 화는 불길한 기운을 퍼뜨리다가 피바람으로 끝을 맺을 것이다. 잘못 나간 말의 씨앗이 불똥이 되어 큰 불길로 번지는 법이다.

이이가 흑단령 자락을 휙, 걷어내며 자리에서 일어섰다.

저 성급함을 어찌할까.

희춘은 착잡했다. 가슴에 뜨거운 모래바람이 불었다. 이이가 뒤도 돌아보지 않고 문을 열고 나갔다. 김이 오르던 육안차는 이미 차갑게 식어버렸다.

***

희춘은 붓을 들고 하루의 기억을 낱낱이 되새겨 소상히 기록했다. 이이가 놓고 간 두루마리의 글을 차근차근 일기에 베꼈다. 오래 생각하며 다시 읽고 글자에 오자가 생기면 덧칠을 한 후, 세필로 수정했다. 그는 안개 속 같은 조정이 어떻게 돌아갈지 답답해 깊은 한숨을 쉬었다. 무거운 한숨은 글자마다 보이지 않게 스며들었다.

─을사년에 대해서 다시는 논하지 말라.

임금은 윤원형 일파를 삭탈관직하자는 주청을 끝내 물리쳤다. 조정 대신들보다 왕대비의 눈치를 보는 데에 민감한 임금이었다. 조정의 앞날은 어둡고 또 어두워질 것이다. 답답하고 또 답답한 일이었다.

희춘은 을사년의 기억을 떠올리며 일기에 그날을 새로 기록했다.

간신 이기는 사헌부에 있었다. 그의 흉악함은, 나이 어린 명종을 이용하여 국권을 독차지하고 제 맘대로 놀아난 것에 있다. 통분할 일이었다. 간신 정언각은 간사하고 탐욕이 많았다. 윤원형에 빌붙어 양재역 벽서사건을 조작했다.

희춘은 양재역 벽서사건에 연루되었던 지난 일을 생각했다. 붓을 든 손이 떨리고 가슴이 부르르 떨렸다. 이십삼 년 전, 겨울의 일이었다.

여자 임금이 위에서 집정을 하고 있다. 간신 이기 등이 아래에서 임금의 권력을 희롱하여 나라가 장차 망할 지경이다. 이런데도 이를 기다리고만 있으니 어찌 한심하지 않은가?

부제학 정언각이 명종의 수렴청정 문정왕후에게 내민 벽서는 붉은 글씨였다.

글씨를 쓰면서 등골이 서늘했다. 그때를 생각하면 식은땀이 돋았다. 희춘은 공들여 정갈하게 일기를 썼다. 문장의 여백에는 근심을 정밀하게 채웠다. 보이지 않는 근심은 들리지 않는 숨소리 같은 것. 숨소리의 문장은 귀 있는 자만이 알아채는 것이다. 희춘은 극진한 충심을 다한다고 썼다. 일기는 끝내 읽히고야 말 것이기 때문에 그리 써야만 했다. 세 차례의 사화를 입은 가문에

서 살아남은 자, 그는 모든 발언과 기록을 조심하고 또 조심했다.

희춘은 임금의 마음을 열기 위해 나름대로 노력했으나 쉽지 않았다. 조상 묘를 단장한다는 명분으로 낙향하려는 것도 그런 까닭이었다. 한적하고 따뜻한 남쪽 해남이 그리웠다. 길고 긴 유배생활의 후유증으로 썩은 나무둥치 같은 몸은 매번 감기와 냉증이 찾아와 운신하기 힘들 때가 많았다. 잠시라도 쉬고 싶었다. 사직서를 냈으나 임금이 허락하지 않았다. 기대승까지 말렸다. 사직을 하더라도, 봄이 되면 꼭 올라오라는 영의정 이준경의 말에 희춘은 대답하지 않았다. 원로와 사림의 분열 속 하루 세 번, 경연관으로 임금과 대면해야 하는 임무는 지나치게 무거웠다.

****

장통방 희춘의 집으로 장성 원님의 편지가 도착했다. 하서 김인후의 댁을 수색한 데 대하여 깊이 사과한다는 편지였다. 대제학 유희춘이 귀향을 한다는 소식을 듣고 발 빠르게 사죄를 청한 셈이다. 고을 원님의 지시 없이 병졸들이 김인후의 백 칸에 가까운 큰 집을 마구잡이로 수색했다. 졸병들이 멋모르고 저지른 일이라는 변명이었다.

"사돈댁 하서의 재산이 탐난 것인가."

"경위가 어찌 됐든 중앙관리가 지방관리에게 일일이 간여하는 것도 좋지 못합니다. 미리 알려왔으니 다행이지요. 세상인심이 그렇습니다."

아내 종개가 희춘을 달래면서 말을 보탰다. 장성 원님이 사죄의 뜻이라며 쌀과 콩 각 한 섬씩을 보내왔다. 이를 즉각 돌려보낼 수 없었고, 편지를 가지고 온 장성 관아의 종에게 함부로 매를 칠 수도 없었다.

희춘은 붓을 들었다. 대학자이신 하서의 댁을 함부로 수색한 것은 온당치 않은 일이다. 이 일에 어떤 책임을 질 작정인가, 라고 쓰려는데 종개가 참견했다.

"원님을 더 이상 다그쳐봐야 사돈댁에 좋은 일이 없어요. 우리가 낙향한다는 걸 알고 미리 보낸 사죄이니 적당히 예의를 갖추면 그만입니다."

아내의 말이 맞긴 했으나, 분한 마음은 도무지 가라앉지 않아 심란하기만 했다. 친구이자 사돈 간인 김인후에게 미안할 따름이었다.

"집안이 몰락하면 종들부터 태도가 달라진다고 했소. 우리 며느리, 간이 다 졸아붙었을거요. 하서 그 친구가 금지옥엽 귀한 딸을 주었는데, 그 은혜를 평생 잊을 수 없는데 어찌 이런 일을 그냥 넘어갈 수 있겠소….”

희춘은 며느리에게도 한없이 미안했다. 큰아들 경렴은 문리가 트이지 않았고 여전히 변변한 벼슬도 없는 못난 자식이기 때문이다.

“심정으로야 그냥 두면 안 되겠지요. 하지만 지방관 일에 낱낱이 간섭한다면 후일, 분명히 탈이 됩니다. 생각해보세요. 영감이 유배지에 있었을 때, 저 혼자 어떻게 그 험한 세월을 견뎌냈는지 이제는 조금이라도 이해되십니까?”

종개가 옛일을 떠올리듯 한숨을 내쉬었다.

아내는 그 시절, 어떻게 견디었단 말인가. 어찌 세상인심이 이렇단 말인가. 희춘은 유배시절을 생각하면 절로 앞이 캄캄해졌다. 사돈지간 김인후와는 화순 동복 물염정에서 스승 최산두 밑에서 공부한 인연이었다. 그 후 서울 성균관에서 함께 공부했을 적에 김인후가 병에 걸렸고, 희춘은 자기 거처로 들여 약을 먹이고 다 나을 때까지 손수 간병했다. 그때의 마음 때문이었을까. 희춘이 유배지에 있을 때, 김인후는 셋째 딸 종예와 경렴의 혼례를 치르게 했다. 경렴은 언제 풀려날지 모르는 죄인의 아

들이었다. 그 소식에 감격하면서 뜨거운 눈물을 흘렸다. 갑자사
화·기묘사화·을사사화의 화를 당한 가문으로 내리막길 풍비박
산이었을 때, 맺은 사돈지간. 희춘은 돌아간 김인후의 생각으로
가슴이 시렸다.

아름다운 아미암 같은 사람
어찌 이리도 생각나게 하는가.
언제 함께 평상에 앉아
책 펴고 조금씩 갈라 밝힐 수 있을지.

유배 시절, 김인후가 보내온 시였다.
희춘은 먹물에 다시 붓을 찍었으나 쉽게 글이 써지지 않았다.
분이 치밀었다. 몹쓸 세상인심. 손이 떨리는 붓끝에서 검은 눈물
처럼 먹물이 뚝뚝 흘러내리고 있었다.
희춘은 답장을 단번에 썼다.

사정을 이해했으니 김인후 댁을 잘 부탁한다.

종개의 조언을 얻은 희춘의 답신은 간단했다.

임금이 뒤늦게야 희춘의 사직을 허락했다. 조정 대신들이 장통방 집으로 작별인사차 드나들었다. 예조정랑 정철이 밤늦게 찾아와 하직인사를 했다. 희춘은 술이 과한 정철의 말이 쓸데없이 길어서 고단했다.

함부로 다룰 수 없는

*

　경칩이 지난 벌판의 초록이 짙었다. 사방에는 풀 향기가 싱그러웠고 진분홍 자운영이 더욱 붉었다. 해남 땅에 가까워질수록 종개는 가슴이 울렁거렸다. 해남은 남쪽에서 가장 먼 곳, 오지 중에서도 깊은 곳이었다. 종개는 마천령을 넘어 종성으로 들어섰던 때처럼, 희춘을 만나러 가고 있었다. 그 길은 설렘으로 가득했다.

　"아직 멀었느냐?"

　가마꾼에게 길을 재촉했다. 처음 온 곳은 아니었으나 마음이 조급했다. 게다가 영암에서부터는 길이 질척거리고 구불거려 더 늦어졌다.

"예, 마님. 영감마님께서 녹산역에서 기다리시니 조심해서 오시라는 전갈이 왔습니다."

녹산역은 해남읍성으로 들어서는 길목에 있다. 오는 길에 생색내는 영암군수의 버릇없음만 빼면 마음 상할 일 없이 무사하고 평안했다. 말 스무 필에 수십 명의 종들로 꾸려진 행차로 길마다 역마다 고을 관아의 환대가 풍성했다. 모두 희춘이 손을 써둔 덕분이었다. 해남으로 향하는 각 고을 관아에 연통을 넣어 여행길에 차질이 없도록 배려한 마음 씀씀이었다.

부인의 빠른 행차가 기다려진다.

첫 편지였다. 종개는 해남으로 내려오라는 희춘의 편지에 마음이 들떴다.

누에를 쳐서 경렴의 관복을 손수 해 입히려고 하니 중추절 지나야 될 것 같습니다.

답을 보냈더니, 희춘이 독촉 편지를 세 번째나 보냈다.

　부인을 위해 신접살림을 잘 준비했으니 하루빨리 오기
를 기다립니다.

가슴이 뭉클하도록 애틋한 내용이었다. 심중 안에 고여 있던
섭섭함 대신 그리움이 차올랐다.

　경칩만 지나면 날이 풀릴 것이니 그때, 길을 나서길 바랍
니다. 나는 지금 당신을 애타게 기다리고 있소.

최근의 편지였다. 물안개 같은 아련한 그리움이 배인 글이었
다. 각별한 마음과 다정한 문장들이 굳어 있는 마음을 움직였다.
그제야 종개는 선전관이 된 경렴의 첫 관복을 며느리에게 맡기
고 해남을 향해 길을 나섰던 것이다.

잠시 쉬어가는 길목이었다. 종개는 장지를 펼치고 붓통을 열
어 빠르게 붓을 놀렸다.

혼인 후에 당신을 만나러 해남을 다섯 번 왕래했지만,
오늘 같은 이런 환대는 처음이에요. 고마워요.

　종개는 붉은 봉투에 편지를 담고, 가장 발 빠른 종을 불러 녹
산역으로 달려가라 일렀다.
　희춘의 해배 후에도 종개는 이별 앞에 서 있었다. 조정에 사
직서를 내고 담양으로 돌아온 지 한 달도 되지 않아 희춘은 해남
으로 내려갔다. 무엇엔가에 들뜬 듯 기쁜 표정을 감추지 못했다.
조상 묘와 돌보지 못한 본가 살림을 핑계 삼아 분주한 채비를 하
던 뒷모습이 못내 섭섭했다. 종개는 언짢았지만 내색하지 않았
다. 남편의 유배살이 때, 혼자서 헤쳐가는 삶은 고달프기 짝이
없었다. 앞이 보이지 않는 캄캄한 길을 의지할 곳 없이 혼자 걸
었다. 외롭고 고독했다. 그리움은 젖은 솜이불처럼 무겁고 서러
웠다. 서러움은 초저녁 강물에 비친 달빛처럼 흔들리며 겨우겨
우 흘러갔다. 어둡고 막막했던 세월이었다.
　종개는 담양과 해남을 오가며 시어머니를 모시면서 두 집 살
림을 꾸려갔다. 남편 없는 고단한 살림을 꾸리며 홀로 견뎠다.
그러다 시어머니가 돌아갔다. 시어머니 삼 년 상을 치르고, 종성
으로 떠났다. 그제야 알게 된 것이 있었다. 유배지로 떠날 때, 시

어머니가 아들 유희춘을 지극히 섬기라는 뜻으로 해남 본가 옆의 전답과 집을 여종의 어미에게 사주었다는 것을. 유배 이십여 년의 세월 속에는 시어머니의 재물을 받고 떠난 여종이 첩이 되어 서너 넷을 낳았다. 여종은 이미, 희춘과 가정을 이루어 무탈하게 살고 있었다.

갑자기 종개는 이마를 찡그렸다. 좁은 가마 안이 답답해 작은 문을 밀쳐 열었다. 마음의 가장 미묘한 것 하나가 종개를 느닷없이 찔렀다. 환삼덩굴의 잔가시였다. 사납고 거친 가시가 인정사정없이 심장을 훑고 지나갔다. 심장에 붉은 핏방울이 송송 돋는 것 같았다. 천해서 더욱 싫은 환삼덩굴 같은 존재, 날카롭고 불편한 것, 아무 데나 덩굴을 드리우고 감아올리는 그것, 볼썽사나운 큰 잎사귀를 가진 그것, 땅바닥까지 푸른 잎으로 기어가며 가시를 감추고 있다가 살갗에 닿으면 어김없이 핏방울이 돋는 하찮은 존재, 첩 방굿덕. 굿덕은 더욱 오만해졌을 것이다.

―마님처럼 마음을 크게 쓰고 싶습니다. 마님의 이름 자, 큰 덕을 주세요.

여종이 소원이라면서, 종개에게 제 이름을 새로 지어달라는 것이었다. 방자한 그것이 제 이름에 큰 덕德 자를 붙여 달라는 것이다. 여종의 원래 이름은 방무사였나. 무자년에 출생했다고 주인 이구가 부른 이름이었다.

─감히, 내 호의 덕, 자를 달라는 게냐!

종개는 황망하기 짝이 없는 첩의 요구에 당황했다. 그동안 고생했으니, 소원이 있으면 말해보거라, 했던 종개는 두고두고 이 일을 후회했다.

─소인이 지은 죄가 많습니다요. 마님께 죽을 죄를 졌으니… 부디 용서해주시고 이름을 내려주십시오. 이름으로는 무자戊子가 싫습니다. 마님께서 소인의 이름에 덕 자를 내려주시면, 그 뜻대로 평생 살겠습니다요.

방무자가 고개를 숙이며 눈물을 흘렸다.

이 무례한 첩을 어찌해야 할까. 사람의 본성은 변하지 않을 것이야. 그러나 어쩔 것인가.

종개는 방무자 때문에 애간장을 끓였다. 첩은 성질이 예민했고, 조석으로 마음이 변했다. 무자는 애걸복걸 근 열흘 동안을 사정했다.

겨우 마음을 접고 지어준 이름은 구덕九德이었다. 『예기禮記』에 나오는 구용九容, 일상생활에서 갖추어야 할 아홉 가지 용모에 덕德자를 붙여준 것이다. 무자가 이름의 뜻을 듣더니 얼굴이 뾰

로통해졌다. 하필 구덕이라니요, 라는 불만스러운 표정이었다.

－구덕이가 이름입니까?

묻는, 첩의 안색이 좋지 않았다.

－참으로 좋은 이름 아닌가. 무자가 이제야 비로소 좋은 이름을 가졌소. 부인이 잘 설명을 해주시구려.

희춘이 만족한 얼굴로 말했다. 해남으로 떠난다는 무자의 부탁으로 종개는 정식으로 언문을 가르쳤다. 무자는 매우 영리했다. 예상했던 대로 언문을 단시일에 빠르게 익혔다. 종개는 마음을 겨우 진정시키면서 이치를 설명했다.

－네가 언문이 늘어서 나도 기쁘다. 구덕이라는 것은 공자의 말씀이다. 공자께서 『예기』에 구사구용九思九容을 말씀하셨다. 네가 학문하는 자가 아니니, 구용의 덕이라도 갖추라는 뜻이지. 이 이름이 싫으냐?

종개가 부드럽게 말했다. 첩 무자가 그제야 얼굴빛이 조금 풀어졌다.

－마님, 고맙습니다. 저는 이름대로 그리 살겠습니다.

종개는 자신의 호 덕봉의 첫 글자, 덕德자를 준 것은 아니었다. 방무자의 거친 성정에 걸핏하면 입꼬리가 샐쭉 올라가는 모양이 싫어서 일부러 구덕九德을 이름으로 지었던 것.

－사람에게는 아홉 가지 좋은 용모가 있다. 발은 걸음을 걸을 때 경망스럽게 하지 말라는 뜻이고, 손은 함부로 휘두르지 말고 공손히 하며, 눈은 단정하게 하여 흘겨보지 말라는 뜻이다. 입은 경솔하게 놀리지 말 것이야. 말소리는 늘 차분하게 하고, 머리는 항상 곧게 하여 기울이거나 삐딱하게 하지 말라는 뜻이다. 기氣는 고요하게 하여 숨소리를 크게 내지 말라는 것이며, 서 있을 때는 몸을 기울이지 말고 반듯이 서라는 것이다. 마지막으로 얼굴빛色은 단정하고 씩씩한 기색을 가지라는 것이다. 이 구덕을 늘 명심하면, 자식들을 키우는 데 있어서 훌륭한 어미가 될 것이야.

－하하. 무자가 구덕이 되었구나.

희춘의 말에 서녀들 넷이 깔깔거리며 웃었다. 구덕이, 구더기, 구떡이, 굿떡이! 철없는 딸들이 제 어미의 이름을 놀렸다. 종개는 희춘과 의논 끝에 구덕이라는 이름을, 언문으로 굿덕으로 쓰자고 했다. 아홉 가지 덕을 갖추어서 살라고 내려준 이름. 굿덕이의 내력이다. 그러나 종개의 바람과는 달리, 굿덕은 지나치게 영악했다.

종개는 남편이 첩에게 따로 몸종까지 붙여준 일이 떠올랐다. 함부로 다룰 수 없는 환삼덩굴, 굿덕은 성깔이 칼칼했다. 해남에서 정실 행세를 하고 살 것이 분명했다. 신분을 벗어나고 싶은 욕망으로 덕 자가 들어간 새 이름을 지어 달라, 정실에게 끝까지 요구할 만큼 당돌했다. 게다가 이제는 속량을 시켜달라고 하는 것이다.

종개는 머리가 지끈거렸다.

유록빛 숲에서 새소리가 더욱 낭랑하게 들렸다. 가마는 녹산 역을 향해 빠르게 달렸다. 온갖 생각으로 복잡해진 종개는 시선을 먼 곳으로 두었다. 비릿한 바다 내음이 나는 듯도 했다.

—서편 바다 가까운 곳, 새집에서 당신과 한평생 살고 싶소.

희춘이 해남으로 떠나면서 말했다. 여전히 길 위로 흘러 다니고 있는 그는 아내가 무슨 마음으로 사는지 알지도 못했고 물어본 적이 없었다. 그것이 외로웠다. 담양의 집을 두고 서울살이, 해남살이, 유배살이로 객지에서 보낸 세월이 아까웠다.

새집은 현재 어디까지 진행되었을까. 조정에서 첫 휴가를 내었던 그때가 벌써 언제던가. 사직서를 일찍 내고 해남에서 화평한 노후를 보내자 했던 건 꿈으로나 끝날 것인가. 굿덕이 서녀들과 정착한 땅. 이곳이 희춘에게 즐겁고 화락한 노후처가 될까.

그런 불안한 마음이 컸다.

희춘에 대한 조바심과 그리움으로 흘러간 젊은 날. 그는 먼 길을 혼자서 떠나곤 했다. 종개는 그 뒤를 따라 바쁜 날갯짓으로 날아갔다. 먼 하늘을 홀로 떠나는 외기러기처럼. 그녀는 짝을 잃을까 불안한 외기러기처럼 고독했으나 내색하지 않고 묵묵하게 제 할 일을 했다.

종개는 몸을 조금 떨었다. 이상하게 서글프고 불길한 생각이 들었다. 어제까지도 희춘은 편지에 안녕을 물었다. 어디쯤 도착했는지, 몸은 평안한지, 지나는 고을 관리들이 행차를 잘 살펴주는지 물었다. 종개는 희춘의 자상한 성품이 처음부터 좋았다. 혼인을 후회한 적은 없었다. 이제 정부인의 품계를 받았으니 고진감래라는 옛말이 맞았다. 하지만 종개가 바라는 건 지체 높은 벼슬이 아니었다. 만석 재물 또한 꿈꾸지 않았다. 자식들과 친지들에 둘러싸여 담양에서 한평생 화평하게 살아가는 것이었다. 평안한 친정과는 달리 해남 시댁은 거듭된 참화로 인해 불안했고 가난을 벗어나기 힘들었다. 조정의 벼슬도 만석 재물도 권력도 한순간에 사라질 수 있는 것이 인생이라, 그것들은 다 덧없는 것이라 여긴 지 오래되었다.

어지러운 마음이 등잔불처럼 일렁거릴 때면, 국화주를 앞에 놓고 홀로 먹을 갈곤 했다. 깊은 밤, 잠이 오지 않으면 붓을 들고 시를 지었다. 남편과 함께 사는 일 이상으로 좋은 일은 없으나 그리 못했다. 오랜 그리움이 종개의 일생이었다.

　―노후에는 집 앞뜰에 피어난 화초를 감상하면서 시를 짓고, 책을 읽고 후학을 기르는 생활을 합시다. 오순도순 살아갑시다.

　희춘의 말은 종개가 진정 바라는 바였다.

　―무슨 말씀, 계집을 그리 밝히는 당신을 어찌 믿겠어요.

　계집, 현재 종개의 마음을 어지럽히는 존재는 방굿덕이다. 그리움을 지팡이 삼아 멀고 험한 마천령 길을 걸었다. 그땐⋯ 희춘에게 배신당한 일이 가장 큰 상처였다. 다시는 첩년에게 내 자리를 내줄 일은 없을 것이다. 종성에서의 황망했던 기억은 여전히 종개를 불편하게 했다. 또 이렇게 되어 해남으로 내려갈 줄을 어찌 예상이나 했나. 종개는 양미간을 찡그렸다.

　바람이 세차고 사나웠다. 경칩이 지났으나 아직 추웠다. 종성의 사납고 차가운 바람이 해남까지 찾아온 것 같았다. 몸이 으슬으슬 떨리기까지 했다. 과거의 울화가 새롭게 심정을 건드려 머리가 지끈거렸다.

　종개는 얼굴과 두 귀를 가만히 비비면서 온기를 돌게 했다. 옷매무새를 이리저리 만지고 옷고름도 살폈다. 곧 만날 남편의 환한 얼굴을 생각하며 가슴을 쓰다듬었다.

　다 지나간 일이다. 그간의 고단함은 지나간 셈이지 않은가.

그제야 가마 안에서 구겨졌을 남빛 치맛자락을 조심히 펼쳐 손질했다. 새집 짓는 즐거움을 함께 누리면 되는 것이다. 하나뿐인 딸과 사위, 귀여운 손녀를 데리고 해남 본가에서 누릴 복락을 생각하면서 억지로 마음을 추스렸다. 차갑게 굳은 얼굴은 가마에서 내리자마자 드러날 것이다. 바깥 추위가 매울 것이다. 사인교 바깥 가마꾼과 종들이 겪는 추위도 살펴주어야 했는데 잊고 있었다.

**

희춘은 기쁨을 감추지 못했다. 수컷 원앙이 잠시 잃어버린 제 짝을 찾아낸 듯 희희낙락한 표정이었다. 아내와는 말과 뜻이 통하는 사이여서 하고 싶은 말들이 태산처럼 쌓였다. 해남 앞바다의 파도 같은, 밀려갔다 밀려오곤 했던 그리움이었다. 아내 종개의 적당히 큰 키에 기품 있는 옷매무새가 보기 좋았다. 환한 이마가 잘 드러난 둥근 얼굴에 눈썹이 도톰하니 짙었다. 당당함은 오만하지 않아 격이 높았다. 학식이 깊고 아량까지 넓은 여학사. 몰락할 뻔했던 가문을 지켜온 여장부이기도 했다. 종개는 희춘의 자랑이었다.

"당신, 먼 길 오느라 고생이 많았소. 일각이 여삼추였소."

희춘의 첫 마디에 종개는 시름이 일시에 사라지는 것만 같았다.

> 당신 좋아하는 국화주 잘 익었으니 준비해두고 기다리겠소. 어찌 중추절까지 기다린단 말이오.

특유의 다정함과 애정이 넘치는 편지. 국화주까지 준비했다는 것이다. 종개는 마음을 정해 길을 재촉한 것은 참으로 잘한 일이라는 생각이 들었다.

희춘은 아내 종개가 술을 즐기게 되었던 연유를 몰랐다. 말로 다 하지 않았던 그간의 어려운 속사정을 어찌 다 알 것인가. 젊은 나이에 반역 가문의 모든 짐을 다 짊어졌던 동안, 타는 속을 달래느라 한 잔 두 잔 기울였던 것이 점점 늘어났다. 술 한 잔을 기울이며 근심을 달래노라면 긴 밤을 꼬박 새우기도 했다. 잠이 오지 않는 밤, 술을 벗하다 보니 습관이 되었다.

기나긴 밤을 외로이 보내야 했던 세월을 모르는 것인가. 당신이 어찌 내 마음을 다 알 수 있을까. 층층 쌓인 기제사며 친족 행사며, 철마다 염색하고 옷 짓는 일, 찬거리 구해 시어머니 봉양하던 나날이었을 때, 위로가 되는 것은 홀로 마시던 술이었던 것을 당신이 어찌 다 알까.

"국화주를 누님이 미리 담가두었답니다. 어서 안으로 듭시다."

"고맙습니다. 시누이께서 제 취향을 잘 알고 계십니다."

종개는 반복되는 두통과 어지럼증을 이겨내려고 국화주를 수시로 마셨다. 국화차도 특효약이었다. 국화꽃을 말려 뜨거운 물에 우려내어 마셨다. 은은한 향기가 깊어 위안이 되었다. 시누이는 금강산의 기슭에 핀 노란 감국을 따다 술을 빚었을 것이다. 올케 송종개의 양생법과 속앓이의 처방을 시누이가 알고 있었다.

희춘은 손위 누이와 유독 우애가 깊었다. 시누이는 무관 오천령과 혼인했으나 일찍 홀로 되었다. 오천령은 을묘왜변 때 해남 달량포 전투에서 순직했다. 시누이는 생활력 강하면서 음식 솜씨 뛰어난 전형적인 해남 여인이었다. 얼굴에는 부드럽고 따뜻한 기운이 돌아 주변에 사람들이 많이 모였다. 부드러움은 집안 내림이었다. 시아버지 유계린이 세상을 떴을 때, 마을사람들이 탄식하고 노비들이 진심으로 슬퍼했다는, 덕 있는 가문이라 했다.

희춘이 아버지 유계린과는 다른 점이 있다면 여자를 심히 사랑한다는 것. 희춘은 특히 첩을 가여워했다. 첩이 원하는 일은 모두 해주었고, 급기야는 종개의 재산까지 내주었다. 하필이면 종개가 아끼는 여종 부용을 굿덕에게 덜컥, 몰래 주어버린 것이다. 도대체 얼마나 졸랐던 것인지 종개의 황당함과 분노를 예상하지 못했을까. 희춘이 나중에야 사죄했지만, 섭섭함은 마음에서 끝내 사라지지 않았다. 여종 부용은 입이 무겁고 부지런한데다 손끝이 야무져 어디든 데리고 다니던 아이였다. 수많은 종 가운데 왜 하필이면 가장 아끼는 여종을 주어버린단 말인가. 첩의 베갯머리 공사였을 것이다. 첩은 해남으로 심부름 보낸 부용을 날름 점찍어 가져가 버렸다.

　―혼자 외로워하는 첩이 가여워서 부용을 주어버렸소,

　부용이 돌아오지 않아 물었더니, 희춘이 아무렇지 않은 얼굴로 변명했다. 주인인 종개의 의견을 물어보지 않고 일방적으로 첩에게 주어버린 여종을 다시 내달라고 하자니, 희춘의 체면을 상하게 할 것이었다. 진심 어린 사과를 하는 희춘에게, 종개는 더 이상 화를 내지 않았다. 남편의 잘못을 오래 다그치기에는 흘려보낸 이십여 년 세월이 아까웠다. 그래서일까. 사통팔달 시원스레 일을 처리하는 종개가 모든 일에 대범하리라, 희춘이 지나치게 맘을 놓은 것이었다. 끝내 알 수 없을 것이다. 이 일은 종개의 가슴에 끝까지 상처가 되었던 것을.

종개의 마음에는 방이 많았다. 불쑥불쑥 들고 일어나는 갖가지 마음을 단속하느라 고달팠다. 그리움의 방, 두려움의 방, 불안함의 방…. 유배지 종성에서 맞닥뜨린 황당한 마음을 알까. 이처럼 박복한 지경에 이른 사람이 얼마나 있을까, 생각하기도 했다. 『내훈』의 '부덕'은 옳지 않았다. 성냄을 참고 덕을 닦으라. 그것이 부녀자의 현숙한 자질이라는 것이다. 마음을 수양하며 극기하면서 사는 일은 군자에게나 해당될 터. 제 속이 곪아 터지더라도 내색 없이, 화기 있는 표정과 말투로 아랫것들을 대하라는 것이다. 감정을 숨기라는 것이다. 종개는 친정아버지의 분부대로 인품이 좋은 여학사로 살고 싶었다. 어떤 일에서든 자신감이 있었다. 오직 단 하나, 희춘의 첩 굿덕이만 아니라면 모든 일이 화평했다.

"아버님, 그간 편안하셨습니까."

"어서 오게. 많이 기다렸네."

딸 부부가 절을 올렸다. 외동딸 경은이도 시댁이 있는 해남에 이르러서야 순한 태도가 되었다.

─남자들이란, 부인이 아무리 지키고 서 있다 해도 자기 할 짓은 다 하는 법이야. 너무 성가셔할 게 없단다. 남자들은 다그칠

수록 도망가는 법이란다.

종개가 일렀으나, 경은은 제 남편을 닦달했다. 아무리 말해도 듣지 않았다. 해남윤씨의 고을에서 자칫, 투기 많은 정실로 오인받는 것은 딸에게도 좋지 못했다. 종개는 고집스럽고 예민한 외딸을 잘 달래야만 했다. 어린 날의 정이 고픈 까닭이었는지 모른다. 딸을 젖어미 손에서 자라게 했다. 딸에게 미안해서 짜증을 부릴 때도 모두 들어주고 달래기만 했던 것이 잘못이었다. 어미의 정이 부족했던 건가, 아버지에 대한 불만이 남편을 향한 불만으로 드러난 것인가. 종개는 짜증이 돋으면 사람을 사납게 몰아붙이는 딸이 늘 걱정이었다.

"그간 지냈던 집이 너무 좁아서, 오늘 아침에 급히 빌렸소이다."

희춘이 아내의 기분을 살피며 말했다. 첩의 흔적이 없다는 뜻이다. 그러나 그의 얼굴에 첩의 존재가 있었다. 급히 집을 빌렸다는 변명조차 구차하기 짝이 없었다.

희춘이 아내를 위해 임시로 빌린 집은 작은 입 구口 자 형의 집으로 뜰에는 꽃나무 한 포기 없었다. 방마다 반닫이 하나뿐, 구석에는 먼지들이 이리저리 쓸려 뭉쳐 있었다. 집을 미리 마련하지 않은 소홀함 때문에 종개는 심사가 뒤틀려 얼굴이 굳어지고야 말았다.

"에구, 집이 이게 뭐예요. 전혀 어머님 맞을 준비가 되질 않았네. 이건 뭐… 방금 이사 나간 집 같으니."

경은이 불쑥 끼어들었다.

"괜찮다. 청소야 종들 시키면 그만이고, 살림은 서서히 갖추면 그만이다."

"우리 가솔들이 함께 지낼만한 큰 집이 없어 그랬소."

희춘이 미안한 듯 말했다.

모든 준비가 다 되었으니 속히 내려오시오, 라고 편지에 자랑하듯 썼던 것은 허세였는가. 첩과 재미나게 살았던 집은 따로 있겠지. 그동안 함께 살던 첩은 마님을 위해 피했다? 첩의 집에서 눌러살지 않았으니, 정실 종개의 체통은 지켜준 셈이었다. 다행이라면 다행인가.

종개는 입을 열고 싶지 않았다. 체면을 잃지 않으려고 변명하는 희춘의 기색이 못마땅할 뿐이었다. 그의 얼굴이 지친 듯 기운 없어 보였다. 늦은 아침에야 부랴부랴 첩과 헤어져, 집을 얻느라 갖은 용을 썼을 것이다. 밤새 첩과 희희낙락하다가 잠이 부족했을 것이다. 젊은 첩이 밤마다 희춘을 가만두지 않을 터.

"일단 짐을 풀고 청소부터 시작하거라. 말에서 순서대로 짐을 내려야 할 게야."

종개는 대문 밖으로 나갔다. 그것이 딸 경은에게 이르는 말인지, 남편 희춘에게 하는 말인지 스스로 알 수 없었다.

―아무 쓸모 없는 화를 함부로 내지 말라. 화를 내더라도 얼굴색이 변하면 아니 되고.

친정어머니는 수시로 일렀다. 연산군 때, 예조판서를 역임한 이인형의 딸. 종개는 어머니를 닮고 싶었다. 다 큰 자식들 앞에서 희춘을 책망하고 싶지 않았다. 딸 경은은 남편 윤관중의 바람기 때문에 속앓이를 한 지 이미 오래였다. 첩 문제로 다툼이 끊이지 않는 딸 부부였다. 그 화풀이를 아버지에게 돌릴까 두려워 슬그머니 자리를 떠난 것이다.

종개는 스무 필의 말 등에 실린 서책과 살림살이를 내리는 것을 감독하면서, 분노를 가라앉히고 있었다. 첩은 얼씬도 하지 않았다. 인사를 받자는 것은 아니었으나 그 행태가 괘씸하기 짝이 없었다. 내가 너에게 글을 가르쳤고 자애롭게 대했거늘 이리 방자하게 군단 말인가. 이 모두 희춘의 탓이었다. 첩에게는 한없이 너그럽고 인자한 군자였다. 투기하지 않고 덕이 높은 부인 아니시오. 듣고 싶지 않은 말. 벗어날 수 없는 부덕, 사대부를 남편으로 둔 아내의 굴레였다. 불쾌했다. 속이 홧홧하게 일렁었나. 투기하는 것이 스스로 용서가 되지 않았다. 자존심이 강했으나 자존심을 지키기 위한 품위 또한 절대적이었다. 남편 희춘의 관대한 처사가 첩을 기세등등하게 했음을 눈 감아야 했다.

젊은 첩 하나이기 망정이지 않은가. 그 덕분에 자질구레한 곤란을 겪지 않고 유배생활을 무난히 보내지 않았는가. 유배를 떠날 때, 열다섯 살이나 어리디 어린 여종. 종이었다가 첩이 되었으니 그 존재는 손톱 끝 거스러미같이 하찮은 것. 그 하찮은 것 때문에 울화가 치밀다니. 하지만 속이 타는 것은 어찌할 수 없구나. 서자가 없으니 다행인가. 너그러운 마음이 옹졸한 마음을 덮어줘야만 하는 건가. 이 마음의 정체가 무엇인가.

이래저래 그치지 않은 잡념 때문에 골치가 아팠다. 발등을 스스로 찧은 것 같았다. 자존심을 다친 종개는 후회막심이었다.

"아까 둘러본 새 집터가 어떻소이까?"

그동안 부인을 맞을 집을 구하느라 동동거리며 바빴다, 고 거짓말까지 보탰다. 속이 다 보이는 변명이었다. 그 얼굴은 칭찬받기를 바라는 아이의 철없는 얼굴과 똑같았다. 이미 늙어버린 얼굴의 주름은 깊었고, 낯빛은 누렇게 변해 쇠잔했다.

그러니 젊은 첩에게 혼이 빠져 있는 것을 어찌 탓할 것인가.

"당신과 한평생 보낼 집이라 시작부터 아주 정성을 들이고 있소."

"풍치가 좋기는 하지만 바다가 가까워서 걱정입니다. 서문 밖이면 해적 떼들이 출몰하는 지역인데 어찌 위치가 좋다고 하겠습니까."

"걱정마시오. 쇠울타리까지 전부 준비하라 일렀소."

희춘이 허허, 웃었다.

"곳간에 쇠울타리를 쟁여놓고 방비를 하라! 일렀다니까요."

득의양양한 표정이었다.

"해적이 넘어오면, 그까짓 쇠울타리가 무슨 방비가 되겠습니까. 잊으셨습니까? 잔인하기 짝이 없는 것들입니다. 서문 밖은 농사도 잘되고, 수산물이 풍부해 좋기는 하오나 왜구들이 호시탐탐 노리는 지역이에요. 우리가 편안한 노후를 보내기엔 적당하지 않아요."

종개의 판단으로, 해남은 수산물이 풍부한 진도와 가까워, 더욱 위험한 곳이었다.

"혹시 해성어미 때문에 신경이 쓰여 그러는 것이오?"

"영감은 저를 어찌 보시는 겁니까? 그 얘기는 꺼내지도 마십시오.”

종개는 목 안에 든 가시 돋친 말을 겨우 삼켰다.

“그러면 뭣 때문에 이리 냉랭한 거요? 나는 당신 오기만을 기다리며 들떠 있었는데.”

희춘이 조금 전, 기쁜 얼굴로 ‘서녀 해복이가 무관 김종려와 혼인하기로 했답니다’, 말했을 때도 종개는 무관심했고 대답을 돌려주지 않았다.

“당신이 내가 오기만을 기다리고 있었다니요? 어제까지만 해도 당신은 ⋯.”

뒷말을 삼켰다. 첩의 이름을 들먹이는 것조차도 치사했다.

“허, 참. 내 시중드는 사람에 불과해요. 어찌 부인에게 비하겠소?”

희춘이 종개의 잠든 화를 툭, 건드렸다.

－시중드는 것에 불과했다오.

종성에서도 그렇게 말했다. 굿덕의 손길은 지금 남편의 몸 곳곳에 작은 불씨로 따뜻하게 남아 있을까. 생각만으로도 속이 상했다.

“그만두세요. 누가 그런 얘기 듣고 싶답니까?”

작은 술잔 속, 노란 국화주를 단숨에 마셨다. 두통과 짜증이 일어나면 쉽게 가라앉지 않았다. 희춘은 소심한 데가 있어 한 번 마음이 상하면 오래갔다. 종개가 한마디 말이라도 강하게 내치면 시무룩한 표정이 며칠째 계속 되었다. 종개가 먼저 그 마음을 살피고 달래면서 풀어야 했다. 담양 살림을 꾸리는 동안, 희춘은 해남에서 첩과 함께 유유자적 풍광을 즐겼을 것이다.

그래도 참아야 하는가.

"생각해보세요. 왜구들이 수시로 출몰하는 곳입니다. 내륙도 아니고 바다 쪽에 집을 짓는 것이 좀 불리하다는 말씀을 드리려는 거지요. 해남 바다를 왜구가 기습해 온 것이 어디 한두 번의 일입니까. 을묘년에 해남이 어찌 되었나요? 당신은 고향에서 여생을 보내고 싶지만 제 생각으로는 내륙 안쪽 담양이 노후에 살기 좋은 곳입니다."

"아니, 이 땅이 얼마나 살기 좋은 곳인데요. 우리 선조들 뼈가 묻힌 곳인데요. 게다가 사돈댁도 가까우니 말이지요."

새집 생각에 기분이 좋아진 희춘은 아내의 의견이 귀에 들어오지 않았다.

"그럼요. 그러니 좋지요. 하지만, 담양 집의 평안함이 어찌 여기보다 못할까요. 당신이 해남에 쏟은 정성의 반만 처가에 신경을 좀 쓰세요. 그렇게 자꾸 우기시면 섭섭합니다. 땅의 형세로 보아도 담양이 노후를 보내기에 적당하다는 말입니다. 너른 십이 이미 갖춰졌으니 조금만 손을 보면 될 것이고. 당신의 그 많은 서책을 보관할 곳도 담양이 적합하다는 겁니다. 그렇지 않습니까?"

종개의 말은 논리정연했다.

"담양에는 우선 서책을 보관할 큰 서실이 없는 것은 흠이지 않소?"

"집이 좁으면 큰 집을 새로 지으면 그만이지요."

희춘은 해남에서 정착할 생각만 했다.

"따져본다면 담양은 조정의 인맥과 교통 면에서 월등히 좋은 곳이고요."

종개는 앞날을 내다보고 있는 것이다.

"그렇소. 그게 좋겠소. 창평 수국리에서 노후를 보냅시다."

희춘이 흔쾌하게 결론지었다. 아내의 뜻을 최대한 존중하고 마음을 정하는 데는 오래 걸리지 않았다. 해남 살림을 주장해보았자 논쟁은 길어질 것이다. 희춘은 매사 아내의 뜻을 존중해서 결정했다. 그러나 해남의 새집 공사는 이미 시작이 되었던 것이라, 더 이상의 반대는 하지 못할 것이다. 희춘은 슬그머니 고개를 끄덕였다. 경제력을 가진 아내의 뜻을 반대해봤자 좋을 일이 없었다.

　이른 새벽, 종개는 현실을 절감했다. 시부모 제사의 제물을 마련해야 할 그릇이 없어 난감했던 것. 신접살림으로 쓰라며 해남현감이 보낸 물품으로는 도저히 엄두가 나지 않았다. 생활에 필요한 각종 그릇은 물론, 제기만 해도 굿덕의 집에서 죄다 가져와야만 했다.

　"제기를 가져오라 이르게."

　마음을 누그리면서 종개는 첩의 집에 종을 보냈다. 참으로 내키지 않은 일이었다.

붉은 모란 주머니

*

굿덕은 시누이 오씨 부인 댁에 찬거리를 가지고 들렀다가 안채 마당에서 정부인과 마주쳤다. 마님, 이라고 깍듯이 인사해야 옳았으나 고개만 까닥 숙이고 말았다. 정부인은 당황한 듯 보였다.

흥, 여긴 해남 땅이오.

굿덕은 해남에서까지 굽신거리고 싶지 않았다. 슬쩍 옆으로 고개를 돌리는 척하면서 눈으로 정부인을 올려다보았다. 종성에서 눈물을 삼키고 마천령을 넘었을 때, 작심한 것이 있었다. 기어이, 나는 영감마님의 사랑을 독차지하고야 말 것이다. 굿덕은 영감마님 희춘이 해남으로 내려오자 정실처럼 행세하고 있었다.

어차피 마님은 담양으로 돌아갈 사람 아닌가. 그러니 기어이 영감마님을 해남에 눌러있게 할 것이오.

굿덕은 마음먹었다.

"잘 지내는가? 소식은 들었네만."

"예. 마님."

"해복이 혼사 준비는 잘 되어가고 있는가?"

"예. 다행히 영감마님께서 준비를 아주 잘해주신 덕으로다가…. 아무 걱정 말라고 하셔서 저는 마음 놓고 있습니다요. 게다가 둘이 어찌나 마음이 잘 맞는지 영감께서 아주 기뻐하셨지라."

"좋은 일이네. 혼사란 것이 부부 금슬이 첫째 아닌가. 혹시 뭐 부족한 것은 없는가?"

"부족한 것이야 천지사방 것이 다 부족한데, 영감마님이 신경을 많이 써주셔서 쉰네는 처분에 맡기고 있습니다. 워낙 해복이를 이뻐하시니까요. 우리 해복이가 영감마님을 닮아서 머리가 좋습니다요. 성격도 아주 사근거리는 것이 봄바람 같다고 그런답니다. 종성 살 때, 영감께서 어찌나 저를 어여뻐 하셨던지. 그걸 보고 자란 우리 해복이 아닙니까."

"뭐라고?"

정부인 목소리가 갑자기 커졌다. 굿덕은 정부인의 감정을 자극하고 싶었다. 체통을 지키려고 투기하는 모습을 내보이지 않은 음흉함을 깨부수고 싶었다. 기가 막힌다는 투로, 말을 잇지 못하는 건 굿덕이 바라는 바였다.

내 뒤에는 영감마님이 있지 않겠소?

굿덕은 오만한 생각을 거두지 않고 있었다. 정부인이 해남으로 온 뒤로, 굿덕은 인사하러 가지 않았다. 제기를 가지러 종을 보냈을 때, 그릇을 내주지 않으려다 마음을 고쳐먹었다. 직접 가져오라는 분부가 있었지만, 일부러 종의 손에 들려 보냈다. 정부인은 그 일 이후로도 말이 없었다. 그 일을 트집 잡아 영감마님에게 정부인의 험담을 할 수 없게 만들었다. 영감마님이 아시면, 왜 그러냐, 또 무엇이 네 마음을 상하게 했느냐, 하고 다정하게 물어볼 것이었다. 정부인의 심사를 상하게 해도, 따로 부르지 않은 것은 체통 때문이다.

저 가식적인 얼굴 때문에 영감마님이 정부인을 칭송하는 것이다.

굿덕의 눈에 정부인의 표정은 변함없이 부드러웠다.

종개는 기가 막혔으나 내색은 하지 않았다.

해복의 혼사를 물었더니 대답 대신 제 자랑을 늘어놓다니. 저토록 천하고 수다스러운 대답을 바란 것이 아니었다. 영감의 사랑을 받는 여자는 내가 아닙니까. 그런 뜻 아니겠는가. 첩 굿덕의 어투가 더욱 방자하게 변했다. 구덕九德 중에서 가장 중요한, 입을 조심하라 그리 일렀거늘. 아랫것이 상전 무서운 줄 모르고 건방을 떨고 있구나. 영감은 첩에게 어떤 약조를 다짐했기에 내 앞에서 감히, 이리 오만하기 짝이 없단 말인가.

종개는 목이 타는 듯 갈증이 났다. 몸이 부르르 저절로 떨렸다.

굿덕은 슬그머니 고개를 쳐들면서 정부인을 빤히 올려다보았다.

"마님이 늘 그러셨잖습니까. 해복이가 절 닮아 사랑 많이 받겠다고 그랬으니."

굿덕의 얼굴은 홍조를 띠어 도화빛에 가까웠다. 영감마님이 해남으로 온 뒤로, 몸치장에 부쩍 신경을 썼고, 쌀뜨물로 매일 세수했다. 가끔 녹두를 갈아 붙이면서 양반댁 부인들의 화장법을 배워 피부를 다듬었다. 굿덕의 눈매는 위로 가늘게 찢어져 영리하게 보이지만 성깔은 매서웠다. 관상쟁이 말로는 코가 펑퍼짐해 재물복이 있다고 했다. 아랫입술은 도톰하게 올라와 있어 어떤 사내든지 혹할 상이라고 했다.

74

가만두고 그냥 보기에도 좋구나.

속살이 희고 풍만한 몸이 종년 같지 않아서, 종성에서 영감마님이 칭찬을 아끼지 않았다. 영감마님은 젊은 몸의 싱싱함에 고단한 세월을 이겨냈을 것이다. 굿덕은 자신감이 있었다.

키가 크면서 옷맵시가 좋은 마님. 굿덕은 나이 들어 주름진 정부인의 신산한 표정을 올려다보았다. 한때, 어려워서 감히 얼굴을 마주하지도 못했었다.

정부인은 이제 다 늙어 빠진 할머니 아닌가. 아무리 얼굴 단장을 했어도 간장에 배인 오이장아찌 같은데.

굿덕은 빙긋, 웃었다.

얼굴은 기품있게 웃고 있으나 속마음은 아닐 것이다. 분이 나는 마음을 다스려 담담한 얼굴빛을 흐트러뜨리지 않아야 하겠지. 시누이 오씨댁 종들이 정경부인 품계를 받은 마님에 대한 평을 해남 땅에 이리저리 퍼뜨릴 것이다. 종들의 뒷담화에 무엇을 더 보탤까.

굿덕은 자꾸 웃음이 나왔으나 참고 있었다.

생머리가 지끈거리십니까. 정부인 마님, 두고 보십시오.

종개는 제 감정을 숨김없이 상스럽게 드러내는 굿덕의 말투가 싫었다. 저 영악한 것의 모습 중에서 순진한 척에 남편 희춘이 혹했다. 굿덕은, 제 말이 틀렸습니까? 라는 얼굴로 종개를 올려다보는 것 같았다.

영감이 이곳에서 한 달 동안이나 너를 보면서 회춘을 했을까. 그렇게 호시절을 보냈더냐. 그래서 눈에 뵈는 게 없는 것이냐.

굿덕은 종성 시절보다 얼굴이 더욱 윤이 났다. 종개는 이맛살을 찌푸렸다.

맹랑한 것이구나. 여종 주제에 니가 나를….

굿덕의 웃는 얼굴 때문에 종개는 확, 머릿속이 뜨거워졌다. 그러나 시누이 집 종들이 보고 있었다. 종들은 정실부인과 후실의 싸움이 시작되었다고 생각할 것이다.

"무슨 언사가 그리 복잡한 게냐? 볼일 마쳤으면 어서 가보게. 마님께 인사드렸거든 그만 가보게나."

희춘의 누이 오씨 부인이 부엌에서 다과상을 종에게 들려서 가지고 들어오다가 종개의 굳은 얼굴을 보았다.

"우리 영감마님이 전라감사가 되신 건, 여기 해남 땅 탯자리가 좋아서 아니겠습니까? 미암바위 덕분이라고 합니다. 쇤네도 미암바위 덕으로 이만하게 반반한 거지라. 또 하나, 궁금한 것이 있는데 본가 새집이 다 지어진다면 마님도 여기 내려오셔서 사시는가요?"

76

굿덕은 정부인을 향해 가장 묻고 싶은 말을 했다. 굳이 묻지 않아도 좋을 일이었다.

갈수록 태산이구나.

굿덕과 더는 말을 섞기도 싫은 종개는 대답하지 않았다.

영감이 구미호에게 간과 쓸개를 모두 빼주었구나.

굿덕의 눈이 비웃는 듯 보였다.

저 요망한 눈웃음이 영감을 후렸어.

어이없어진 종개는 미간을 찡그리고 있었다. 주제 모르고 날뛰는 굿덕의 입에서 무슨 말이 쏟아질지 감당이 되지 않았기 때문이다.

"어여 가래두."

한 손으로 올케 종개의 어깨를 감싸고 있는 오씨 부인이 굿덕을 향해 말했다.

"안 그래도 영감님 오실 때 모실 집이 마땅찮았는디, 본가 새집을 짓게 되면 참말 잘 되었구만요."

"그 입, 다물지 못해?"

굿덕의 무례한 말에 오씨 부인의 호령이 떨어졌다.

"아무리 터진 입이라고 어디 정부인 앞에서 주둥이를 함부로 놀리는 건가? 자넬 내가 어여삐 봤거늘 이게 무슨 망언이야? 영감께서 아시면 가만 놔둘 성싶은가?"

굿덕은 오씨 부인의 영감께서, 라는 말에 그제야 움찔, 놀랐다.

종개는 뜨거운 열기가 머리끝까지 홧홧하게 달아오르는 느낌이었다. 아직 사나운 소릴 한마디도 제대로 하지 않았다. 종들에게 매운 소릴 할 때면 이모저모 이치에 맞는지 따져보다가 마음을 누그러뜨리며 차근차근 타일렀다. 아니다 싶으면 매를 들었다.

참으로 괘씸하구나. 머리채를 확, 잡아채 다 뽑아버리자는 딸의 말대로 지금 혼쭐을 내야 할 것인가.

종개는 첩을 다스려야 한다는 마음조차 갖지 않았다. 투기를 한다는 말이 나올까 조심했다. 해남에서 수군거림이 될 터였다. 당상관 희춘의 앞길을 이런 일로 소란스럽게 할 수는 없다. 마음을 순하게 정했다. 어차피, 굿덕은 해남사람이었다.

"마님, 쇤네도 새집을 짓고 싶습니다."

"새집을?"

종개는 말끝에 자신도 모르는 차가운 서리가 돋을까 경계했다.

마님이 사는 것처럼, 나도 새집 지어 떵떵거리며 살고 싶은 것이요!

굿덕은 그 말을 속으로 삼켰다. 말이 재앙이 되니 늘 조심하라는 것도 정부인이 가르치고 또 가르쳤다. 굿덕이 얼른 시선을 내리깔았다.

나는 마님처럼 큰소리 내고 살고 싶소!

똑같은 말을 겨우 삼키면서, 굿덕은 턱도 없는 제 욕심에 찔려 스스로 아팠다. 정부인의 아량은 넓었고 사람의 속을 내다보는 듯, 빠져나가지 못하는 진중한 얼굴 때문에 영감마님이 꼼짝 못 한다는 것을 알고 있었다.

"다시 말해보게. 새집을 짓고 싶다고?"

종개는 굿덕의 심중을 정확히 꿰뚫고 있었다.

남빛 치마에 소색 저고리를 입은 권세 있는 정부인. 말소리는 조용하지만 힘이 있고, 거역할 수 없이 두렵기도 했다. 굿덕은 영감마님에게 새집을 지어달라, 보챘다. 그러나 대답을 주지 않았다. 영감마님은 정부인의 허락이 떨어져야만 집을 새로 지어줄 수 있다고 했었다.

지금이 아니면 언제 말할 것인가.

"예, 마님. 저도 좋은 집을 지으려고…."

"…그런가?"

종개가 신음처럼 천천히 작은 목소리로 물었다.

굿덕은 깊이 고개를 내리 숙였다.

이제 자리를 물러나는 게 상책이다. 더 이상 있어보았자 좋을 일은 없다. 정부인의 마음을 상하게 하면, 해복이 혼사에도 도움이 되지 않을 것이다.

굿덕은 저도 모르게 후두둑, 몸을 떨었다. 영감마님의 나무람은 무섭지 않았다. 그러나 정부인의 마음이 얼음이 된다면 딸자식들의 앞날에 좋지 못할 것이다. 둘째 딸 해복의 속량과 혼인을 코앞에 두고 있는 참이었다. 정부인이 방해하면 어림없는 일이었다.

"마님, 죽을 죄를 졌습니다요. 제가 미쳤나 봅니다. 마님께서 고생 많았다고, 쇤네를 아껴주셨기 때문에…. 그래도 마님, 새집을 짓고 싶습니다."

굿덕은 생각나는 대로 말을 주워 삼켰다.

"됐다. 알았으니."

정부인의 대답은 지나치게 간명했다. 놀란 굿덕은 눈을 가늘게 뜨고 흘끔 올려다보았다.

예전에는 감히 얼굴을 마주 쳐다볼 존재가 아니었다. 그러나 이젠 아니다. 쇤네는 이제 종이 아닙니다. 그렇지요, 그럼요. 옛적에도 마님의 종은 아니었지 않습니까. 나도 영감마님과 향기나는 새집에서 살고 싶답니다. 마님처럼 그렇게 살고 싶답니다.

당상관의 후실이 그런 권세도, 그런 재물도 누리지 못한답니까.

입술에까지 올라오는 소리를 참아내느라 굿덕의 목구멍에서 꿀꺽, 침이 넘어갔다. 눈에 물기가 핑, 돌만큼 목이 짜르르 아팠다.

"나도 생각을 하겠네. 일에는 순서가 있어. 자식 혼사를 앞두고 있거늘. 어미의 언사가 방정 없이, 분간 못 하는 욕심을 먼저 내면 제 욕심에 스스로 다치는 법이네. "

종개가 딱한 얼굴을 하며 굿덕을 타이르듯 말했다.

어쩌다 너와 이런 인연이 되었단 말이냐.

종개는 시어머니가 공을 들인 여종 방무자를 유배지로 보낼 때, 아끼는 패물을 팔아 홍색 제비부리댕기와 아얌, 단작노리개와 함께 솜을 놓아 만든 누비 천의를 마련해 주었다. 주인 이구에게는 신공을 잊지 않고 보내기로 약속했다. 댕기머리 여종은 엎드려 절을 했다. 종개는 호박 구슬 하나를 넣은 비단 주머니까지 여종에게 주었다. 부디 영감마님을 잘 모셔라. 그래야 한다. 내가 네 고마움을 결코 잊지 않으마. 모란을 수놓은 주머니를 손에 쥔 여종의 얼굴은 황송하다는 표정이었다. 안타깝고 서러운 유배 행렬을 멀리 보내고 집으로 돌아왔을 때, 종개는 아차, 싶었다. 붉은 모란의 뜻까지 모두 여종에게 내주어버린 느낌이었다. 가장 아끼는 복주머니. 그러나 후회는 언제나 늦는 법. 실수였다.

다급하고 고마운 마음에 남은 패물을 전부 팔아 돈을 만들어 여종의 어미에게 보냈다. 유배지에서 고생할 영감의 생활을 살뜰히 보살펴 주라고 했던 간절한 마음. 붉은 모란 주머니… 여종에게는 지나친 선물이었다.

그것이… 꿈을 심어 준 것인가. 오히려 독이 되었던가. 저 아이가 밤마다 남편의 위로가 되었던 게지. 부귀영화의 꿈을 키우면서 하늘 같은 상전을 지아비로 만들고야 말았던 게야. 나보다 더 영감과 보낸 세월이 많다, 이건가.

종개는 그제야 절실히 깨달았다.

이제 새집까지 마련해야 욕심이 찬단 말인가. 네가 감히!

노여움이 치밀어 올랐다. 그러나 투기하는 마님이라는 소문은 싫었다. 해남을 떠나면 무성해질 뒷말이 아찔해서 종개는 표정을 드러내지 않고 마음을 누그러뜨려야 했다.

"어서 가지 못할까? 냉큼 절 올리고 어서 가게."

올케 종개의 얼굴에 드러나는 적막함을 읽은 오씨 부인이 고함을 질렀다. 굿덕은 오씨 부인이 섭섭했다. 정부인이 오기 전까지만 해도, 한없이 따뜻하게 대해주더니, 이제 소리까지 지르면서 내쫓으려는 것이다. 찬거리를 들고 왔는데 이런 대접을 받다니. 다시는 시누이 오씨 부인에게 마음을 내주지 않을 것이다. 마음을 다친 굿덕은 자신도 모르게 입술을 깨물었다.

"해복이 혼인 때, 몇 가지 재물을 만들어 보내겠네."

"마님, 고맙구만요."

굿덕은 오씨댁 넓은 마당을 휘, 둘러보듯 눈으로 살피더니 천천히 대문을 향하여 걸었다.

종개는 외면하듯 눈을 내리깔고 안으로 들어가 오씨 부인이 내준 식혜를 천천히 마셨다. 상전의 눈치에 빤한, 욕심 많은 첩년의 얼굴을 더는 보기 싫었다.

"잘 참았소. 원래 무도한 데가 있는 사람이라…."

"알고 있습니다. 이제 와 어쩌겠습니까."

"자네의 너그러움이 언제나 고맙다네."

시누이의 말에 종개는 허탈하게 웃었다. 굿덕의 오만방자함이, 종개는 두려웠다.

지나친 욕심이, 자칫하면 저를 망칠 수도 있을 게 아닌가. 어찌 그걸 모른단 말인가. 새집을 짓고 나면 또 무슨 욕심을 낼 것인가.

종개는 내색 없이 속으로 혀를 찼다.

굿덕은 대문 쪽에서 금강산을 올려다보았다. 멀리 미암바위가 보였다. 미암바위 아래 땅 일대가 모두 선산유씨의 재산이었다. 바다가 보이는 쪽으로 본가 새집을 짓는 중이었다.

나는 그곳에서 멀지 않은 터에 새집을 지을 것이다. 높은 자리에 터를 정하고.

굿덕은 오씨 부인이 방으로 들어오라는 말을 하지 않은 채, 쫓아내듯 자신을 내쳤다는 것이 분했다.

나는 결코 종으로 죽지는 않겠소. 기어이 속량도 하고, 재물을 모아 부자로 살 것이오. 두고 보시오.

굿덕은 어렵지 않게 생활했다. 희춘이 해배 후, 지금까지 굿덕의 살림을 돌보아 준 것이나 다름없었다. 해남을 비롯한 이웃 고을 관아에서도 음식물을 비롯한 각종 선물을 보냈다. 미곡과 물품이 남아돌아 곳간에 재물이 날로 쌓였다. 재물이 쌓이다 보니, 새로운 욕심이 생겼다.

새집을 지어 종을 여럿 두고, 마님처럼 매일 고운 옷을 차려입고….

굿덕은 치맛자락을 여미지 않고 나풀거리며 일부러 기세 좋게 걸었다. 하늘은 맑고 바람이 좋았다.

금강산 아래 일대의 땅을 사들여야 해.

굿덕은 속곳 허리춤에 바느질로 단단히 숨긴, 붉은 모란 주머니를 느꼈다. 낡고 헤진 정부인의 비단 주머니였다.

나라고 부귀영화를 누릴 수 없단 말이오?

굿덕은 뒤를 돌아보았다. 대문이 훤히 열린 사이로, 두 사람이 들어간 안방을 향해 코웃음을 쳤다.

전라감사

閨 矣 人 前 筆 内

金 三 日 拜 辭 出 京 赴 漢 江 一 宿 樣 材 枚
即 惠 水 孫 果 川 水 原 之 間 一 具 云 云
又 勞 盡 斷 鼓 十 五 日 到 稷 山 尙 不 凉 冤 聲
之 報 卽 入 朝 之 悲 更 美 人 徒 尙 書 具 云
命 畵 如 貝
歸 命 之 由
畵 命 弓 如
命 意
尙 徐 本 澤 馬 如 西

*

선조 즉위 오 년, 오월 초삼일에 임금의 명이 내려왔다. 전라 감사로 임명된 희춘은 의관을 갖추고 등불 아래 엎드린 채 임금의 뜻을 소리 내어 읽었다.

「실록」이 내려갔을 때는 한 치도 소홀히 해서는 안 된다. 선왕을 받들어 모시는 큰일이다. 들리는 바로는 작년에 봉안사가 내려갔을 때 병사들까지 모여 잔치를 베풀었다는 데, 이런 짓은 안 된다. 흉년이 들어 굶주린 백성이 많

다고 늘었다. 결단코 백성을 괴롭게 해서는 안 된다. 큰 흉
년 뒤에는 우선 농사일이 시급하지 않은가. 각 읍에서 「실
록」을 맞이할 즈음, 문 밖에 채색비단을 거는 정도는 좋겠
다. 하지만 마을에 광대들을 불러 희롱하며 노는 일은 금
하라.

백성에 대한 근심이 구절마다 스며있어 좋았다. 각 고을에서
흉년을 보고하는 글이 연일 조정으로 올라가고 있었던 때, 임금
은 이를 외면하지 않고 있어 다행이었다.

「실록」을 모신 봉안사 일행이 남원 황화정에 이르렀다는 연통
이 왔다. 희춘은 서둘러 조복으로 갈아입었다. 실록봉안사 박순
은 나주 왕곡리 출신이다. 부친 박우가 개성유수를 지냈을 때,
유학자 서경덕의 제자가 되어 산속에 들어가 을사사화의 피바람
을 비켜 간 셈이다. 문정왕후의 수렴청정이 끝나고 명종이 정사
를 주관한 이후, 장원급제로 조정에 나왔다. 선조 즉위 후에는
홍문관 대제학에 제수되었다. 이때, 박순은 홍문관 제학 이황보
다 위에 설 수 없다고 대제학을 굳이 사양했다. 신진사림과 원로
대신들 사이에서도 인망을 얻게 된 이유다.

전주 백성들이 양쪽으로 빽빽하게 늘어서 있었다. 실록 봉안식은 전주 고을의 자부심으로 경이로운 구경거리였다. 길가는 물론 들판까지 구경삼아 나온 백성들로 흥성거렸다. 광대들이 풍악을 울리면서 판을 벌여 흥겨웠다. 흉년으로 굶주린 백성들을 생각해 조용히 봉안식을 행하라. 임금의 명이 내려왔는데 백성들의 호기심을 막지 못했다. 백성들은 광대와 어울려 임금의 행차를 보는 듯 봉안사 일행을 구경했다. 젊은 임금에 대한 어떤 기대감이 있었을까. 피비린내 나는 사화와 아무 연관이 없는, 방계혈통의 새 임금에 대한 전주 백성들의 기대는 순했다.

전주성으로 가는 길은 인마로 가득 차 번잡했으나 한껏 태평스러웠다. 길갓집 대문은 오색 색실로 휘황하고 아름답게 장식하여 멀리서도 현란해 보였다. 풍악을 없애라 따로 일렀으나 소용없었다. 극히 간소히 하라 일렀건만 풍악이 그치지 않아 잔치 열린 듯 흥청거렸다.

경기전 사고史庫 앞에 도착한 박순은 맨 앞에서 실록을 두 손으로 높이 올려 받들었다. 뒷줄의 봉안사 일행이 실록을 각기 받들어 동헌의 정문으로 들어갔다. 전라감사 희춘은 사고 근처에도 접근할 수 없었다. 실록 봉안식은 일반 관리들의 접근이 금지되었던 것이다.

다음날, 희춘은 객관 가까운 진안루에 박순을 위해 따로 자리를 만들었다. 행수기생이 소리기생 둘을 데리고 들어와 나붓이 자리에 앉았다. 전주부윤이 관기들을 보낸 것이다.

"이게 얼마 만입니까. 이리 만날 줄은 생각도 할 수 없었습니다."

그들은 호남사림의 중추적인 인물이었다. 희춘은 전라감사로, 박순은 실록봉안사로 만났으니 더욱 감회가 새로웠다.

기생 준향이 가야금을 타면서 분위기를 이끌었다. 희춘이 먼저 〈헌근가〉로 운을 떼었다.

미나리 한 떨기를 캐어 씻습니다.

귀한 연蓮은 아니더라도 우리 님께 바치오리다.

맛이야 별로 깊지 않지만 어서 씹어보소서.

〈헌근가〉를 옥경아가 따라 불렀고 그 뒤를 이어 박순이 읊었다. 박순의 높낮이 없는 음성은 맑은 개울물이 졸졸 흐르는 듯 고요했다. 준향이 가야금 반주를 맞추었다. 준향의 길고 가는 손가락은 춤을 추듯 가야금 위에서 현란했다. 가야금 소리는 동당거리면서 널리 퍼졌고 여운은 길었다. 얼굴이 갸름한 준향의 아리따운 자태에 박순의 눈길이 멈추었다.

"매화같이 빼어나게 아름다운 향기라, 준향인가."

박순이 넌지시 물었다. 혼잣말처럼 낮은 목소리였다. 준향이 얼굴을 붉히며 고개를 끄덕였다.

"가야금이 으뜸인 저 아이는 원래 옥생연이라 부릅니다. 소리 잘하는 저 아이는 옥경아이고요. 며칠 전, 감사나리를 모셨던 옥부용까지 이곳 전주에서는 세 가지 빛깔의 옥, 삼옥이라 하여 어여쁨을 받습니다. 이제 인사를 올렸으니 저는 이만 물러납니다요."

행수기생의 말이다. 전주에 오자마자 기생점고를 마쳤던 희춘의 귀밑이 벌겋게 물들었다. 준향이 박순에게 술을 따랐다. 술은 준향에게서 박순으로 여러 차례 건너갔다. 얼굴이 지나치게 붉어져 술잔을 밀치던 박순이 일어서면서 휘청거렸다. 피로가 쌓인 데다 술이 약한 터라 금세 취해버린 것이다. 가야금을 한쪽으로 재빨리 밀쳐 둔 준향이 박순을 부축해 계단 아래를 천천히 내려갔다.

희춘은 옥경아에게서 눈을 떼지 않고 있었다. 옥경아가 〈헌근가〉를 재창했다. 귀한 연은 아니더라도 우리 님께 바치오리다.

맛이야 별로 깊지 않지만 다시 씹어보소서. 임금께 바치는 노래를 옥경아가 제 마음인 듯 노래했다. 눈치 빠른 기생이었다. 궁중에 피어나는 한 떨기 귀한 연꽃이 아니지만 순박한 미나리같이 시골에 사는 자기를 눈여겨보아 달라는 것인가. 옥경아의 목소리는 숲속에서 들리는 꾀꼬리 같았다.

희춘이 눈을 감을 듯 뜰 듯 설레어 마음을 잡지 못했다. 봄 숲속에서 만난 노란 꾀꼬리는 신기할 만큼 나긋나긋했다. 희춘은 문득 해남에 두고 온 첩 생각이 잠깐 들었다. 굿덕의 부드러운 살이 떠올랐다.

"서울에 있는 줄 알았는데, 어찌 전주까지 왔느냐?"

희춘이 물었다.

"감사나리를 모시려고 따라온 것입니다."

옥경아의 목소리는 옥이 부딪치는 소리처럼 맑아 희춘의 귀를 뚫고 폐부까지 스며들었다.

"너는 예나 지금이나 거짓말을 잘하는구나."

"마음만은 진실입니다. 관기 팔자가 어찌 제 맘대로 오갈 수 있겠습니까. 하지만, 영감께서 불러주시면 나중에라도 만사 제쳐두고 달려가려 합니다. 저를 언제쯤 거두어주실 수 있겠사옵니까?"

귀에 감겨드는 달콤한 목소리였다. 희춘은 대답 대신, 옥경아를 품에 안았다. 품에 안긴 기생의 체취는 몽롱했다.

두 번째 우연히 만났으니 인연이 깊구나. 그러나 그 인연을 어찌 붙잡을 수 있겠느냐. 관직에 있는 몸이 기생에 혹하여 앞길을 그르칠 수 있겠느냐.

헛된 말을 하지 않는 대신, 희춘은 옥경아를 급하게 품었다. 향기로운 미나리를 오래오래 입안에 씹고 싶은 듯, 옥경아의 매끄러운 살을 밤새 탐했다. 봄날의 꿈만 같았다. 미나리 향기, 희춘의 숨어 있던 욕망은 꿀처럼 달콤한 옥경아의 도톰한 입술을 탐했다. 나이 들어가던 하부는 순식간에 살아나 싱싱한 미나리에 휘어 잠기듯 젖어 들어갔다. 강한 유혹이었다. 아내 종개가 염려한 그대로였다. 옥경아는 엄격한 아내와는 전혀 달랐다. 욕심이 많아 요구가 그치지 않은 첩 굿덕과도 달랐다. 옥경아는 단지 곁에 있게 해 달라, 했다. 욕심도, 희망도 갖지 않겠다는 것이다. 첩이 아니어도 좋다, 말했다.

"저는 관기입니다. 소망하건대, 저를 기적에서만 빼주시면 됩니다."

옥경아는 사근사근했다. 봄 숲길 행인의 귀를 유혹하는 꾀꼬리 같은, 놓치기 아까운 여자였다. 몸의 정기를 상하지 않게 부디 조심하세요. 아내 종개의 신신당부는 그 봄날, 기생 옥경아의 속살을 더욱 탐하게 만들었다.

  **

  섬진강 압록은 옥과의 물이 보성의 정지내 물로 흐르다가, 진
안·임실의 물과 더불어 남원의 순자진에서 합쳐진 후, 냇물을
형성한 것이다. 넓은 냇물 한 가운데 깊이는 사람 키의 세 배가
되었다. 압록은 강이라 해도 될 만큼 커서, 호남의 으뜸가는 큰
냇물이라 했다.

  희춘은 압록원에서 날이 밝기 전에 횃불을 잡히고 출발했다.
무더위 속, 삼십 리 길이었다. 곡성을 지나, 남원에서 처리할 일
을 마치고 부안으로 향하는 길에 박순의 편지를 받았다.

  남원판관 이원욱이 말하는 바는 제가 직접 듣지 못했으
나 이는 유언비어일 것입니다. 간사한 무리들이 자기에게
불리하면 곧잘 악담을 하고 다닙니다. 그가 제 이익에 눈이
어두워서 공을 모함하는 것입니다. 공이 혹여 사사로이 재
물을 취하신 바 있는지 생각해보시고, 이 일로 오래 화를
내지는 마십시오.

공무에 여념 없을 박순이 편지를 따로 낸 것은 중대한 사안이었다. 유언비어가 조정에까지 떠돌고 있다는 증거였다. 편지 내용은 찜찜하기만 했다. 이에 앞서 동서지간인 이방주에게서도 편지가 왔던 것이다.

공깨서 관청 아닌 사저에서 숙박을 즐기고, 그 하인들에게 잔심부름을 시킨다며 소문이 흘러 다니고 있습니다. 해남 집을 지으면서도 관청의 목수를 쓰고 관청의 술을 가져다 마셨다는 이야기들도 떠돌아다닙니다. 조정 대신들이 다들 좋지 않게 생각합니다. 어찌 됐든 간에 조심 또 조심하시기 바랍니다.

희춘은 머리가 지끈거렸다. 뇌물을 받았다는 구설에 오른 것이다. 발 달린 소문은 이미 제멋대로 이리저리 다니면서 없는 일마저 보태고 있었다. 전라감사 자리에서 신중하게 처신하며 청렴하기를 신신당부했거늘. 아내 종개의 예측은 정확했다.

낙향한 희춘이 해남에 새집을 짓기 시작할 때였다. 선친의 옛집은 사람의 손길이 닿지 않아 폐가처럼 버려져 있었다. 오랜 세월 버려둔 집을 해체한 후, 기와를 뜯었다. 현감이 도와주겠다고, 일꾼을 농원해 튼실한 기와 사천오백 상을 새 집터로 옮겼다. 해남윤씨 가의 도움도 컸다. 사위 윤관중에게 완도로 가서 목재를 베어오게 했다. 해남·강진·무안·순천·진도·제주에서 지방관리들이 식재료와 건축자재를 보내주었고 빈번히 필요한 물품을 보내주었다. 시작부터 끝날 때까지 현감의 도움을 받은 셈이다. 솜씨 좋은 대목장과 일꾼이 사백여 명이 넘었다. 그들이 동원되어 집터를 다지고 좋은 자리에 기와를 운반해주었다. 옛집의 서까래를 뜯어 옮겨 새 터에다 정밀하게 배치를 한 기술자 승려도 있었다. 모두 현감이 소개한 장인들이었다. 희춘은 충분한 삯을 치렀다. 각지에서 들어 온 선물의 양도 많았으나 인부들 삯은 아내 종개가 여러 방편으로 노력해 갚았다. 그런데 뇌물 건으로 문제가 불거진 것이다.

생각을 더듬어나가던 희춘은 그제야, 아차 싶었다. 현감이 뇌물 건으로 탄핵되어, 파직 위기에 처했던 것을 희춘이 조정 대신들에게 편지를 보내 구제했다. 그동안 지나치게 후한 선물과 공임들이 뇌물이었던 것을 깊이 생각하지 못했다. 아무리 중앙권력일지라도 지방 수령의 탄핵을 구제하는 일은 쉽지 않은 일. 반대로 아주 쉬운 일이기도 했다. 뇌물이 있으면 가능한 것이다. 뇌물과 뇌물이 돌고 돌아 꼬리를 무는 형상이었다.

현감이 보낸 재물이 모두 새집 공사에 쓰였구나. 현감은 자신이 탄핵당할 것을 예상했을까. 얼마나 많은 뇌물을 받았던 것인가. 남원판관이 어떻게 그 일까지 소상하게 알았을까. 그 일이 어떻게 돌고 돌아 조정에까지 소문이 났을까.

희춘이 남원 관아에서 공사를 처결할 때, 병이 깊어 결재 처리조차 힘든, 늙은 판관을 해직시켰다. 그 일이 재앙이 되었다.

전라감사 유희춘의 행정에 좋지 않은 소문이 많이 들립니다. 공은 임금의 명을 대신하는 관찰사로서 사사로이 재물 욕심을 내는 것이 합당한 것인가요. 심히 의심스럽고 불쾌할 뿐입니다. 당장 사퇴해야 마땅합니다. 이를 명심하십시오.

희춘은 편지를 읽으면서 손을 부들부들 떨었다. 성질이 꼬장꼬장한 허엽은 나무라는 투로 거세게 항의했다. 원로대신 중에서도 뜻이 잘 맞아 막역한 우정을 나누었던 사이여서 더욱 마음이 불편하고 섭섭했다. 허엽은 거두절미, 칼칼한 성격대로 희춘을 몰아세웠다. 몇 달 전, 나인 김씨가 공빈의 품계를 받았다는 조정의 소식을 알려준 이후, 오랜만의 편지였다. 허엽의 편지는 감정을 감추지 않아 등골이 서늘할 정도였다.

남원판관이 파직을 당한 후, 서울로 돌아가서 내 험담을 하고 다닐 것이라고 어찌 생각이나 했던가. 그것까지 예상하지 못했다. 관찰사로서 재물 욕심이 합당한가. 판관은 소문을 부풀어 만들어냈다. 함께 근무했던 대신들이 나를 믿지 못한다면 더 말해 무엇하랴.

급기야 희춘은 안절부절못했다. 병든 판관을 파직시킨 건 남원 고을을 위해 내린 결단이었다. 머리끝이 쭈뼛 섰다. 유언비어는 해남호장의 일처럼 희춘을 끝까지 물고 늘어질지도 모를 일이었다.

지난 겨울이었다.

—네가 집을 지으면 당장 불을 질러 버릴 것이야!

온 식구가 혼비백산해 잠에서 깨어났다. 새집 터가 훤히 내려다보이는 금강산 중턱에서 몇 사람이 고래고래 소리치고 있었다. 관아의 호장이 관노들에게 시킨 짓이었다. 호장은 아전 중의 우두머리로 지방의 실세였다. 호장이 무엇 때문에 억하심정이 들었는지 알 수 없었다. 희춘과는 개인적으로 아무 원한이 없는 자였다.

수일 전, 연일 눈이 내려 쌓이고 바람이 불어 몹시 추웠다. 집 안에 숯이 떨어져 화로에 불을 피울 수 없었다. 냉골 방에서 떨던 희춘은 기침을 하기 시작했다. 밤이 깊어질수록 기침이 심해졌다. 희춘은 숯을 담당하는 호장을 찾아가 사정했으나 일언지하에 거절당했다. 숯 한 짐이 없어서 밤새 기침을 앓았고 열이 높아졌고 감기는 오래 계속되었다. 호장의 무례하고 황당한 처사에 몸살감기를 얻은 것이다. 조카들이 이 일을 하극상이라며, 면포를 내고 사죄하라고 통보했으나 호장은 콧방귀를 뀌었다. 오히려 보복으로 관아 마굿간에 맡긴 희춘의 말 먹이에 오물까지 섞었다. 말이 먹이를 먹지 않아 빼빼 말랐다.

현감이 호장에게 곤장 오십 대를 치고 감옥에 가두었다. 호장은 더욱 발악을 떨었다. 현감은 다시 곤장 사십 대를 주고 파직시켰다.

봄이 되어 왕명을 받은 희춘은 서울로 떠났다. 그러나 여전히 해남의 새집이 신경 쓰여 종적을 감춘 호장을 추적하라고, 전라감사에게 연통을 보냈었다.

전라감사는 도망친 호장을 찾아내 무안현을 거쳐 남평현으로 유배 보냈다. 호장의 동생이 형의 자술서를 가지고 와 간곡히 용서를 청했을 때야 희춘은 전라감사에게 호장을 풀어줄 것을 청했다. 전라감사는 아전 나부랭이가 재상을 능멸한 것이니 본때를 보여줘야 한다, 고 했다. 호장의 가족들은 해남을 떠나 멀리 제주로 갔다. 희춘이 늦게야 호장의 석방을 구하는 편지를 내었으나 전라감사는 끝까지 응하지 않았다. 괘씸죄가 호장의 일가를 쑥대밭으로 만들어버린 셈이 되었다. 잠깐 혼을 내주고만 말 생각이었는데, 일이 이토록 커지리라 상상하지 못했다.

첩 굿덕의 편지 속에 상세히 적힌 호장 이야기는 희춘을 괴롭게 만들었다. '네 놈의 새집에 당장 불을 지를 것이다!' 호장 가족들의 원한 섞인 울음이 귀에 들리는 것 같아 꿈자리가 뒤숭숭했다.

희춘은 흉흉한 생각으로 불안했다. 번뇌가 깊어 잠을 이루지 못하는 날이 많아졌다. 불과 일 년도 되지 않은 일이었다. 남원 판관의 일이며, 호장의 일이 생각나 자책과 괴로움이 잠을 빼앗았다. 근심이 더해 심신이 지쳤고 타는 갈증은 사라지지 않았다. 종성 유배 시절, 침식을 잊은 독서와 저술로 얻은 소갈증이 갑자기 재발했다.

"심장과 폐에 열이 있어서 갈증이 나는 것입니다. 잠을 못 이루시는 것도 그 까닭이지요. 경옥고를 지어 드셔야 하지요. 경옥고 한 제는 하얀 항아리 하나로 일 년 동안 드셔야 몸을 회복할 수 있습니다. 매일 아침에 은수저나 뽕나무 숟가락으로 가득 한 수저씩을 떠서 묵은쌀의 미음과 함께 드십시오. 이리하면 뱃속이 따뜻해져 기혈을 보하고 살갗을 윤기 나게 하며 대변을 통하게 합니다."

명의의 말대로 약을 달여 먹고서야, 희춘은 겨우 심신의 안정을 찾았다.

전라도 순행은 벅차고 고단한 일이었다. 각 고을마다 쌓여 있는 각종 고소장과 잡무들이 쇠약한 희춘을 기다리고 있었다. 머리에 지끈지끈 열이 나고 목이 다시 말랐다.

"신장에 염증이 생겼습니다."

의원이 오령산을 처방해주었다.

"임질이 아닌지 걱정스럽습니다."

다른 의원이 말했다.

"임질은 무슨…. 다만 몸이 고단해서 그럴 뿐일 게야. 마음이 어지러우니 몸이 성할 리 없지 않겠소."

희춘은 식은땀이 계속 흘러 잇꽃을 따서 물에 녹인 홍탕 속에 몸을 담갔다.

밤이 먹물 새벽으로 넘어가고 있었다. 희춘은 서안 앞에 단정히 앉아서 붓을 들었다. 아내 종개의 염려대로 몸을 보존하며 살기가 힘들었다.

　당신은 잡념을 끊고 기운을 보양하여야 합니다. 이것이
　내가 밤낮으로 바라는 바입니다. 부디 나의 뜻을 이해하고
　깊이 살피기를 간절히 바랍니다.

편지에 답장을 썼다. 희춘은 계속되는 잡념과 불안감 때문에 신새벽이 되어서야 겨우 잠에 들었다.

　***

"전라감사 유희춘이 수군의 역을 감해주시길 청한답니다. 전라 수군은 본역 외에도 꼴방석을 짜서 평안도에 올려보내야 하고, 더하여 전죽을 보내게 되어있습니다. 수군들이 대나무를 쪼개 화살을 만드느라 너무 애를 쓰고 있다 합니다. 병영과 수영에서 쓰는 홍록피 또한 전라도에서 준비하기가 너무 어렵다고 합니다. 수군의 노역 중 그 한 가지만 감해줘도 어찌 다행 아니겠습니까. 제주에는 노루가 많이 생산되니 홍록피는 그곳에서 진

상하도록 하고 다른 역을 감해주어 서로 혜택을 받을 수 있게 하면 좋다고 합니다. 감사 유희춘은 전라도 사람이므로 누구보다 민정을 세밀히 알고 민심을 헤아리고 있습니다. 이미 상소로 아뢴 바 있습니다."

조정에서 전라감사 유희춘의 장계를 두고 논의가 벌어졌다.

"전에 없던 역을 새로이 만들자는 것인가? 공물을 각기 따로 바치게 하는 것도 온당치 못하다. 다시 의논하라."

임금의 한 마디로 전라 수군의 과중한 역은 전혀 개선될 수 없었다.

전라도의 사정은 절박했다. 백성들에게 빌려주었다 돌려받지 못한 곡식까지 한꺼번에 거두어들이라는 어명 때문이었다. 십 년 전, 을묘왜란을 겪은 피해가 복구되지 않아 해안가 백성들의 어려움은 말할 수가 없었다. 가난한 집들은 물론이고, 굶주림에 못 견뎌 어딘가로 떠난 빈집, 사람들이 살지 않은 집까지 나라의 세금이 부과되어 있었다. 전라도 각 고을 수령들에게 잡곡까지 합하여 환곡 팔만여 석이 부과되었다. 영암·강진·해남의 세 읍은 부과된 세금이 다른 고을보다 열 배나 더 되었다. 이 세 읍에는 노루 꼬리와 노루의 혀와 가죽이 생산되지 않았다. 그럼에도 무조건 조세로 올려보내라는 명이었다. 기가 막힌 환곡이었고, 참담한 조세였다. 전라도 세 읍에 내린 어명은 전라도 백성의 사정을 전혀 살피지 않은 천만부당한 것이었다.

희춘은 다시, 상소문을 올렸다.

녹포는 노루와 사슴이 많이 나는 제주도로 세금을 한정
시켜 내도록 요청합니다.

조정에서는 여전히 응답이 없었다. 어명을 거스를 수 없는 희춘은 대나무와 함께 영남·해남·강진에 부과된 공물을 모아 조정에 올려보냈다. 공물이 잘 당도하였다는 영수증이 곧 내려왔다. 희춘은 영수증에 서린 전라도 백성들의 피눈물을 생각하면서 괴로웠다. 전라 수군의 원성이 자자해 더욱 한숨이 깊어졌다.

조정으로 진상하는 대나무를 고르는 일에 사람들을 동
원했다. 아침에 보성판관을 시켜 대나무 창고를 열게 했
다. 대나무 칠백 다발이 백 개이니 이는 칠만 개다. 화살대
를 골라 봉하고 서명했다. 대죽·중죽·차중죽·세죽·세세

죽·삼절죽 모두 육등품이 있다. 대나무를 골라 분죽分竹을 하는 일은 매우 어려운 일이다. 진상을 해야 하는 대나무는 모두 여섯 상자가 되었다. 대나무 화살대를 전부 정리한후, 쉬고자 했으나 나머지 품질이 낮은 화살대를 구하려는 사람들이 구름같이 모여들었다. 내내 소란하기 짝이 없었다. 심란한 마음을 가다듬고 모두 처리를 해주었다.

희춘은 일기에 진상품과 조세의 어려움을 소상히 기록했다. 가혹한 세금은 호랑이보다 더 무섭다, 고 썼다.

당시 경기 고양에서 이마가 하얀 호랑이 백액호白額虎가 출몰했다. 왕릉 쪽에서 사나운 호랑이가 사람 사백 명을 죽였다. 조정에서 대거 군사를 풀어 출동령을 내렸으나 잡지 못했다. 경기도에서는 매월 초이틀을 정해 호랑이를 잡기로 했다, 는 조보를 읽었다.

수시로 들려오는 호랑이의 울부짖음 때문에 백성들은 살 수가 없을 것이다. 백성들은 느닷없이 출몰한 흰 호랑이 때문에 두려움으로 한시도 편한 날이 없을 것이다.

일기에 썼다. 조정의 가렴주구도 이와 같다. 그러나 다음날, 곰곰이 생각한 끝에 '가렴주구'라는 어구를 먹물로 까맣게 칠해

지운 다음, 세필로 정정했다.

이마가 하얀 호랑이 때문에 민심이 흉흉하다.

정정부인의 그릇

*

　종개는 남편의 전라감사 자리가 달갑지 않았다. 수많은 청탁
과 뇌물이 들어오는 자리. 언제라도 조정에 복귀했을 때, 뇌물을
받았다는 고발이 들어간다면 구설수가 생길 것이고 그것이 발목
을 붙잡을 것이다.

　희춘이 경연관으로 재직했을 때도, 서울 장통방 집으로 찾아
오는 사람들이 많았다. 벼슬 청탁 건이 대부분이었다. 청탁이 들
어오면 뇌물도 따라 들어왔다. 매일 밤, 희춘은 일기에 그날 들
어온 식품과 물품의 이름을 반드시 기록했다. 기억력이 좋았으

나 그때그때 기록하시 않으면, 되돌려 보내야 할 물품까지 망각할 수 있었다. 부담스러운 물건이 들어오면, 반드시 선물로 되갚아 보냈다. 합죽선과 종이와 먹 등 문방구였다. 종개는 자칫, 실수라도 할까 봐 수효까지 일일이 세어 희춘에게 말했다. 희춘은 보낸 선물을 세필로 기록했다.

살림은 여전히 궁핍했다. 희춘이 벼슬한 지 이 년째였으나, 살림살이는 나아지지 않았다. 앞으로도 조정의 벼슬을 보장받아야만 녹봉과 권세가 따를 것이고 문을 닫을 뻔했던 선산유씨 가문을 다시 일으킬 것이다. 청빈하게 살 수도, 재물 욕심을 부리며 살 수도 없었다.

호사다마라 했습니다. 좋은 일에는 흉한 일도 따라다니는 법. 전라감사 자리는 조심하고 또 조심해야 하는 벼슬이 아닙니까. 부디 명심하세요.

종개의 편지가 전주 관아에 도착하기도 전에, 유언비어에 휘말리고 있다는 소식을 종에게 전해 들었다. 소문은 이리저리 비틀리고 부풀어져 잡초처럼 무성해질 것이다. 앞으로 더한 소문

112

이 아가리를 벌리고 희춘의 낙마를 기다리고 있을 것이다. 임금 즉위 초였고 민심은 여전히 험악했다. 지방관아에서는 각종 고발사건이 끊이지 않았다. 예기치 못할 뒤탈이 많은 관직 전라감사. 고위 관리라 해서 안전한 건 아니었다. 인생에 혹한의 시절이 지났으나 아직 안심할 수는 없었다.

관복을 짓느라 바느질을 하고 있던 종개는 심란함에 도통 잠을 이루지 못했다.

**

종 대공이 담양의 소식을 가져왔다.

"아씨께서는 부모님 건강이 어떤지 물으셨습니다."

"따로 편지 낸 것은 없느냐?"

"예. 없습니다요. 두 분 모두 무탈하시기를 바란다고만 하시길래…"

이번에도 똑같았다. 그러나 편지 한 통 써 보내질 않는 며느리에게 매번 서운함을 가질 수는 없는 일이다.

며느리 종예는 김인후의 셋째 딸로 어릴 때부터 글을 익혔으니 안부 편지를 쓸 법도 했으나 도무지 책을 들지도, 붓을 들지도 않았다. 학식이 뛰어나 김인후의 자랑이었던 종예는 매사 의욕이 없었다. 기껏 안채에서 바느질에 몰두하며 바깥출입 없이 조용히 지낼 뿐이었다. 자식들을 낳고 살다보면 제 속을 풀어놓을 때도 되었으련만 제 마음을 글로 나타내는 것마저 조심하는 것 같았다. 감정을 좀체 드러내지 않는 며느리는 자신만의 힘든 시간을 겪는 듯, 울증이 깊었다. 말이 없었고 웃음도 없었다.

아무리 공부해도 문리가 트이지 않은 경렴을 의식한 건가.

희춘의 유배살이 때, 이미 장성한 경렴은 아버지를 따라가 공부를 계속했으나 도무지 진전이 없었다. 김인후에게 사돈을 맺자는 청이 왔을 때, 설마 했던 혼인이 이루어져 종개는 감격했다.

─대역죄인의 집안과 어찌 사돈을 맺는단 말이오. 삼대가 사화에 엮인 집이 아닌가.

김인후의 울산김씨 문중에서 혼인에 반대하는 난리가 그치지 않았다. 귀에 거슬리는 소문이 장성 황룡강을 건너 담양 대덕까지 날아와 종개의 심사를 건드렸다.

─이 시대에 어찌 역적이 되지 않고 살 것인가.

김인후가 말했다는 것이다. 소문은 바람을 타고 실려 왔다. 종개는 김인후가 한없이 고마웠다. 그가 유희춘과 사돈을 맺은 것은 친구에 대한 의리였기 때문이다. 딸의 혼인을 치르게 한 후, 아들을 두지 못한 김인후는 일찍 세상을 떠났다. 셋째 딸 종예는 후손이 약한 친정 때문에 시름이 깊었다.

폐문이 될 뻔한 집안에 시집왔으니 얼마나 막막했을까. 그토록 내키지 않은 혼인이었더냐. 혼인을 네 의지로 결정할 수 없었던 심정은 오죽했을까. 어찌할 것이냐.

내 친구가 북방에 귀양 가 있고

네 지아비도 만 리를 따라갔구나.

가을바람에 시름겨운 생각 그지없는데

들국화가 술잔 속에 떠 있구나.

김인후는 딸에 대한 애달픈 사랑을 시로 써서 보냈다. 그때를 생각하면 미안함이 더욱 컸다.

해남으로 오기 전, 종개는 장성에서 처가살이하던 아들과 며느리를 불러들였다.

─아가, 어디 아픈 거냐?

며느리 종예는 황급히 놀라 제 안색을 수습했다.

─여독이 아직 풀리지 않아서요.

종예의 눈에 물기가 고여 글썽거렸다.

—네 모친이 걱정되어 그러느냐.

말없이 고개를 숙인 며느리는 울고 있는 듯했다. 백 칸에 가까웠던 김인후의 집은 나날이 퇴락해가고 있었다. 가세가 기울었고, 가장이 없어서인지 도둑이 들기도 했다. 재산은 어디에선지 모르게 솔솔 빠져나가고 있었다. 남은 재산도 일가친척이 빼앗으려고 온갖 술수를 썼다. 그런 사정에 처한 며느리의 속마음은 울울창창 대숲처럼 깊어서 들여다보이지 않았다. 종개는 답답했다.

—세간의 인심이 그렇단다. 슬픔은 또 다른 슬픔을 불러오는 법. 슬픔은 새끼를 치고, 생각이 생각을 낳는다. 늘 좋은 생각만 품고 있어라. 혼자 계신 모친이 걱정이야 되겠지만 가끔 찾아뵙도록 하고. 이제 너는 선산유씨 가의 외며느리 아니냐? 아이들 교육에도 힘을 써야 한다. 자식 교육도 어미 몫이야.

—명심하겠습니다, 어머님.

그제야 고개를 들었다. 그런 며느리에게 담양의 큰 살림을 물려주고 떠나온 해남 길이었다. 이제 며느리가 아씨마님으로 제 몫을 다한다는 것을 종들에게 들었으니 그것만으로도 고마웠다. 총명한 자식들을 낳아 유씨 가문을 이어줬으니 그것으로도 되었다는 생각이었다.

116

편지는 무슨…, 내키지 않는 일을 어쩔 것인가.

***

봄밤, 개구리울음이 들판의 적막을 흔들어대고 있었다. 적막은 어둠의 벗. 어둠 속 땅의 것들은 잠이 혼곤했고 하늘의 것들은 맑게 빛나며 드높았다. 하늘에는 달이 떴고 별이 빛났다. 높이 있는 것들은 자신의 빛 때문에, 어둠 속에서 더욱 환하면서 외로운 법이다.

종개는 반짇고리를 잡아당겼다. 불현, 마름질한 옷을 한쪽에 제쳐둔 채 생각에 빠져들었다. 여태 굿덕은 따로 인사를 오지 않았다. 도무지 불쾌해서 편치 않았던 참에, 시누이 집에서 굿덕과 마주쳤다. 방자한 얼굴이었다.

─저 첩실 때문에 어머니가 더 힘든 게 아닙니까. 이 요사한 년을 가만두지 말아야 해요. 당장 불러들이시고, 혼쭐을 내세요!

딸 경은은 아버지의 첩에게 진저리를 쳤다. 그동안 종개는 경은이의 성화를 달래면서 무던하게 참았다. 그러나 그 문제로 맘을 상한 지 오래였다. 잡념을 떨쳐내려 바느질거리를 들어 올렸지만 한 땀 한 땀 정밀한 손길을 필요로 하는 관복을 짓는 건 무리였다.

정경부인이 되었으니 더는 무엇을 소망하겠는가. 투기를 하다니, 우세스러운 일이야.

잡념이 모여 속울음이 되었다. 속울음이 빠른 물살이 되어 바다로 흘러가고 있었다. 바다는 한없이 막막했다. 사는 일은 바다에서 홀로 노를 젓는 일처럼 외롭고 두려웠다. 희춘의 첫 유배지 제주 길을 배웅 나갔을 때 보았던, 파도의 끝없는 위태로움을 떠올렸다. 바닷길은 사방팔방 무한의 깊은 곳. 먹물 같은 새벽, 조용히 흔들리는 등잔불 앞에서, 번민에 잠겼다. 잠들지 않은 바다처럼 몸을 뒤척였다. 만리 길 종성에 도착한 그날의 불면이 다시 시작되고 있었다.

벼루를 꺼내 먹을 천천히 갈아 세필로 국화꽃 한 잎, 한 잎을 그리기 시작했다. 마음이 몽돌처럼 닳은 지 오래였다. 붓장난이라도 가끔 해야만 마음이 가라앉곤 했다.

친정아버지가 지어준 이름 종개. 쇠북 종鐘, 강하면서 오래오래 여운이 남는 종. 단단한 종소리의 울림이 세상에 널리 퍼져나가 하는 일마다 형통하라는 뜻이랬다. 종개는 이름대로 금속처럼 냉철한 데가 있어 쉽게 흔들리지 않았다. 어려운 시절을 이름 하나로 지켜낸 셈이라 해도 좋았다. 종개는 이름대로 멸문이 될 뻔한 가문을 지켜낸 자존감이 높았다.

심약한 남편을 온 힘으로 내조했건만.

투기하지 말라는 것은 남자들의 이기심이었다. 종개는 첩의 투정을 모두 받아주는 희춘을 못 본 척 견뎌내었다. 서녀를 넷이나 생산한, 둘의 인연도 무시할 수 없었다.

그러나 내가 어떻게 유씨 가문을 지켜냈던가.

화가 치밀었다.

홍주송씨의 뛰어난 여학사, 친정아버지가 늘 자랑하던 딸이었거늘, 당신이 어찌 내게 이럴 수 있단 말인가. 내리막길 시댁의 가문을 굳건히 지켜낸 결과가 이런 보답인가. 하찮은 첩에게 이런 수모를 겪어야 하는 것인가.

여명이 밝아오고 있었다. 잠이 오기는커녕 정신은 또렷해졌다. 희춘과의 혼인을 반대했다가 결국 딸의 뜻을 따라준 친정아버지가 그리웠다. 그토록 자상한 아버지의 유언을 지키지도 못하고 있는 자신이 한없이 서러웠다.

희춘은 해배 후, 선대의 묘지 조성에 온 힘을 기울였다. 가장 먼저 선산부터 정비했다. 모목동 묘지 앞에 연못을 판 것이다.

종개는 시누이와 함께 모목동 선산을 둘러보았다 묘지 앞에는 호수같이 커다란 연못이 있었다. 연못에는 자욱한 수증기가 김을 내며 위로 차오르고 있었다. 용이라도 나올 듯 고요하고 깊었다. 안개가 넘실넘실 차오르며 산 위로 올라가고 있었다. 선산은 편안하고 화평하게 잘 정비되었다. 물이 많은 이 호수에 용이라도 한 마리 나올 것 같구나. 찬탄할 정도였다. 묘지 조성에 해남현감과 해남윤씨 집안의 인부들을 동원했다. 모두 희춘의 능력이었다. 반면, 종개는 아직 친정아버지의 묘에 비석조차 세우지 못했다.

당신은 내 친정에 어찌 이리 무심하단 말이오.

종개는 붓에 먹물을 묻히어 편지를 써 내려갔다. 생각을 오래 했으니, 글씨는 일필휘지였다. 달리는 말처럼 급한 마음을 다스리며 붓을 놀렸다.

당신은 이제 2품의 관직을 맡고 3대가 추증을 받았습니다. 나는 내 아버님의 딸로 태어나 당신으로 인해 정부인의 품계를 얻었습니다. 참으로 명예로운 일입니다. 이는 모두 우리 선대의 공덕 덕분입니다. 그러나 지금, 나는 홀로 근심하며 잠들지 못하고 가슴을 치고 있습니다. 옛날 내 친정 아버지께서 "내가 죽은 뒤에는 반드시 정성을 다해 묘 곁에 비석을 세워라." 라는 말이 귓가에 맴돌기 때문입니다. 나는 자식 된 도리를 다하지 못해 아직까지 내 아버님의 소원을 들어드리지 못했습니다. 매번 생각이 여기에 미치면 애달픈 눈물이 눈에 가득합니다.

당신이 전라감사에 제수되어 참으로 기뻤습니다. 그래서 마음 편히 청을 넣었는데, 당신은 일언지하에 거절했습니다. "당신 오누이들이 사비를 들여 준비하면 내가 마땅히 그 밖의 일은 도와주겠소." 라고 말했습니다. 도대체, 이것은 당신의 어떤 마음입니까? 나는 이미 선대의 봉제사는 물론, 시어머니 상에 심신의 힘을 다 쏟아 장사와 제사를 지냈습니다. 이 집안의 며느리 도리에 부끄러움이 없습니다. 그런데 당신은 간절한 내 부탁에 박절하게 답을 했습니다. "반드시 사비를 들여 이루어야 하오." 참으로 야박하고 옹졸한 처사입니다. 처가의 부모에게 이런 차등을 두는 까닭은 무엇입니까?

당신은 내게 지음知音이라 했습니다. 도연명과 그 아내처럼 화락하게 늙자고 했습니다. 천 리를 달려가더라도, 서로의 위급함을 도와주자고 약조했습니다. 그런데 그건 말뿐입니까? 내 친정의 중요한 일을 귀찮게 여기니 분통이 터질 일입니다. 당신의 융통성 없는 고집불통에 답답하기 짝이 없습니다. 자신의 청렴을 주장하느라 처가의 어려움을 본체만체하다니요.

맹자는 가족을 돌보지 않은 제나라 오릉을 비난했습니다. "사람의 윤리를 저버리고 자신의 작은 청렴에 급급한 행위이다" 입니다. 이에 반해 송나라 범문정 공은 보리 오백 섬으로 장례를 지내지 못하는 다른 사람의 어려움을 급히 구제하였습니다. 이런 의로운 일 처리를 당신은 어떻게 여깁니까? 오릉과 범문정의 예를 들었으니 깊이 잘 생각해 보십시오.

게다가 우리 남매에게 사비를 들여 준비하라니 이는 가당치 않습니다. 남매 중 어떤 이는 과부로 지탱해가고, 어떤 이는 곤궁하여 살아갈 수도 없습니다. 그러니 그들의 비용을 모아 거두어 준비할 수 없습니다. 이는 반드시 원망하고 번민하는 마음을 일으킬 것입니다. 내가 만일 친정집에서 준비할 힘이 있다면 이미 나의 정성으로 이루었을 것입니다. 어찌 구차하게 당신에게 청하겠습니까. 겨우 사십, 오십 말의 쌀이면 끝낼 수 있는 공역을 귀찮아하다니요. 정말 어이가 없습니다.

또 한 가지. 당신은 종성에서 내 친정아버지의 부음을 듣고도 제사 한 번 올린 적 없었습니다. 이것이 사위를 온 갖 정성으로 대접한 내 아버지의 뜻에 보답했다 할 수 있습니까? 당신 스스로 청빈함과 예의를 내세우고 있는데, 깊이 한 번 생각해보시기 바랍니다.

시댁 선산 일을 급하게 정성껏 조성했을 때, 모두 누구의 덕입니까? 잘 생각해보세요. 이미 당신의 허물이 있습니다. 이제 귀찮아하는 마음을 버리고 비석 세우는 일을 힘써 도와주셔야 합니다.

나는 당신에게 부끄러움이 없습니다. 심신을 다해 당신의 집안을 혼자 지켰습니다. 이러한 것을 어찌 생각하려 하지 않습니까?

만일 이 평생의 소원을 멀리하면 나는 죽더라도 눈을 감지 못할 것입니다. 그러니 이 편지를 상세히 살펴보기를 간절히 바랍니다.

백년을 부부로서 화목하게 지내라는 내 아버님의 뜻을 잘 헤아리기 바랍니다. 만일, 이를 가벼이 여긴다면 당신은 도리에 어긋납니다. 나는 당신이 이 글을 읽고 깨닫기를 바라며 또 후손들에게 이 뜻을 분명히 전하려고 편지를 보냅니다.

송씨 덕봉이 올립니다.

새벽이 지나 동이 터오고 있었다. 종개는 붓을 멈추었다. 해
남 바닷가에 있는 돌을 어떻게 담양으로 옮겨야 하나. 생각에 생
각이 깊었다. 벼루의 먹물이 다 말라가고 있었다.

아침이 밝아오는 동안, 편지를 쓰는 동안, 서운함이 더해갔다.
종성에서 은진으로 유배지를 세 번째 옮겼을 때, 은진의 특산품인
좋은 돌을 사들였다. 아끼고 모은 돈으로 석공에게 값을 치르고
배에 실어 보내 해남 바닷가에 두었다. 인력이 부족하고 집안 형
편이 좋지 않아 돌을 깎아 세울 엄두가 나지 않아 속을 태우던 참
이었다. 이제나저제나 하면서 기회만 보고 있었다. 시댁 선산 일
도 끝났고, 전라감사로 희춘은 당분간 지방에 있을 터였다. 종개
는 친정아버지의 유언을 지키려고 부탁의 글을 보냈던 것이다.

지방관리로서 어찌 사사로운 일에 신경을 쓴단 말이오.

섭섭한 대답 한마디만 돌아왔다. 배신감이 깊었고 실망이 컸다.
혼자 청빈한 척하는 꼴이 우스웠다. 기막혀 통탄할 지경이었다.

기어이 내게 이런 대접을 한다면 나도 가만있지 않겠어요.

그리 마음을 먹었다. 희춘은 여전히 순행 중으로 각 고을을 두루 시찰하다가 어제야 전주에 이르렀다는 편지를 보냈다. 종개는 서둘러 전주 관아로 보낼 생각으로 편지를 단번에 내리쓴 것이다.

생각 끝에, 다시 먹을 갈고 붓을 들어 새로이 먹물을 묻혔다.

최근, 방굿덕의 소행이 괘씸하기 짝이 없습니다. 더는 두 고 보기 어렵습니다. 어찌 이리 방자한 겁니까. 이 모두 영 감의 탓 아니겠어요?

하룻밤 사이, 종개의 얼굴은 수척해졌다. 밤잠을 이루지 못하고 마음을 상한 탓이었다. 세수를 정성껏 하고 거울 앞에서 단장을 했다. 꼼꼼히 바느질해두었던 침향색 주머니를 꺼내 희춘의 순행길에 필요한 노자를 챙겼다. 노잣돈을 더해주고 나면 여름을 어찌 지낼까. 집안 식구들과 비복들의 쌀과 찬거리를 구할 일이 걱정이긴 했다. 그럼에도 불구하고, 쌀을 바꿔 돈을 만들었다. 여름이니 탕건을 사서 보내야 했고 수시로 갈아입을 의복을 새로 바느질해 부임지마다 보내야 했다. 끝나지 않는 생활고는 여전했다. 가정 경제는 모두 종개가 해결해야 했다.

─정경부인, 휴… 속 빈 강정이다.

종개는 세수한 물을 마당에 뿌리고 있는 여종을 시켜 종 대공을 불러오게 했다.

"아침밥을 일찍 먹고 바로 출발하거라. 지금 떠나면 영감마님을 만날 수 있을 것이야. 노잣돈을 잘 관리해서 전하고, 편지 주시면 꼭 받아와야 한다."

"예. 마님 분부대로 얼른 떠나겠습니다."

"중요한 일이니, 바쁘시더라도 상세한 답장을 구한다고 전하거라."

대공이 성큼성큼 마당을 가로질러 떠나갔다.

동이 훤하게 터오는 여름 아침이었다. 머릿속은 근심으로 가득 찼다. 중추절까지 살아야 할 양식이 걱정이었다. 세세한 집안 경제까지 일일이 알릴 수 없었다. 희춘은 계절풍처럼 집에 들렀다가 훌쩍, 벼슬살이로 떠나버리면 그만이었다. 오만가지 살림 경제는 모두 종개의 차지였다. 다행히 찬거리는 시누이 오씨 부인이 조달해주고 있었다. 희춘이 떠나자, 굿덕은 제 소유의 전답에서 소출하고 있는 쌀과 채소들을 따로 보내지 않았다. 그저 제 재물이 축날까 전전긍긍했다. 종개는 곤궁한 살림 때문에 마음조차 피폐해지는 느낌이었다. 마음고생은 여전했고 해남 본가의 재산은 이리저리 흩어져버렸다. 재산 관리를 제대로 하지 못했기 때문이었다.

희춘의 재산은 그동안 제대로 관리되고 있지 않았다. 시어머니가 돌아가신 뒤, 종개도 해남 살림에서 손을 떼고 종성으로 떠났기 때문이다. 모두 시누이에게 맡겼다. 시누이는 굿덕의 집에까지 물품을 보냈다. 희춘의 재물로 굿덕은 물론 서녀들을 위해 매달 신공을 따로 바치기까지 했다. 선산유씨의 재산은 이리저리 흩어져, 폐가처럼 변한 집 한 채와 열 명도 되지 않은 종들뿐이었다. 해남 본가를 허물고 새집을 지은 연유는 바로 그것이었다. 새집은 다시 가문을 일으킨다는 상징이기도 했다.

"마님, 아침밥을 드셔야죠."

"아니다. 흰죽을 쑤라 일렀다. 죽에 간장종지 하나 올려서 가져오거라. 나물은 올리지 말고."

잔뜩 속을 끓인 탓인지 입맛이 떨어져 반찬 없는 흰죽으로나마 원기를 보양해야 했다. 새벽부터 인부들이 들어왔을 것이다. 인부들의 밥과 찬을 마련하고 있을 집안 여종들이 분주히 움직이고 있었다. 집 공사의 감독을 하기 위해서는 피곤하다고 누워

있을 수도 없었다. 해남에서 재미나게 살자고 했던 남편의 말만
믿고 내려온 종개는 울화가 치밀었다.

****

칠월 그날, 더위에 지친 희춘이 해남으로 잠시 들렀다. 다음
날 희춘이 떠난 후, 은밀한 부위에 피가 흐르기 시작하고 안쪽에
오돌토돌 종기 같은 것이 돋아나는 것이었다. 임질이었다. 속이
뒤틀렸으나 내색하지 않고 혼자 책을 뒤져서 약재를 구해 치료
하다가 점점 심해졌다. 황당한 일이었다. 지방 순행마다 수청 든
기생들이 있을 것이다. 감사나리와 밤을 함께 보낸 기생들에게
서 옮아온 것이 분명했다.

치밀어오르는 화를 겨우 누르고, 완곡한 어조로 짧은 편지를
썼다.

하부에 계속 피가 흐릅니다. 당신 다녀간 지 바로 뒷날
부터 이런 증세가 있으니 어찌 변명하시겠습니까.

종개는 불처럼 타오르려는 화를 다스렸다. 작은 붓을 자주 멈

128

추면서 겨우 썼다. 마지막 문장에는 다만, 몸의 정기를 잘 보하십시오, 라고 썼다. 기가 막혔으나 멀리 순행 중이라 도리가 없었다. 싸우려고 해도 싸워야 할 당사자가 없었다. 주로 염증을 다스리는 약재들을 구했다. 민간처방으로 구한 약재들을 달여 먹어도 낫지 않았다. 나중에는 밥도 넘어가지 않았다. 속으로 심정을 얼마나 상했던지 기어이 비위까지 상해 밥을 먹을 수 없을 정도로 탈이 나고야 말았다.

희춘에게 답장이 왔다.

순행 중에 도무지 가마를 멈출 수가 없어 오줌을 참았는데 아랫도리에 병이 든 것이오. 의원이 처방을 내렸는데 오령산이 특효라길래 보냅니다. 미안하구려. 차전자를 따로 보내니 첨가해서 잘 달여 드시오.

거짓말투성이 희춘의 변명이 어이없었다. 소문은 바람보다 빨리, 편지보다 발이 빨라 해남까지 이르렀던 것을 몰랐던 걸까. 전주 기생 옥경아에 빠져 산다는 것을 알고 있었는데도.

기어이 첩을 둘이나 보게 될 것인가. 이젠 더러운 병까지 옮겨주다니… 과연 어디까지 참아줘야 하는 것일까.

이낭전을 써야 합니다. 인삼·백출·백복령·감초·진피로 약재를 쓰고, 죽으로 쒀서 먹을 것은 율무와 피·가을 보리쌀을 잘 갈아서 드셔야 합니다.

놀란 희춘은 용한 의원을 해남까지 급히 보낸 것이다. 전주의 명의를 보내다니, 어지간히 마음을 졸였던 것이 틀림없었다. 종개는 노령에 접어든 희춘을 이해하려고 노력했다. 수청기생이 매일 바뀔 수밖에 없는 순행 길을 이해 못 하지는 않았다. 첩의 존재만으로도 머리가 지끈거렸다. 편지로 설왕설래, 첩의 행실을 들추어내며 말다툼을 일으키고 싶지 않아 속으로 앓았다. 그가 멀쩡하게 살아있는 것만 해도 감동해야 할 고독하고 참담한 시절이 있었기 때문이다.

*****

해남에 들르지 못하고 급히 올라가야 합니다. 새집을 지으려면 부인이 감독을 해야 하니, 혼자 갑니다.

전주 관아에서 희춘을 수발했던 종이 짧은 서신을 들고 도착했다. 성질 급한 임금이 즉시 역마를 타고 조정으로 올라오라고 전주 관아에 어명을 내려보냈다. 전라감사가 된 지 구 개월 만에 대사헌으로 임명을 했다는 것이다.

당신의 새 의복을 두 벌 더 지어야 하겠습니다. 경연장에 나설 입성이 초라해서야 되겠습니까. 안감으로 쓸 명주 서너 필과 주목 두 근에 홍화 서 근을 바삐 사서 보내주세요. 저는 이달 이십육 일에 새집으로 들어갈 예정입니다. 당신과 함께 들어가고 싶었으나 어쩔 수 없군요. 이 집에 훈기를 불어넣고 여러 단속을 마친 후, 저도 당신이 계신 서울로 갈게요. 아마 봄이 되어야 출발하게 될 것 같습니다. 그때까지 몸 보존을 잘하시길 바랍니다. 부디, 가시는 먼 길에 무리하지 마시길 바랍니다.

종개는 바삐 편지를 써서 보냈다.

–임금과 첫 대면인데, 옷이 몸에 맞지 않아 참말로 우스꽝스러웠다오.

해배 후, 복직되었을 때, 희춘은 조복과 사모와 옥대 등을 대신들에게 빌려 입어야 했다. 급하게 임명된 경연관 자리였고 사정이 좋지 않아, 옷감을 마련할 길이 없었기 때문이었다. 나중에야 너털웃음을 짓던 얼굴은 보기에 민망할 정도였다. 키가 작고 체격이 마른 희춘이 조복 입는 모양을 상상해보았다. 서울로 홀로 떠난 남편을 위해, 종개는 자신이 직접 천을 떠서 속옷은 물론 단령까지 손수 바느질해서 올려보냈었다. 그때를 생각하며, 종개는 웃었다.

참으로 다행이지 않은가.

전주관기 옥경아의 존재를 모른 척하면서도 신경이 쓰였던 종개는 가슴을 쓸어내렸다. 지방의 최고 관리보다는 중앙의 벼슬이 한결 속이 편했다. 서울 조정에서는 함부로 여색을 가까이하기 어려웠다. 보는 눈이 많아서였다.

희춘이 보낸 홍화와 주목이 도착했다. 이제는 여색을 일체 가까이하지 않는다, 고 자랑 섞인 편지를 함께 보내왔다.

종개는 얄미워서 즉시 붓을 들었다.

편지 내용을 보니, 갚기 어려운 은혜를 베푼 듯 자랑하고 있네요. 감사하기 그지없다, 제가 그리 써야 합니까. 당신이 여색을 가까이하지 않는 일이 어찌 저를 위한 것입니까. 벼슬살이하면서 홀로 잤다고 해서 고결한 척하시는군요. 제게 은덕을 베풀고 있다고 하시니 이것이 군자의 할 소리입니까. 바깥의 화사한 여색을 끊었다고 하셨는데, 이를 자랑하는 겁니까.

이런 일로 자랑하면서 내게 편지를 보낼 것은 없습니다. 당신의 진심이 의심스럽네요. 오히려 걱정스럽기까지 합니다. 그걸 눈으로 보지 않은 제가 어찌 믿습니까. 당신의 나이 이미 예순에 가깝습니다. 그러니 진실로 혼자서 잔다면 당신의 기운을 보양하는데 매우 이로운 것입니다. 제게 갚기 어려운 은혜를 내린 것이 결코 아닙니다.

제가 마천령 넘어 험난한 유배지 종성을 고생 끝에 혼자서 찾아간 일은 기억나지 않으십니까? 당신은 그때 어떤 생활을 하고 있었습니까? 혼자 생활하면서, 제게 결백하게 살고 있었습니까? 잘 생각해보십시오.

그러니 오직 바라건대, 자랑은 그만하시고, 앞으로 영원히 여색을 끊고 기운을 보양하여 수명을 늘리도록 하세요. 이것이 제가 밤낮으로 간절히 바라는 바입니다.

　　　　　　　　　　　　　　아내 송씨가 아룁니다.

종개는 화가 나 단숨에 붓으로 내리썼다. 긴 편지에서 감정을 빼고, 다시 군데군데 다듬고, 마음을 다스려 새로 쓰자니 더할 수 없이 귀찮았다. 그렇게 고치다가, 부치지 못하고 그만두게 될 수 있는 편지이기도 했다.

종개는 생각다 못해, 큰손자를 불러 정서한 편지를 베껴 쓰게 했다. 영특한 손자는 모르는 척 말없이, 고개를 한껏 숙이고, 할머니의 편지를 정성껏 필사했다. 종개는 발 빠른 종을 시켜 단단히 편지를 단속하게 한 다음, 서울에 있는 희춘에게 보냈다. 그제야 속이 좀 후련해졌다.

뜨거운 가을 햇볕 아래 노란 벼가 알알이 익어갔다. 잦은 가뭄 속에서도 들판은 황금빛으로 물들어가고 있었다. 구름이 걷힌 푸른 하늘이 눈부셨다. 눈이 부신 하늘이 멀고 높았다. 수확기에 비가 오지 않아 좋았고, 큰바람이 불지 않아 더욱 좋았다.

종개는 집안 살림을 단속하면서 서울 갈 준비를 시작하고 있었다. 서문 밖에 있는 논과 밭을 둘러보았다. 논에는 벼보다 피가 더 무성하게 자라 먼 데서 보아도 불그스름했다. 군데군데 돋은 피를 뽑아야 한다고 종들에게 그토록 일렀으나 아랑곳없었다. 종들은 게을렀다. 종들은 주인의 살림에는 관심이 없었다.

시키는 일도 제대로 하지 않았다. 일일이 잔소리를 해야 할 모양이었다.

주인이 서울로 떠나야 할 사람이라 그런 것인가. 매사에 엽렵하지 못한 경은이가 이 큰 살림을 어찌 건사해 나갈 것인가. 서울로 가기 전에, 곳간 열쇠를 넘겨주어야 할 텐데.

걱정이 태산이었다. 가을 수확 후, 곡식을 쌓아둘 새 곳간을 어떻게 간수할 것인지 미리 일러두었어도 경은은 관심을 두지 않았다. 그저 몸치장이나 하다가 시간이 나면 서책을 뒤적거리고, 오후 저물녘에야 손녀 은우와 함께 시댁으로 마실 다녀오면서 하루를 보냈다. 해남윤씨 가의 위세가 등등했지만, 경은이는 친정아버지의 권세를 더 믿고 있었다. 남편 관중의 첩질을 두고 보지 못하면서 시아버지께 조른 것이다. 관중은 경은이의 등쌀에 인근 사찰로 들어가 공부 중이었다.

—오히려 잘 되었어요, 어머니. 시어머니가 잘했다고 칭찬하시던데요. 남자는 벼슬이 첫째라면서!

딸 경은이를 생각하면서 빙긋 웃다가, 해남 살림이 걱정된 종개는 다시 마음이 무거웠다.

양반댁 마님이 되어

"마님, 쇤네 왔습니다요."

굿덕은 대문 안에 들어서자마자 머리를 조아렸다.

정부인이 안채 마당에서 굿덕이 모녀가 들어서는 것을 보고 눈부신 햇빛을 피하려 손을 이마 쪽으로 올렸다.

굿덕이 새집에 들어와 인사를 한 건 처음이었다.

새집은 목재 중에서 으뜸인 노송 향기가 아직 가시지 않았고, 지붕은 새 기와를 얹어 말끔하게 단장되어 있었다. 뜰 한쪽에는 키 작은 나무가 가지런히 심겨 있었다. 마당에는 대빗자루 흔적

이 남아있어 정갈하게 보였다. 대문 바깥에서 내다보았을 때와
는 느낌이 달랐다. 꾸민 데 없는 것 같았으나 기품이 느껴졌다.
정부인의 성격대로 새집 안팎은 빈틈없이 깨끗했다.

굿덕은 찬밥 신세가 된 것 같았다. 폐가를 헐어내 새집 공사
를 할 적에도, 공사를 끝마치고 잔치를 했을 때도, 정부인은 굿
덕을 따로 부르지 않았다. 정부인의 존재감 때문인지, 현감이 눈
치를 보기 시작했고, 인근 지방관들의 곡물과 해산물 상납도 점
점 뜸해지고 있었다. 굿덕은 섭섭한 마음을 어디에 둘지 몰라 분
이 치밀었다. 감히, 영감마님의 후실인 내게! 라는 생각으로 배
알이 뒤틀렸으나 내색하지 않고 참았다. 영감마님이 서울로 떠
났으니 조만간 정부인도 떠날 것이다. 그날은 멀지 않을 것이다.
그 생각이었다.

어제 저물녘, 본가댁 종이 왔다. 굿덕은 해복이의 혼인에 재
물을 마련해준다는 말이 고마워, 인사할 마음을 내느라 망설였
던 참이었다. 조금 전에도 감사 인사를 차리려고 말린 전복과 숭
어를 가져왔으나 정부인은 말없이 부엌의 여종에게 건넸을 뿐이
었다. 인사가 늦어도 한없이 늦긴 했다. 그것 때문에 노한 것인
지도 모를 일. 정부인은 종성에서와 달리 해남에서는 따로 굿덕
을 부르거나 일을 시키지도 않았다. 후실 대접을 해준 셈이다.

"왜 어려운 염색 일을 배우려고 하느냐?"

정부인이 머리를 조아린 해복에게 웃음을 띠며 부드럽게 물었다.

"혼인하게 되면 지아비 의복을 손수 짓고 싶어서 그렇습니다."

굿덕이 무어라 대답하려는데 앞서, 해복이 반가운 듯 냉큼 대답했다. 해복이가 정부인을 따르는 것이 심사가 뒤틀릴 때가 있었는데, 이번 같은 경우에는 얼굴에 표현해서는 안 되는 상황이었다.

─마님께 염색을 배우고 싶어요.

해복이 졸랐다. 정부인의 여종이 가져온 소식은 내일 홍화염색을 하는데, 낮에 일이 많으니 저물녘에 들르라는 것이었다. 해복이 아침 일찍 들어가 뵙고 염색을 배우겠다고, 마님께 말씀드려달라는 부탁을 따로 했다.

─굳이 왜 네가 일을 배우려고 하느냐, 이제 넌 무관의 소실인데 편히 먹고 살아야지. 힘든 일을 왜 하려고 하느냐. 나는 내 딸이 정실 밑에서 일하는 게 속이 상하다. 니 혼인에 쓸 재물은 마님이 준 게 아니야. 모두 니 아버님이 내리신 거란 말이다!

굿덕이 언성을 높이며 말했다.

─감지덕지, 고마워할 일이지 않냐. 아무리 니가 나리의 후실

이 되었나고 해도, 마님은 네가 님볼 수 없어. 높은 상전이란 밀이다. 정부인을 잘 모셔야 속량을 시켜줄 것 아니냐. 마음을 잘 써야 쓴다. 고약한 정실 같으면, 너는 이미 뼈도 못 추렸을 것을. 호강에 초를 친 것도 모르고….

늙은 어미가 굿덕에게 타일렀다.

─속량은 영감마님이 약속하신 거니까 틀림없구만요. 해복이 혼사 때문이라서, 그래서 가는 거요. 어머니가 노비라고 나까지, 내 자식들까지 노비로 살 팔자는 아니란 말이오.

어미에게 쏘아붙이고 나섰던 길이었다. 마음으로는 해복에게 귀한 홍화염색을 가르쳐준다는 전갈에 가슴이 뛰었다.

나도 염색을 잘 배워 빛깔 고운 다홍색 저고리를 만들어 입을 것이다.

정부인이 여종을 시켜 잇꽃을 모시 주머니에 넣고, 너른 함지박에 물을 채워 주물럭거리라고 했다.

"붉은 안감으로는 홍화빛이 가장 어여쁘지. 잇꽃을 홍화라 부르는데 꽃을 본 적이 있느냐?"

"잇꽃이 이것입니까?

눈치 빠른 해복이 소매를 걷어 올리고 앉으면서 정부인에게 물었다. 노란 잇꽃이 담긴 주머니를 해복이가 집었다.

정부인이 해복이 쪼그리고 앉을 자리를 정해주었다.

"어머니도 염색을 배우고 싶다고 합니다."

이번에도, 해복이 굿덕이 대신에 나서서 말했다.

"자네가? 염색이… 이게 또 쉬운 일이 아닐세. 손재간이 좀 있어야 하네만."

굿덕은, 정부인의 이런 어투가 싫었다.

─언문을 자네가 굳이 배우고 싶다면 가르쳐는 주겠네. 쉬운 건 아니네만. 끈기도 있어야 하고.

종성에서 정부인은 굿덕을 처음부터 무시했다. 굿덕은 그 바람에 오기가 나서 일을 마치고 나면, 졸음을 참아가면서 언문을 기어이 배웠던 것이다. 참으로 영리하다, 고 그제야 정부인은 마지못한 듯 치하했었다. 그 생각이 새삼스럽게 떠올랐다.

─마님이 하는 걸 왜 쇤네는 못 합니까. 타고나기를 노비 신세라 못한 겁니다. 이제는 영감마님의 관복도 내가 손수 염색해서 지을 것이요.

그런 속셈도 있었다. 굿덕은 자신이 하는 일마다 어여삐 여긴 영감마님의 체취가 그리웠다. 당상관 벼슬자리는 아마도 임금이 죽으면 죽으라는 시늉까지 하는 건가 보았다. 대사헌으로 임명되어 급히 떠나느라 따로 들를 여가가 없었을 것이라고, 시누이

댁 여종이 알려줬다. 전주 관아에서 서울로 바로 올라간다는 전 갈이 정부인에게 편지로 전해졌다고 했다. 그때의 서운한 심정 은 이루 말할 수 없었다. 무엇을 또 서운해하는 것이냐. 영감께 서 어찌 너를 잊을 것이냐. 이만큼 사는 것도 고마운 일이다. 굿 덕은 밤새 눈물범벅으로 울다가, 늙은 어미와 오라비에게 지청 구를 들었다.

혹시 쉰네 편으로 남기신 말씀은 없었는지요?

언감생심, 정부인에게 대놓고 물어볼 수 없는 말이었다. 굿덕 은 심사가 뒤틀려 여태 마음을 풀 수 없었다. 영감마님께 팽개쳐 진 느낌이었다.

어쩌자고, 마님은 해남 살림까지 하려고 오신 겁니까. 여긴 나, 굿덕이가 있는데요.

"저 누른 빛이 안 나올 때까지 계속 주물러야 돼여."

굿덕의 상념 속으로 여종의 목소리가 들렸다.

영감마님, 어찌 내게는 편지 한 장 주지 않으시오. 기생에게 빠지시더니 소첩을 잊어버리신 건가요.

"잇꽃을 직접 키워 물을 들이면 좋아. 하지만 공력이 많이 들 어가지. 나는 시장에서 파는 것을 주로 쓰는데, 중국 잇꽃 말린 것이 값이 싸고 꽃의 크기가 커서 으뜸이란다. 속지만 않으면 그게 좋지. 좋은 것을 잘만 고르면 품이 덜 들어 훨씬 수월하다. 너도 혼인해서 서울 가거든 시장에서 사다 쓰거라."

해복을 보며 정부인이 말했다. 해복은 어찌나 열심히 홍화 주머니를 치대는지 얼굴이 붉게 달아올랐다. 뭐든지 가르치면 열심히 하는 해복은 솜씨가 좋았다.

손재주 좋은 건 날 닮은 게야.

딸 넷 중에서 해복은 굿덕을 제일 많이 닮았다. 영리하고 싹싹하고 눈치도 빨랐다. 단 한 가지 흠이 있다면, 착해서 도무지 욕심이 없다는 것.

"홍화 두 근을 미리 항아리에 담갔다 한 사나흘 불렸다. 이제 노란 물을 완전히 빼면 된다. 우리 단해가 손끝이 야무져서 염색을 잘하지. 아랫것이라 생각하지 말고 모르는 건 그때그때 물어야 해. 자네도 잘 배워두게나."

굿덕에게 들으라고 하는 말 같았다. '아랫것'이라는 말은 정부인이 종성에 왔을 때, 가슴에 대못이 박힐 정도로 아픈 말이었다.

ㅡ세상에, 당신이 저 천한 아랫것과 서녀를 넷씩이나 두었단 말입니까?

초가집 안방에서 쫓겨나 아랫방에서 자식들 넷과 잠을 자고 있을 때, 노한 목소리가 사납게 튕겨 나왔다. 굿덕의 존재를 알고 혼절 지경까지 이른 후, 겨우 일어난 정부인이 맨 먼저 던진 말이었다.

"쉰네도 염색법을 배워 영감마님 의복을 해드리고 싶습니다."

불쑥 한 마디를 내뱉고는 아차, 싶었다.

"종성에서야 자네 손에 의지하지 않았나? 이제 영감마님 관복은 내가 알아서 할 테니, 자네는 자식들 혼인할 때 고운 옷을 지어주게나. 살림도 형편이 풀렸고, 무관 사위도 얻게 되었으니 말일세."

정부인이 그제야 웃는 얼굴로 말했다. 굿덕은 가슴이 철렁, 내려앉으면서 후끈, 얼굴이 달아올랐다.

그렇다고, 저토록 무섭게 내치는 건가. 미리 준비해둔 말처럼.

입이 빠른 것이 화근이었다. 이제는 해마다 철철이 지어 올리던 영감마님 의복 한 벌도 짓지 못하게 되어버렸다. 한 치도 빈틈이 없는, 허튼 말은 하지 않는 정부인은 소문나게 글솜씨 좋은 양반 중의 양반. 종들에게도 어질기 한량없다, 했다. 새집 지을 때도, 일꾼들 먹는 밥과 반찬까지 전부 살폈다고, 칭송이 자자했다. 그런데 염색과 바느질까지 종의 손을 빌리지 않고 손수 한다는 것이다. 영감마님의 유배 이십여 년, 의복 짓는 일은 굿덕의 차지였다. 이제는 좋은 시절이 왔으니 염색을 배워, 영감마님의 관복 한 벌을 온전히 지어보는 것이 소원이 되었다. 임금 앞에서 입을 조복朝服, 문관의 조복은 학이 수놓아진 옷이라고 했던가. 꿈이 이토록 쉽게 이루어진 것인가, 싶었다. 그런데 입이 방정이어서 한 방에 거절당했다. 무참하기 짝이 없었다.

"안감을 명주로 하는 데는 다 까닭이 있단다. 부드럽고 따뜻해서 살결을 감싸주기 때문이다. 겨울 추위를 다스려주는 데는 명주가 아주 좋단다. 너도 지아비를 잘 받들어 내조를 해야 할 사람이지? 아무쪼록 타고난 기질을 잘 닦고 마음을 부드럽게 써서 명주같이 좋은 심성을 기르거라."

해복에게 하는 말이었다. 정부인의 안중에 굿덕은 없었다.

"예, 마님."

해복이의 옆에서 홍화 주머니를 치대던 굿덕은 속이 점점 불편해졌다.

"붉은색 홍화가 제대로 드러날 때까지 노란색을 잘 빼야 한다. 조금이라도 노란빛이 남아있을 때는 색이 탁하지. 정월에 피는 납매화처럼 고운 빛을 내려면 시간과 정성이 오래 걸려야 해. 그 정성이 깊어야 고운 홍색이 든단다."

정부인의 입에서 나오는 말을 명심하겠다는 듯, 해복은 예, 예하고 빠른 대답을 했다.

"명주는 물을 들이는 즉시 햇빛 좋은 시간에 널어 말려야 해."

"마님, 엷은 물이 나와요. 누른 물이 이제 거의 다 빠진 듯합니다."

"단해야, 이제 끓인 물을 붓거라. 그 물이 식거든 홍화 주머니를 넣어 물을 빼야지. 그때야 되어야 선명한 빛을 얻을 수 있단다."

해복과 여종 단해가 공을 들여 물을 뺀 홍화 뭉치들이 모였다.

"잇꽃 염색이 잘 들었구나. 가장 어여쁜 것은 네 혼숫감이 될 게야."

"예? 마님… 송구스럽습니다. 고맙습니다요."

해복이 마님의 칭찬에 어쩔 줄 모르는 표정이었다. 굿덕은 고이 기른 딸자식이 정부인에게 쩔쩔매는 것이 눈에 거슬려 속이 상했다.

─일을 배우면 일 때문에 늙게 된다. 너도 마님처럼 살고 싶으면 종들을 부리는 법을 익혀라. 언문도 꼭 배워야 하고.

부지런하고 손끝이 매운 해복은 듣지 않고 종종거리며 부엌에서도 일을 찾아다니곤 했다. 그러더니 결국, 염색까지 배우겠다고 성화를 부렸다. 어미를 앞에 두고 정부인에게 잘 보이고자 하는 얼굴이 보기 싫었다.

"마님. 쇤네가 요새 낡은 배를 한 척 보러 다니는데, 어젯밤에 기별이 와서 가보아야 될 성 싶습니다요."

굿덕은 핑계를 대며 거짓말을 했다.

여기는 더 있을 필요가 없는 곳이다. 염색이 무슨 신기한 기술인가. 그것은 배워도 그만, 안 배워도 그만이다. 돈만 있으면 장에 나가 사면 되는 것을.

"그러게나. 자네, 어찌 배를 사려고 하는가?"

"마님은 아직 이곳 사정을 모르시는가 봅니다. 해남에는 배가 재물입니다. 돈이 급한 주인이 헐값으로 내놓은 배가 한 척 있다고 연통이 왔는데, 쇤네가 깜박 잊고 있었지 뭡니까."

"그래? 어서 가보게나."

정부인은 고개를 돌려 염색 함지박으로 시선을 돌렸다. 더는 물어볼 필요가 없다는 듯.

염색은 시간을 다투는 작업이었다. 염색을 손수 해 본 적이 없는 굿덕이 그것을 알 리 없었다. 영감마님의 소식을 묻고자 애를 태우고 있는 것을, 정부인이 일부러 모른 척하는 것으로 여겼다.

염색은 까다로운 작업으로 굳이 여러 손을 빌리지 않는다. 사람의 손끝마다 기술이 달라 색깔이 각각으로 나오는 까닭이다. 천의 씨실 날실에 고루고루 손길을 주면 정성을 쏟는 만큼의 빛깔이 나왔다. 물들이는 자의 마음이 조급하거나 손동작이 게으르면 원하는 색깔이 나오지 않았다. 저절로 스며드는 시간을 무시하고, 너무 빠르거나 너무 지체하면 색이 지나치게 옅거나 짙어져 얼룩이 생겼다.

해복은 염색에 정신이 팔려, 제 어미가 낯빛을 붉히며 무안해하는 것을 몰랐다. 너도 이 어미를 만만히 보는 게야? 라고, 굿덕이 경을 칠 사건임에도 불구하고.

"재가 거의 식었느냐? 살펴보거라."

단해가 부엌 아궁이 쪽으로 갔다.

"오래된 재를 사용하면 잿물이 독하고 빛깔이 선명하지 않고 탁하게 되느니라. 불을 막 땐 후, 온기가 사그라지고 미지근하게 뜨뜻한 재를 시루에 받쳐 사용하는 거란다."

정부인의 말에 단해가 시루에 재를 붓고 그 위로 맹물을 적당히 들이부었다. 그 잿물을 다시 끓이는 건 해복의 몫이었다.

말과는 달리, 그 자리를 떠나지 않고 잠자코 해복과 함께 잿물을 끓였다. 정부인의 심기를 건드려서 좋을 일이 없었다. 둘째 해복을 면천시키고, 좋은 혼처를 주선해서 혼인하게 해준 것도 정부인의 역할이라는 것을 모르지 않았다. 또, 명심해야 할 것은 아직 셋째 해명과 넷째 해귀의 속량과 혼인이 남아있었다. 영감마님이 속량금을 마련하려면 정부인의 허락이 있어야 가능했다. 모든 재물을 경영하는 건 정부인이었다. 어떤 일의 결과가 제 이익에 보탬이 있는지, 영리한 굿덕은 그 사실 또한 망각하지 않았다. 다행히도, 정부인은 묻지 않았다. 배를 보러 간다면서, 왜 아직 있는 건가? 팩, 하고 성을 내서 입방정을 떨어서는 안 되는 일이었다. 제 분을 참지 못하는 성냄이 일을 망치는 법. 사리 분별보다 계산속이 빠른 굿덕은 군소리 없이 일을 했다.

　날이 저물어가고 있었다.

　"마님, 준비 끝났사옵니다."

　해복의 목소리였다. 홍화 덩어리에서 더 이상 누른빛이 나오지 않을 때까지 주물렀다는 뜻이다. 굿덕은 피로가 몰려왔다. 정부인 앞에서는 도무지 긴장을 풀 수 없기 때문이다.

　"힘드냐?"

　"아니요, 마님. 저는 이 일이 좋아요. 음식 만드는 법도 어릴 때부터 일이 재미났습니다."

　"홍화 덩어리를 꼭 짜서 잘 뭉쳐 보거라. 거기에 잿물을 넣어야 한다."

　단해가 잿물을 함지박에 부었다.

"체에다 그 물을 넣어 받치어 내거라."

잿물을 넣어 추출한 홍화 물의 마무리는 오미자 물을 내어 섞어야 한다.

"오미자 물을 가져오거라"

정부인이 미지근한 물의 온도를 팔목까지 담가 가늠했다. 사위어가는 숯불 위에 큰 놋그릇 대야를 놓고 온도를 조절하는 것이 최고의 비법이다.

"물이 너무 뜨거우면 고운 홍색이 나오지 않는단다. 해복이 이리 와서 팔목을 넣어 보거라. 단해도 이리 오고. 물을 들일 때마다 색이 같지 않은 이유는 날씨 탓이기도 해. 오늘은 청명하고 바람 끝이 고르니 홍화 물이 곱게 들겠구나."

자네 왜 아직 거기 서 있는가? 소리가 나올까 봐 조마조마했던 굿덕은 일이 거의 끝나자 그제야 마음을 놓았다.

정부인이 직접 명주천의 끝에서부터 재바르게 홍화 물에 담그기 시작했다. 찬찬히 재빠르게 골고루 천의 올을 다스려서 물을 들여갔다. 물에 담기는 천의 색이 납매화의 것처럼 홍색이 들고 있었다. 각각의 함지박 속에서 해복과 단해가 천의 끝부터 골고루 빠르게 손을 놀려 진홍색으로 물을 들였다. 붉은 홍색. 굿덕의 마음 같은 것이었다. 영감마님을 온전히 차지했던 시간이 흘러, 정부인이 그 자리에 있다.

곱다. 참으로 곱다.

굿덕은 짙은 홍색으로 비단 주머니를 새로 만들어보고 싶었다. 문득, 여지껏 간직한 붉은 모란 주머니를 생각했다. 아직 버리지 못한 마님의 것. 낡고 헤진 비단 주머니. 연한 다홍색 비단이 색이 바랬고, 붉은 모란꽃과 한 쌍의 나비 자수는 실이 낡아 군데군데 풀어져 버렸다. 다만 온전한 것은 끈 두 개에 매달린 녹두알보다 조금 큰 비취색 옥이었다. 이제 새것을 갖고 싶었다. 붉은 모란 한 송이를 수놓은 주머니. 둥근 수틀에 비단을 단단히 고정시킨 다음, 모란꽃을 촘촘히 새길 것이다. 양반댁 마님이 되어.

"무명과 명주는 다르다. 명심해야 할 게야. 이 밑물은 연지로 쓰인단다. 해복이 혼사 때 쓰일 연지 말이야."

신부가 연지곤지를 찍고 혼인할 때, 친정어머니는 당부한다. 현숙한 부인으로 내조를 잘해야 한다.

"마님, 이제 다 되었사옵니다. 오미자 국물도 준비했으니…."

해복이 다듬이질해서 곱게 펴낸 명주천에 오미자 우린 물을 걸렀다. 홍화 물이 얼마나 곱게 들 것인가. 굿덕은 가슴이 뛰었다.

"홍화 한 근이면 오미자도 한 근이다. 홍화가 두 근이니 오미자도 두 근. 이것도 한 사흘 항아리에 넣어 담가놓아야 고운 물이 든단다. 그것을 물에 깨끗하게 헹구어 낸 다음, 촛국물과 냉수를 섞어 다시 주물러야 된다."

단해가 오미자 물에 홍색 명주를 담갔다. 그 이후의 일은 단해와 침방 어미가 할 일이었다. 물이 잘 든 옷감에 적당히 물기가 가시면 다듬이질로 마무리를 한 뒤에 끝이 나는 것이다.

"들어오게. 고생 많았네. 무엇 하나 쉬운 일이 없고, 뭐든 공짜는 없는 법이야. 해복이는 단해에게 식혜를 내달라 해서 가져오고."

정부인을 따라 굿덕이 안채로 들었다. 해복이가 부엌에서 식혜를 받아 차반에 받쳐 들고 따라 들어섰다.

"혼례가 언제라 했지?"

"삼월 스무여드렛날로 잡았습니다."

해복은 지난해 주인 이구에게 말 한 필을 바치고 속량이 되었다. 어미 굿덕의 소원대로 무관의 첩이 되어 서울에서 살게 된 것이다.

"붉은 명주와 연지, 네 것은 따로 챙겨주마. 그리 알고 있거라. 네 혼사에 섭섭하지 않게 도와주마."

굿덕은 고개를 숙였다. 마님의 심기를 거스른 게 한두 번이 아니었지만, 마음을 크게 내어 첩실의 살림과 서녀들 앞길까지 헤아렸다. 과한 욕심만 없다면 한평생, 마음 편히 살 수 있었다.

"예. 마님, 은혜가 한량없습니다."

"염색이란, 참으로 조심해야 하는 일이다. 흰 명주에 잇꽃의 마음을 물들이는 일이야. 얼마나 정성스럽게 들이느냐에 고운 빛이 나오지. 색깔이 균일해야 한다. 다른 얼룩이 지지 않도록 정성을 들여야 해. 정성이 깊어야 공경심도 나오는 법이란다. 세상의 이치거든. 사람도 마찬가지다. 사람은 말씨나 습관을 잘 배워야 일생이 잘 풀리는 법. 재물 욕심부리지 말고, 편한 마음을 갖고 분수에 맞게 만족하면서, 지아비를 섬기고 네 형제들을 잘 보살펴야 하느니라. 사람은 어떤 물이 드느냐에 인생이 달라진다. 네 성품을 고운 꽃 빛으로 잘 물들여라. 부디 아버님 이름을 훼절하지 않길 바란다. 무슨 뜻인지 알겠지? 너는 지혜가 있으니 내 말을 잘 알아들으리라 믿는다."

정부인의 일장 연설이 시작되었다. 굿덕은 이런 잔소리가 듣기 싫었다.

사람마다 다 자기 타고난 성질대로 사는 법이오. 왜 나라고 양반댁에 태어나지 못했는가. 나도 양반 자식으로 났으면 마님께 이런 꾸지람을 듣고 있지는 않았을 게요. 지금 해복이 핑계로 나를 야단치는 것 아니오?

굿덕은 정부인의 학식조차 싫었다. 아무리 용을 써도 마님 발 뒤꿈치도 따라잡을 수 없다는 것을 모르지는 않았다. 잿물 끓일 때, 아궁이에서 나오는 매운 연기 덕분에 눈물을 꽤나 쏟았으나 다시 눈이 매웠다. 눈물이 치솟으려는 것을 겨우 참고 참았다.

내가 어찌 그 험한 살림을 이십 년이나 했을 것 같으오. 모두 영감마님 모시고 딸들과 알콩달콩 살아냈던 이유 아니겠소. 나는 마님 보란 듯이 영감마님 사랑 받으면서 살 자격이 있단 말이오.

굿덕은 화조도 병풍을 뒤로 하고 보료 위에 앉아 아래를 내려다보고 있는 정부인의 말이 귀에 들어오지 않았다. 굿덕과 해복을 아랫것처럼 무시하면서 성품이니, 염색 빛이 어쩌니 운운, 하는 잘난 척도 못마땅했다.

토사구팽

*

"신이 전번 전라감사로 있을 적에 형조에서 문초 받은 일이 있었습니다. 죄인으로 어찌 이 자리에 있을 수 있겠습니까."

희춘이 승정원에 나가 임금께 머리를 조아렸다.

"그래도 사양하지 말라."

임금이 답했다. 희춘이 형조로부터 문초를 받은 건, 화살 만드는 장인을 잘못 처리한 일 때문이었다. 전 남원판관의 유언비어도 신경이 쓰였다. 전라감사에서 일 년도 되지 않아 부제학으로 승진했으니 대신들끼리 뒷말이 무성할 터. 희춘은 원로대신과 신진사림의 눈치를 동시에 살피지 않을 수 없었다.

임금이 희춘에게 임명장을 내리려 했을 때, 사헌부에서 조사를 나왔다.

"유희춘이 전에 감사로 재직할 때, 조정으로 화살 만드는 장인을 올려보내지 않았습니다. 이 죄는 곤장이 팔십 대입니다. 또한 사헌부에 진상하는 물건을 보내올 때, 유희춘은 진상품을 가져오는 자에게 마패를 주지 않고 글만 써주었길래 사헌부에서 그 자에게 태형으로 스무 대를 내리쳤습니다. 이를 제하면 유희춘의 남은 죄는 곤장 육십 대입니다. 곤장을 피하려면 면포로 변제해 바쳐야 합니다. 그런데 주상께서는 오히려 벼슬을 높여주었습니다. 이에 아뢰옵니다. 유희춘은 미리 자기 죄를 인정하였습니다. 『기록통고記錄通考』를 보니 이런 경우는 불문에 부친다, 로 되어있습니다."

천만다행. 희춘은 놀란 가슴을 쓸어내렸다. 전라감사 때, 공무 중 지은 죄가 장형杖刑 육십 대였다. 이는 후일 근무 평가의 자료로 내내 발목을 잡을 일. 해결이 되지 않으면 구 년 후 서류 정리 때, 다시 죄를 묻게 될 소지가 있었다. 전 남원판관의 유언비어로 고비를 겪었던 희춘은 입궐하기 전, 미리 사헌부에 문서로 죄를 고백했다. 전라감사 시절, 희춘은 소나기구름처럼 무거운 몸을 이끌며 전라도 지방 곳곳을 순행했다. 가는 곳마다 쌓여 있는 공문서와 잡무와 조세로 골치를 썩였다. 그 과도한 업무 중, 가벼운 실수가 사헌부에 자세히 기록되어 있었다니 소스라치게 놀랍고, 부끄러운 일이었다.

경연 자리에서 희춘은 긴장했다.

"남곤은 중종·명종대의 대신이다. 이제 와 관작을 삭탈함은 온당치 않다."

임금은 한마디로 물리쳤다. 즉위 초부터 지금까지 변하지 않았다.

"매일 경연 자리에서 주장하는 것이 바로 조광조의 신원과 남곤의 관직을 삭탈하라는 것입니다. 전하께서 결정을 못 내리시면, 원로대신 이황의 의견을 듣는 것이 좋지 않겠습니까?"

젊은 기대승이 나섰다.

"기대승의 말이 합당하옵니다."

희춘이 동의했다.

임금은 고향에 내려가 있는 이황을 조정의 경연석으로 불렀다.

"승정원에서 남곤의 관직을 추탈하라고 청하는데, 선왕대의 일이라 나는 잘 모르겠소. 뒤늦게 죄를 다스리기 어렵지 않겠소?"

"주상께서 선대의 일이라 고치기 어렵다는 그 뜻도 옳고, 대신들이 남곤의 관작을 삭탈하자는 말도 옳습니다."

이황이 담담히 아뢰었다.

"경이 두 가지를 다 옳다고 하니 어느 것이 가장 옳은 것이오?"

임금은 의아한 표정으로 다시 물었다.

"남곤은 죄가 크니 반드시 관작을 삭탈해야만 사람들이 통쾌하게 여길 것입니다."

이황이 공손하게 답했다.

"통쾌하게 여긴다?"

임금이 의혹에 싸인 표정으로 불쾌한 듯 물었다. 젊은 경연관들은 떨떠름한 임금의 어투에 당황할 수밖에 없었다. 희춘 또한 등골이 서늘했다. 「성학십도」를 바치고 낙향한 이황을 다시 불러들인 임금의 진짜 속셈이 무엇인지 알 수 없기 때문이다.

이황을 보내기 위해 박순을 임용한 다음, 이황의 제자 기대승을 통해 희춘을 등용한 새 임금은 선대의 치세에 대해 관심이 없었다. 피바람의 사화를 알지 못했다. 조광조를 알지 못했고, 남곤을 알지 못했다. 궁 밖에서 십육 년을 지내고 어느 날 갑자기 즉위한 임금. 그에게 기묘사화와 을사사화의 적폐는 거대한 바

윗덩어리와 같았다. 숨 막히는 공부와 경연이 아침저녁으로 이어져, 젊은 임금은 답답할 뿐이었다. 연일 올라오는 상소는 중종대의 적폐 청산과 위훈 삭제였으므로 귀찮을 뿐이다.

"남곤은 이미 중종조의 대신이다. 나는 그를 모른다. 이는 왕대비께서도 어쩌지 못할 사안인데, 사림들이 통쾌할 거라고? 무슨 뜻인가? 나는 이황의 말을 따르지 않을 것이다."

임금의 표정은 굳어갔다.

"신이 기묘년 가을에 출사하여 경진년에 사관이 되었습니다. 이때 남곤 등이 사림 조광조를 역모죄로 엮어 화에 빠뜨리고 의기양양하게 뜻을 편 후, 스스로 공을 세운 척하고 있었습니다. 남곤은 간악한 우두머리입니다. 관작을 한시바삐 삭탈하지 않으면 안 됩니다."

경연의 특진관 송순이 앞으로 나아가 말했다. 임금은 허공에 눈을 돌린 채 말이 없었다. 어색한 침묵이 흘렀다. 이황은 더 이상 말하지 않았다. 임금의 속내를 이미 알게 된 이황은 사직서를 제출했다.

임금은 낙향하기 전 제출한 이황의 사직서를 보았다.

"이황의 사직을 허락하라."

한 마디였다.

기대승이 다시 임금께 청을 올렸다. 기대승과는 속을 터놓는 임금이 그제야 명을 내렸다.

"남곤의 관직을 삭탈하라."

대신들은 적폐 청산의 청신호가 켜진 줄 알고 안도했다. 그러나 말뿐이었다. 임금은 헛말만 불쑥 던져놓았다. 고집 센 임금으로 인해 남곤의 관직 삭탈은 십 년이 지나서야 이루어졌다.

이조판서 김개가 상소를 올렸다.

"기묘사화는 조광조가 붕당죄를 지었기 때문 아닙니까? 지금 재야의 원로가 사림들과 붕당을 짓고 있습니다. 그러니 신진사림들이 이렇게 과격해지는 것 아닙니까. 그때처럼 참화가 다시 일어날 수 있사옵니다. 이를 통촉하소서."

김개가 말하는 재야의 원로는 이황과 영의정 이준경·유희춘 등이고, 사림들은 기대승·박순·이이·정철 등이었다. 김개가 이들을 한꺼번에 붕당죄로 몰아갔다. 위험한 발언이었다.

"김개의 관직을 삭탈하고 사대문 밖으로 내쳐야 합니다."

사헌부와 사간원, 홍문관의 사림들이 김개의 말에 대거 반발해 상소를 올렸다. 피비린내 진동할, 사화의 조짐이었다.

"늙은 대신이 다른 뜻으로 그리했을까? 조용히 진정시키는

게 옳다. 조정이 화평한 것이 가장 좋지 않은가."

    지금 조정에서 편안히 녹봉이나 받으며 임금과 백성 생
각은 조금도 않는 늙은이들이 있습니다. 이들은 젊은이들을
과격하다 합니다. 전하를 현혹시키면서 젊은 사림들을 모함
하고 있습니다. 늙은 간신 김개를 다스리지 않으면 안 됩니
다. 청권대, 속히 김개를 삭탈관작하소서.

정면 돌파에 능한 기대승의 상소였다. 이후에야 사림들의 상
소가 빗발쳐 열흘이나 계속되었다. 김개는 자리에서 물러났다.
이를 기회로 기대승의 발언은 더욱 강도가 높아졌다. 인재등용
에서 현량과를 주장한 것이다. 임금이 거세게 반발하면서 거절
했다. 현량과는 중종 때 조광조가 건의한 제도였다. 사림 기대승
의 직언을 더 이상 수용하고 싶지 않았던 임금은 이때부터 최측
근이었던 기대승에게 등을 돌렸다. 자신의 친아버지를 더 높이
세우고자 했던 김개를 사직시킨 데 대한 분노가 컸다. 이 문제로
원로들도 불안감을 느꼈다. 사림들이 보기에도 기대승은 조광조
처럼 과격했고 급진적이었다. 대신들 모두 기묘사화를 떠올린
것이다.

**

전국 각처에 흉년이 들어 혼돈이 극심했고, 역병이 돌아 민생은 궁지에 빠져 있었다. 과중한 조세에 시달리던 백성들이 왕실을 비방했다. 임금이 적통이 아니어서 법도가 무너졌다, 임금이 후궁에 빠져 정사를 돌보지 않는다, 왕의 목소리에서 가래 끓는 소리가 섞이더니 이제는 쇳소리가 난다, 임금이 여인으로 인해 혼탁해졌다, 등등 소문은 사방으로 흘러다녔다. 임금의 여인은 의성왕대비와 공빈 김씨라는 것이다. 임금의 권위는 땅에 떨어지고 있었다.

"궁궐 바깥에 철거를 당한 백성들이 있습니다. 그들은 법을 범하지 않았으니 참으로 불쌍합니다. 주상께서는 오히려 철거를 독촉까지 하였습니다. 민생이 파탄 지경에 이른 것입니다. 이제 충심으로 간언하는 대간들을 모두 내치소서."

백성의 어려움을 간언한 끝이었다. 임금이 덕이 없다, 대사간들이 상소를 올리면서 사퇴까지 불사하겠다고 했다.

"그 말이 매우 합당하구나."

임금은 쇳소리로 대답했다. 대사간들 다섯 명은 즉시 파면되었다. 그들의 사퇴는 곧 언로를 막는 일이었다. 성균관 유생 팔백 명이 모여 상소를 올렸다. 유생들마저 민생문제와 함께 적폐 청산을 끝없이 요구하고 있었다.

"주상께서는 대간들의 직언을 피하려 하지 마십시오. 직언을 즐겨 듣지 않고서는 나라를 제대로 다스릴 수는 없었습니다."

희춘이 온건하고 순후한 목소리로 임금에게 권유했다. 이 또한 임금이 응하지 않았다.

신진사림들이 왕사王師 희춘에게 임금의 불통에 대한 책임을 물으며 연일 공격했다.

***

"영감, 제가 왔습니다."

"어서 오시게. 그런데 무슨 일 있는가? 어찌 얼굴이 그리."

정철이 쉽게 말을 꺼내지 못했다. 술에 취해 있었고 비통한 표정이었다.

"기대승이 갔습니다."

"뭐? 무슨 말인고? 자세히 말해보게. 사실인가?"

"사실입니다. 이미 닷새가 지났답니다."

"뭣이라고?"

희춘은 잔을 들던 손을 툭, 떨어뜨렸다. 찻잔이 바닥에 또그르르 굴러 엎어졌다.

"으허허허… 호남의 대학자, 명언이 목숨을 다했습니다."

정철이 울음을 터뜨렸다.

"영감이 말씀하셨지요. 우리 호남에 기대승 같은 인물은 나오기 어려울 거라 했는데, 후학을 키우지도 못하고 이리 떠났습니다. 영감의 염려가 사실이 되어버렸습니다."

임금의 명으로 명나라에 주청사로 다녀온 이후, 기대승은 병이 더욱 깊어졌다. 얼마 전, 희춘에게 보낸 편지는 고향을 향하여 내려간다고 했다. 그런데, 종기병이 심해져 태인에서 지체하고 있다고 했다. 희춘은 편지를 받고 걱정이 많던 참이었다.

"임금이 우리 사림들에게 야박합니다. 기대승이 저리될 줄 누가 알기나 했겠습니까. 저는 앞으로 이 나라 정사에 결코 관여하지 않을 것입니다."

화가 치민 정철의 한탄이었다. 밤이 깊어질 때까지 정철은 술을 마시면서 울었다. 희춘은 착잡할 따름이었다.

조정에 전라감사의 장계가 도착했다.

기대승이 볼기와 다리에 종기를 앓아 태인에 있다가, 초 하룻날 고부로 옮기는 도중에 죽었습니다.

허엽이 임금께 상소했다.

기대승은 젊어서부터 이황과 더불어 사단칠정四端七情을 강론했습니다. 학식과 뜻이 높아 명쾌하고 치밀한 편지로 논쟁하며 세상에 이름을 날렸습니다. 유림 중 걸출한 사람으로 학자들도 모두 추앙을 하고 있습니다. 그는 오직 의로움의 근본을 따랐습니다. 지난여름, 주상의 명으로 병든 몸을 억지로 끌고 명나라에 다녀왔는데, 고향으로 돌아가는 길에 불행히도 길에서 죽었습니다. 이를 세상이 지극히 애통해하고 있습니다. 청빈한 공의 집안은 가난해서 치상과 장례를 치를 수가 없다고 합니다. 청권대 전라감사에게 명을 내리시어 관아에서 장례 준비를 해주시도록 하시고, 조정에서 대학자 기대승을 널리 숭앙하는 뜻을 보여주소서.

임금은 무표정했고 대답조차 하지 않았다. 원로들까지 임금의 무심한 처사에 섭섭함을 감추지 못하고 자리를 물러났다.

경연청에서 임금께 기대승을 위한 청을 올렸다.

"기대승의 사제賜祭를 윤허하소서. 주청사로 명에 다녀온 공로를 생각하셔서 전하의 명으로 제사를 지내주심이 옳습니다."

"평양감사가 병으로 관청에 나오지 않는다는 말이 있는데 이는 사직한다는 말이냐?"

임금은 동문서답이었다. 기막힌 일이었다. 기대승의 장례 문제에는 답을 주지 않으면서 딴청을 피우고 있는 것이었다.

한 신하가 말했다.

"그대로 두면 평안도의 일이 피폐해져 갑니다."

"백홍이 태양을 뚫었으니, 반드시 그 응답이 있을 것이다."

임금이 한없이 무심한 어투로 느리게 말했다. 백홍, 흰 무지개의 징조를 말한 것. 즉위 초부터 나타나던 흰 무지개가 드디어 태양을 뚫었다는 엉뚱한 대답을 했다. 경연청의 대신들이 놀라더는 입을 열지 못했다.

임금은 즉위 초부터 기대승을 지나치리만큼 아끼고 곁에 잡아두려 했다. 빙월氷月이라고 부르며, 문장과 학문을 높이 칭송했다. 기대승이 이준경을 탄핵하려고 했으나 임금의 반대와 대신들의 동조가 없었다. 탄핵이 뜻대로 되지 않아 낙향한 기대승

170

을 임금이 불러들였다. 문장으로, 따를 자 없는 기대승이었다. 기대승은 멀고 험한 길을 떠나 종계변무주청사宗系辨誣奏請使의 소임을 완수하고 돌아왔다. 명나라의 『대명회전』에 실린 태조 이성계의 기록을 시정해 달라고 요청하는 일에 임금은 가장 적절한 인물로 기대승을 낙점했던 것이다. 그 결과, 명나라 황제의 대답이 명쾌해 성과가 좋았다.

명나라에 다녀온 이후, 경연에 임하던 기대승은 그 자리에서 혼절했다. 임금이 약을 보냈으나 소용없었다. 이미 늦어버렸던 것. 정신을 수습한 기대승은 고향 광주를 향해 길을 떠났다. 조정에 몸과 마음을 바친 젊은 기대승은 전북 태인에서 세상을 떠났다.

저녁 경연에서는 승정원 관리들이 청을 올렸다.

"기대승에게 관을 보내 장례를 치르게 하심이 좋겠습니다."

임금이 무덤덤한 얼굴로 대신들을 향했다.

"그런 일은 전례가 없으니 함부로 거행할 수 없다."

사림들도 마침내 침묵했다. 이후로는 기대승의 장례에 대해, 아무도 입에 올리지 않았다. 원로 희춘도 입을 열지 못했다. 임금의 왕사를 논의할 때, 이황과 기대승이 적극 추천했다. 희춘이 유배지에서 급히 떠나 오늘의 경연장에 있게 된 연유였다. 그러나 기대승을 위해 아무 말도 할 수 없었다. 더 이상 자존심을 건드리면 그 누구라도 용서하지 않겠다. 용상에 앉은 그는 피가 뜨거운, 하늘 아래 최고의 존재였다.

변덕이 심한 임금은 기대승을 잊었다. 토사구팽이었다.

희춘은 슬픔을 내색하지 않았다. 심한 부끄러움 때문이었다. 성품이 차가우면서 무리 짓는 것을 싫어했던 기대승. 기대승은 너무 강직해서 고독했다.

그가 홀로 앞장서서 원로 이준경을 탄핵했다. 임금은 물론 대신들이 모른 척하자, 화를 다스리지 못해 종기병이 생겨 악화된 것이다. 급진적인 기대승의 성품은 대쪽 같았다. 같은 신진사림이었으나 이이는 기대승과는 데면데면한 관계였다. 천재들은 서로를 경원시하는 법이다.

그때, 기대승을 말려야만 했는데….

희춘이 기대승 편에 서지 못한 건 이준경과의 친분 때문이었다. 같은 원로로 막역한 사이였다. 희춘은 중도적인 입장이었다.

172

****

　겨울이 지나가고 있었다. 하늘에서 봄눈이 내렸다. 땅에 닿자마자 녹아내리는 흰 눈은 지나치게 깨끗했다. 봄밤, 높이 뜬 달은 얼음처럼 차갑게 빛나다가 덧없이 스러졌다.

　기대승의 제자들이 광주에서 장례를 성대하게 치른다고 했다. 전라감사의 장계가 올라온 것이다. 임금은 모르쇠가 되었다.

　희춘은 자신의 죽음길을 언뜻, 예감했다. 등골이 서늘해졌다. 그러나 복잡한 심정은 일기에 쓰지 않았다. 다만 문장의 행간에 한스러운 숨결로 기록되었을 뿐.

　그는 일기에 솔직한 심정을 점점 쓰지 않았다.

　야박한 임금이여. 강직한 신하를 곁에 둘 수 없는 임금이여. 신하들의 사정은 도무지 배려하지 않는, 자신의 안위만을 생각하는 임금이여. 참으로 기막힌 죽음이구나. 명언, 이 사람. 부디 편히 잘 가시게.

　이렇게 쓰지 않았다. 일기에는 임금의 언행만 기록했다. 임금의 처사를 단 한 번도 부정적으로 평가하지 않았다. 그 대신 충성을 과장되게 기록했다. 감읍한다, 찬탄한다, 탄복한다, 희춘은 자신의 일기가 세월을 거슬러 사관史官이 읽을 수밖에 없는 운명임을 예감했다. 선산유씨 가문이 또다시 멸문의 화를 당할 수 있는 증거가 될 가능성이 있는, 무서운 재앙이 될 수 있는.

심란한 마음에 지난 일기를 뒤적거렸다.

다시는 서울로 가고 싶지 않습니다. 듣기에 붕당으로 인해 논의들이 흉흉하다고 합니다. 원컨대 영감이 거친 물결 속에서 조정의 지주가 되어 주십시오.

기대승이 보낸 편지글을 찾아 읽다가 가슴 속에서 조용한 분노가 치밀었다. 조정의 위태로움, 붕당의 기세가 점점 스멀거리며 올라오고 있었다. 기대승이 그토록 서울을 싫어한 이유는 사림들과 원로들 관계, 자기 이익을 우선시하는 대신들 때문이었다.

영의정 이준경은 병풍처럼 건재하면서 임금의 뜻을 우선시했다. 적폐 청산은 어림없는 일이 되었다. 논쟁을 싫어하는 박순이 미리 사직을 청하고 휴양 중이고, 이이는 세 번이나 사직서를 제출했다.

희춘은 붓을 들어 추모의 마음을 일기에 내리썼다.

기대승은 지혜와 식견이 모든 사람 중에 뛰어나고 강개
한 마음으로 일에 앞장섰다. 가히 종묘의 보물그릇, 호련이
라고 할 수 있다. 세상에 보기 드문 인재였다.

임금은 신하들을 저울질하면서 지켜보기만 했다. 사림의 발
언이 줄어들었고, 아첨하는 원로들의 무능함은 날이 갈수록 눈
에 두드러졌다. 희춘은 관여하지 않았다.

젊은 이이는 희춘을 조정의 현실에 어둡다며 드러내놓고 싫
어했다. 늙은이가 시대를 모르니 어리석다, 사림들이 이이에게
동조했다. 원로 희춘은 몹시 피로했으나 악평에 개의치 않았다.

붉은 비단 치마

*

　임금의 생일이었다. 종개는 궁중에서 보낸 음식을 해복과 종들을 불러 고루 나누었다.

　"체한 것이 단번에 내려간 것 같구려."

　종개가 깎아놓은 배를 희춘이 한 입 베어 물었다. 나주에서 진상된 황금빛 배였다.

　희춘은 조석으로 계속된 경연의 피로가 극심했다. 한동안 명치끝이 아파서 딱딱해진 것을 허준이 처방해준 약재를 써서 다스렸으나 신경을 지나치게 많이 쓴 탓에 음식을 소화시키지 못했다. 말수가 적어졌을 뿐만 아니라 안색이 어두워졌다.

"다행입니다. 배가 소화에 좋다더니 참말이군요."

종개가 배 한 조각을 들어 맛을 보며 탄복했다.

바람이 없는데도 방안의 등불이 크게 흔들려 그림자가 부풀었다가 작아지기를 반복했다.

"요새 잠을 제대로 못 이루었다오."

"번뇌가 많고 피로해서 그러겠지요."

희춘의 신경은 명주실처럼 가늘어져 작은 일에도 예민해져 있었다. 입술이 바짝바짝 마르고 갈증으로 목이 타들어 간다는 것이다.

"꿈에 말이오…. 내가 잘못해서 임금의 곁에 앉아 있었는데 곧 정신이 들었소. 임금께 죽을 죄를 청하면서 '신이 어두워져서 그랬습니다.' 했소만, 임금이 대죄를 하지 않아도 된다고 하셨다네."

"저도 엊그제 꿈을 꾸었는데 당신이 먼 지방에 수령으로 내려갔답니다. 저는 오히려 잘되었다고 축하를 했습니다. 꿈에서 보니, 당신은 멀리 떠나고 싶은 모양입니다. 제 생각엔 이게 아주 좋은 꿈입니다."

"그렇지요. 길몽입니다."

"어쨌거나 잠이 잘 오지 않소…."

"마음을 편히 가지세요. 잠이 오지 않을 땐 술이 최고지요. 약주 한 잔 하고 누우면 잠이 올 겁니다."

종개가 자리에서 일어나 다락에 간직해둔 술 한 병을 꺼내 왔다.

"지난번, 허준이 가져온 술입니다. 잠이 안 올 때, 한 잔씩 마시면 좋다고 합니다."

"허준이 그럽디까…. 내가 몸이 아프다고 하니까 휴식이 먼저라고 권하기도 했소. 나는 진정 사직하고 싶소만…."

"웬일이십니까. 당신이 먼저 내려가자 하시니."

"갈수록 눈이 침침하고 아랫도리에 힘이 빠져요. 이제사 말이오만… 며칠 전에도 형조에서 전라감사 때의 일을 또 들고 나옵디다. 잊을만하면 자꾸 취조를 하니 참말 성가스럽소. 예전 일을 자꾸 들춘단 말이오. 참으로 이상한 일이지. 이게 보통 일이 아니오. 형조에서 일부러 내게 흠집을 내려고 그러는 것도 같은데, 예전과 달리 주상께서도 듣기만 할 뿐 가만히 계셨다오. 참으로 거… 난감했소. 느낌이 좋지 않아요."

종개의 표정은 굳어졌다. 조정에서 희춘의 권위가 예전과 다른 것이다. 좋지 않은 예감이 들었다.

"이런 부끄러운 일은 어찌해야 하겠소? 얼굴을 들지 못했으니 말일세. 다들 뒤에서 손가락질을 할 터이고. 사헌부에서도 공공연히 구설에 오르내린단 말이오. 내가 대사헌인데도 이렇게 수모를 당했다오. 누가 주동인지 참, 알 수 없는 일이오."

전라감사 때의 일로 구설에 오른 것은 처음이 아니었다. 사실 여부를 떠나 그것을 밝히고 처벌을 받는 절차를 거친다는 것은 경연관으로서도 민망했다. 희춘은 이제 임금과도 소원해진 모양이었다. 마음을 터놓고 지낼 좋은 벗도 믿을 수 없는 상황이 된 것이다.

"조정이 둘로 갈라져 있으니… 아시잖습니까. 의연하게 대처하세요. 허엽 공처럼 강직하기만 하면 신진들과 말싸움을 하게 됩니다. 임금이 그걸 그리 싫어하신다면서요. 당신은 그저 중도를 지키세요."

"알고 있소. 이러다가 또 어떤 꼬투리로 나를 탄핵할지 모르겠소만."

원로대신으로서 품위를 유지할 수 있는 조정의 분위기는 이미 사라지고 말았다.

"별일 있겠습니까. 당신이 결백하면 그걸로 된 겁니다. 그런데, 전 남원판관이 또 찾아왔으니 그것이 편치 않습니다."

종개가 조심스럽게 말했다.

"어쩌겠소. 김치를 세 가지나 보냈던만… 다 자기 죄에 걸려 넘어질까 봐 그런 거 아니겠소. 유언비어를 퍼뜨리더니 이제 내가 대사헌 자리에 있으니까 전전긍긍 눈치를 살피는 것 아니겠소."

서재에서 글을 읽고 있을 때였다.

"영감마님, 손님이 들었사옵니다."

전 남원판관이 고개를 숙이고 엎드렸다.

"죽을 죄를 졌사옵니다."

희춘은 전 남원판관을 물끄러미 쳐다보았다. 첫 번째는 돌려보냈으나, 두 번째는 그리하지 마십시오. 종개가 일러둔 적이 있었다.

비겁한 자 같으니라고.

전 남원판관은 방으로 들어오자마자 엎드려 절을 했다.

결코 용서하고 싶지 않은, 간사하기 짝이 없는 자.

해남 관아에서 호장에게 당했던 일을 생각해보았다.

―아랫것들과 편치 않은 관계를 만들면 당신 앞길에 좋은 일이 없어요.

종개의 조언대로, 희춘은 그 뒤로 호장 일에 더는 관여하지 않았던 것이다. 대신들 사이에 유언비어가 여전히 문제가 되었으나 정확한 혐의는 없었다.

　―저리 찾아오는데, 그만 봐주시는 게 좋을 것입니다.

　종개의 말대로 희춘은 마음을 정했다. 주변이 시끄러워서 좋을 일은 없다.

　"알았으니 가보시오."

　"아, 용서하신단 말씀이십니까?"

　"알겠으니 일어나시오."

　종개가 조심히 문을 열고 나간 후, 희춘의 눈은 다른 곳을 향하고 있었다. 어서 가시오, 라는 뜻이었는데도 판관이 주춤거리고 있는 것이다.

　"병은 좀 치료했소? 몸은 좀 어떠시오?"

　"예. 그럭저럭 잘 치료하고 있사옵니다."

　판관이 마음을 놓은 듯 냉큼 대답했다.

　"손님, 모시거라."

　희춘이 바깥에 있는 종을 향해 일렀다. 판관이 무릎걸음으로 방문을 열었다. 잘못의 원인을 남의 탓으로만 돌릴 수는 없는 법이다. 쓴웃음이 나왔다.

　"당신 말처럼, 죄가 아니어도 죄를 삼으면 죄가 되는 세상이오."

다시 방문을 열고 들어서는 종개에게 희춘이 말했다.

판관이 대문 쪽으로 나가는 소리가 들렸다.

"내가 저 자를 무고죄로 엮어 처벌했으면 어땠을까."

"아예, 그런 자와 얽히지를 마세요. 입이 빠른 자가 언제 어느 때 유언비어를 흘리고 다닐지 알 수 없지 않겠습니까. 제주로 유배를 떠난 해남호장의 일도 찜찜하시다면서요."

"첩의 편지에는 호장의 가족이 참혹하게 되었다고 했다네."

"해남에서 언제 편지가 왔습니까?"

그제야 굿덕이 편지로 해남 사정을 알리고 있다는 것에 생각이 미쳤다. 아예 글자를 몰라야 했다. 종개는 단 한 장의 편지도 자신에게 보여주지 않았던 것을 떠올렸다. 언짢음을 드러낼 수도, 말로 물어볼 수도 없어 더는 묻지 않았다. 편지를 어디에 두었는지 찾아내려면 찾아낼 수 있었으나, 자존심 상하는 짓이었다. 구차스러운 짓은 질색이다.

언문을 배우더니 잘도 써먹는구나.

여전히 괘씸했다. 해복의 혼인 후에도, 인사 편지 한 장도 따로 보내지 않았다.

속 좁고 경우 없는 그릇. 여전히 첩은 당신 가슴에 살아 있는 존재인가.

"한 번 혼내주는 데에서 그치려 했던 일이 그렇게까지 커지리라고는 생각해보지 않았소. 무슨 죽을 죄를 지었다고 제주까지 귀양을 보냈단 말인가. 자기에게는 추상같이, 타인에게는 봄바람같이 하라고 했는데 후회스럽소. 호장을 제주까지 귀양을 보낸 전라감사가 원망스러웠다네."

희춘이 한탄하듯 말했다. 종개는 대답하지 않았다.

"죄책감 때문에 잠을 이룰 수 없었소."

"해남사람은 어쩌자고 그런 일을 구구절절 써 보내서 당신 심기를 불편하게 하는지 모르겠네요. 좋은 일도 아니고, 그런 소식을 받으면 꿈자리가 얼마나 사납겠어요. 무슨 일만 생기면 편지를 보내는데, 정사에 전념하느라 심신이 지친 당신에게 과거 일까지 알린답니까. 무슨 좋은 일이 있다구요! 불면증이 얼마나 사람을 쇠약하게 하는지 몰라서 그런답니까!"

종개는 짜증이 치밀었다.

수다스럽기 짝이 없는 여편네 같으니라고. 조정 일로 머리가 무거운 대사헌 자리. 대사헌 후실이라고, 해남에서 또 어깨가 한껏 올라갔을 테지. 편지를 받은 당신 심사는 또 얼마나 울렁거릴까. 그래서 고향으로 가고자 하는 것인가. 젊은 첩이랑 편히 살고 싶어서.

종개는 술이라도 한 잔 마셔야 속이 풀릴 것만 같았다.

"담양으로 갑시다. 수국리에서 노후를 보냅시다."

희춘은 마음을 먹은 듯 서책에 빠져있는 종개를 보며 말했다.

"가을에는 기어코 내려갈 생각이오."

"해남이 아니고, 담양으로 마음을 정하셨나요? 좋습니다. 하지만 내 보기에 당신은 아직 벼슬에 미련이 많으신 듯합니다."

담양에서 노후를 보내자는 말에 사나운 마음이 어느새 순해졌다.

"무슨 소리요? 내가 요새 다리에 힘이 많이 풀려서 걸음 걷기도 힘들단 말이오. 게다가 자꾸 입이 마르니 또 강심탕을 먹어야 할 듯해요."

"그러면 겨울이 오기 전에 떠나는 것이 좋겠습니다. 저도 차가운 북쪽보다는 담양에서 겨울을 나는 것이 좋다고 생각합니다. 어찌할 생각이십니까?"

"가을 지나고 아니, 일 년 후를 기약하는 것이 어떻겠소. 주상께서 저렇듯 나를 놓아주지 않으시니 말이오."

"당신이, 그러면 그렇지요. 임금이 그걸 윤허하시겠습니까."

종개가 어이없다는 듯, 웃었다.

"사직서를 제출했는데도 윤허하지 않으시니 답답할 노릇이오."

"너무 걱정마세요. 제 꿈은 매양 길몽이었습니다. 우리는 곧 담양으로 돌아갈 수 있을 겁니다. 어느 날의 꿈에는 제 몸이 공중으로 날아올랐습니다. 그때, 문득 생각했습니다. 너무 높이 날아오르면 결국 추락을 면치 못할 것이다. 그 생각 때문에 나무 위에서 멈췄습니다. 꿈이 이상하지요? 저는 당신 벼슬이 더 이상 높이 올라가는 것을 원치 않습니다. 제발, 이제는 고향으로 돌아가 노후를 보내면 좋겠다는 생각이 간절합니다."

"당신은 참으로 명석하오. 꿈도 예지가 있으니. 나도 생각이 같소. 벼슬이 올라가면 갈수록 위험해지는 건 당연한 일이오. 벼슬을 이제 더는 사양할 것이오."

등잔 불빛이 흔들리고 있었다. 흔들리는 불빛 속에서 책을 읽다가 종개는 희춘의 늙고 쇠약해진 몸을 보았다. 벌써 칠 년째의 벼슬이었다. 서울과 담양, 해남을 오가는 멀고 고단한 삶이었다.

종개는 자리에 누운 희춘의 팔다리를 주물러 주었다. 뜸통을 가져다 희춘의 배에 뜸을 놓았다. 쑥이 타면서 방안에 매캐한 쑥 향이 맴돌았다. 혼몽한 연기였다. 벼슬자리의 영화처럼 연기는 눈앞을 흐리게 했다. 수십 개의 쑥뜸 때문에 방안이 매캐해졌다. 쑥뜸을 뜬 자리에 또 쑥뜸을 놓았다. 나른해진 희춘이 눈을 감았다. 뜨겁다는 말 한마디도 하지 않았다.

권세에는 오욕五慾이 달라붙게 마련이다. 벼슬자리의 영화가 무엇이란 말인가. 이 욕심을 이기지 못하면 오욕汚慾이 귀신처럼 달라붙어 패가망신에 이르는 것인데. 당신은 그토록 좋아하는 책은 읽지도 못하고 경연과 논쟁 속에서 하루하루 보내고 있을 뿐. 다, 헛된 일입니다.

쑥뜸의 매캐한 연기가 방안을 가득 채웠다. 희춘은 어느새 잠이 들었다. 종개는 쑥뭉치가 재로 변한 것을 무명천으로 닦아 내었다. 이불을 희춘의 어깨 위로 덮어주고서 자리에서 일어나 방문을 활짝 열었다. 방안의 쑥뜸 연기가 바깥으로 서서히 흩어지더니 순식간에 사라졌다.

종개는 쓰고 싶은 시를 제대로 쓰지 못했다. 손님 시중과 살림을 단속하느라 하루가 바빴다. 일상이 쳇바퀴처럼 변함이 없어서 시흥이 일어나지 않았다. 가끔 여종을 시켜 먹을 충분히 갈아두라 했으나 편안히 붓을 들 여가가 없었다. 조정에서 누군가 희춘에게 한마디 불편한 소리라도 하지 않았을까. 경연 중 혹 실수는 하지 않았을까. 때맞춰 음식은 잘 챙겨 먹는 것일까. 소화가 안 될 텐데 혹시 체하지나 않았을까. 매사 걱정으로 심신이 번거로웠다.

**

"비단을 보니 어머니 생각이 절로 나는구려. 자단으로 당신 옷을 만드는 것이요?"

종개가 입을 붉은 비단 치마는 평상복 치마보다 넓이 한 폭을 더했고 길이도 땅에 끌 만큼은 되었다. 이미 완성한 저고리는 녹두색 명주로 단아한 목판깃을 했다. 등길이는 조금 짧게 하고 품은 넉넉하게 했다. 끝동에도 모양을 냈다. 치마와 똑같은 붉은색 명주를 덧대어 모양을 낸 것이다.

"저도, 마음 편히 비단옷 한 벌 지어 입고 싶습니다. 이제 가난에서 벗어나지 않았습니까. 장에 나가 염색천과 바꾸어 왔어요. 당신이 옷을 해주지 않으니 어쩝니까. 무심한 양반 같으니. 이건 저에게 선물하는 붉은 비단 치마예요."

종개의 바느질 손놀림은 등잔 불빛 아래서도 재발랐다. 의복을 만드는 종에게 따로 시키지 않고 손수 남편의 조복, 단령, 속옷과 여름조복, 이불까지 손수 만들었다. 정경부인이지만, 종개의 노동은 여염집 아낙과 다름이 없었다.

190

"왜 남빛 치마는 입지 않으시오?"

희춘이 물었다.

"그런 의복이야 앞으로도 입을 날이 많습니다. 저도 더 늙기 전에 자단 치마 하나쯤은 가져볼 수 있지 않습니까? 당신이 유배 떠나고, 저는 한 번도 붉은색을 입어 본 적이 없었어요."

종개가 가위로 실을 끊어내면서 부드럽게 웃었다.

"허허, 그 말도 좋소. 이제 그리하셔도 무방합니다. 어머니 생각이 납니다. 남치마를 얼마나 아끼셨던지, 기억나지요?"

"그럼요. 당신이 녹봉을 아껴 사드린 비단 아닙니까. 그 남색 치마를 이제 찾게 되어 얼마나 다행인가요."

희춘의 눈에 눈물이 절로 핑 돌고 있었다. 종개는 시어머니를 생각하면 심장 속 뜨거운 것이 울컥하고 치밀어 올랐다. 아들 걱정으로 노심초사 고생하다 돌아가신 분이다.

희춘의 첫 벼슬은 무장현감이었다. 어머니를 모시기 위해, 중종 임금께 청을 올려 담양과 가까운 무장현감으로 임명받은 것이다. 그는 내내 아껴두었던 녹봉으로 어머니 선물을 마련했다. 담비가죽으로 만든 귀덮개와 아청색 비단 원삼과 남색 치마였다.

그 후, 을사년 사화로 희춘은 유배를 떠났다. 종개가 담양에 있을 때였다. 종성부사였던 김빈이 전라우수사가 되어 해남으로

왔다. 김빈은 종성에서 희춘과 막역하게 지낸 인연으로 시어머니를 자주 도와주고 보살폈다. 그 고마움에 시어머니는 아들이 사준 남치마를 김빈의 첩에게 팔았다. 비단 남치마는 보기 드물게 귀한 빛깔이었다. 흉년이 거듭되어 굶주림이 길어지자, 시어머니는 그 돈으로 쌀을 샀다고 했다.

세월이 흐른 후에 김빈이 죽었고, 그의 아들 김흥조가 승정원으로 희춘을 찾아왔다. 그는 비단 남치마를 내놓았다. 희춘이 전라감사로 부임해 왔을 때, 돌려주려 했으나 자칫하면 청탁의 혐의를 입을까 두려워, 이제야 왔다는 것이다.

"삼십 년 전, 어머니의 치마가 아무 탈 없이 보존되었다가 이리 돌아온 것이 얼마나 기쁜가요. 실오라기 한 올도 상하지 않았으니."

"김빈이 첩에게 비단옷 입는 것을 엄하게 나무라서 끝내 입지 못하고 간수했다는 것이오. 꼭 돌려줘야 한다고 말이오."

"고마운 분이십니다. 저도 비단 치마 입을 일이 많았습니다만, 어디 제가 옷을 해 입은 적 있습니까. 이번에 붉은 비단옷 한 벌쯤은 입고 싶습니다. 나중에 우리 경은이에게 물려줄 생각입니다."

"그렇구려, 어머님도 결국 그 남치마를 당신에게 물려준 셈이

되었습니다. 허허. 그걸 입고서 자식들 앞에서 술잔을 받고 덕담
도 내리고 그러시구려."

"김홍조에게 보답을 후하게 하셔야 할 것 같습니다."

"무엇이 좋을까요. 마음을 다해 선물을 해야 하는데."

마름질에 능한 종개는 일전에 찾아왔던 김홍조의 몸 치수를
어림짐작으로 눈여겨보았다. 희춘의 가족을 철저히 외면했던 사
람들 속에서 우수사로 부임한 김빈이 시어머니를 도왔다는데,
그 은혜를 잊을 수 없었다.

"제가 침방에 시켜서 두툼한 겨울옷 방의를 짓게 하지요."

장통방 집으로 찾아오는 손님들을 대접하느라 종개의 나날은
분주하고 번거롭기 짝이 없었다. 밤이 깊어지면 등불 아래 붉은
비단을 펼쳐두고 폭이 넓은 치마를 바느질하는 손이 바빴다.

종개가 지은 저고리 방의와 메밀쌀 한 되와 백미 두 되
와 산 꿩 한 마리를 세밑의 선물로 김홍조에게 보냈다.

남치마와 붉은 치마에 관한 이야기는 후일, 유씨 가문의 아름
다운 기억으로 남았다.

노비로 살지 않겠다

*

　"어제는 모래를 던지고 그 전날은 또 돌멩이들이 날아왔단
다."

　동네로 마실 다녀온 늙은 어미의 말이었다.

　굿덕은 며칠 전부터 밤마다 오씨댁 행랑채 쪽에 도깨비가 돌
아다닌다는 소문을 알고 있었다. 틀림없이 그 허가 놈 짓이었다.
노비 허관손이 시누이에게 해코지했을 것이다.

　굿덕은 부지런히 나물반찬을 만들어 시누이 오씨 부인을 찾
아갔다.

"종놈 허관손이 또 일을 벌였다지요? 그놈을 가만두면 안 됩니다. 잊을만 하면 이렇게 말썽을 부리니 영감마님께 알려야 합니다."

흰 무명천으로 이마를 질끈 동여매고 드러누운 오씨 부인 곁에서 굿덕이 말했다.

"쇤네가 편지를 올리겠습니다. 너무 걱정하지 마시고, 어서 자리에서 일어나세요. 관아에서 알았으니 다시는 이런 일로 놀라는 일이 없도록 현감께서 살피실 겁니다. 감히, 이 댁을 뭘로 보고! 당상관 우리 영감마님 누님 댁 아닙니까."

오씨 부인은 만사 귀찮은 듯 이마를 찡그린 채였다.

저것이 또 무슨 말을 물어내고 싶어서 왔을꼬. 노비 주제에 노비 편을 들지 않고. 올케가 해남에 있었다면, 이런 불상사가 일어나지도 않았을 것을.

굿덕은 오랜만에 들어온 시누이의 방안을 천천히 눈으로 살폈다.

나중 내가 집을 지으면 안방 살림은 이렇게 치장해야겠다. 열두 폭 병풍을 뒤에 두르고 왼쪽으로는 나비 등롱을 두고, 정부인처럼 서안을 놓고 서울 계신 영감마님께 편지를 쓸 것이다….

"어서 가보시게. 머리가 윙윙 울려서 말을 못 하겠네. 와줘서 고맙네."

들어오라는 말도 하지 않았는데 안방 문을 열고 들어선 것에 빈정이 상한 오씨 부인은 굿덕의 무례한 언사가 편치 않았다.

─멸문에 이른 집안에서는 노비들이 먼저 호적을 정리하려고 기를 쓴단다. 너는 이 집안을 지켜야 한다. 보거라. 내가 친정에서 상속받은 노비들이 전부 문서에서 빠져나가려고 한다. 이제 재산은 뿔뿔이 흩어지고 말 것이야. 분하고 원통하다. 너라도 재산 관리를 잘해야 선산유씨 가문을 지킬 수 있다.

오씨 부인은 친정어머니의 한탄 섞인 목소리가 생생하게 들리는 것 같았다.

무섭습니다. 어머니, 저 허가 놈이 무슨 짓을 할지 모르겠습니다. 친정 재산 지키려다 장성한 내 아들까지 해를 당하면 어떡합니까. 본가 재산을 지켜야 할 올케는 언제 내려올지 기약이 없는데요.

"마님, 약 가지고 들어갑니다."

여종이 약사발을 들고 방문 앞에서 고했다.

"그래. 작은마님 나가신단다. 밖으로 모시거라."

어서 나가달라는 소리였다. 노비 송사 문제가 터진 후로는 굿덕을 멀리하려는 속셈이 보였다.

그래서 꼭 면천을 하겠소. 나도 아직 노비 아닌가요. 그러니 방에 들이는 게 싫다, 이것이지요?

할 수 없이, 뭉그적대며 자리에서 일어난 굿덕은 구겨진 치마를 손으로 탁탁, 펴면서 방문을 열었다. 방문 앞에는 여종이 굿덕을 빤히 쳐다보고 있었다.

"뭘 빤하게 쳐다보는 게야? 어디서 감히!"

약사발을 든 여종은 곧 못마땅한 듯 시선을 아래로 내렸다.

"마님, 어서 일어나시어요."

굿덕은 성의 없는 인사말을 했다. 어느새 등을 돌리고 누운 시누이는 대답하지 않았다.

흥, 두고 보시오. 내게 아들은 없으나 번듯한 문관 사위 하나는 꼭 보고 말 테니까.

굿덕은 집으로 돌아와 그동안의 일을 소상하게 편지에 적었다. 그리운 영감마님, 보소서. 서두를 잡고 한동안 망설였다. 왜 소첩에게 편지 한 통 없으십니까. 원망스럽습니다. 첫 문장을 이렇게 쓰고 싶었던 것이다.

노비소송 사건은 유희춘 외가의 일이다. 노비 차보남은 유희춘 외증조부의 서자였다. 유희춘의 외가에 적통이 끊기자, 서자

200

차보남은 보충대라고 사칭하고 멀리 도망쳤다. 보충대란 천첩의 자손이 일정한 역에 종사하도록 하여 양민이 되게 해주는 제도다. 외증조부가 서자를 찾지 않아, 노비 소유권은 유희춘의 외조부 최부에게 넘어갔고, 이후 갑자사화로 죽은 최부의 노비 재산권은 외동딸 유희춘의 어머니에게 넘어갔다.

희춘이 십구 세 때, 어머니 최씨는 차보남을 수소문했고 장예원에 고소한 후, 재산권을 되찾았다.

차보남의 사위 허관손이 장예원에 탄원서를 여러 번 제출했다. 장예원에서는 차보남의 편을 들었다. 희춘의 어머니는 재산권을 빼앗겨 화를 이기지 못했다.

어머니 최씨가 사망한 이후, 희춘의 누이 오씨 부인이 장예원에 노비 소유권을 제출해 선산유씨 집안의 재산권을 찾았다. 패소한 노비가 앙심을 품고 오씨 부인을 해치려고 했다. 그러나 사헌부에서 이 노비들을 잡아들여 형을 살게 하였다. 유희춘이 유배형에 처해졌을 때, 여인들만 집안을 관리하던 과거의 일이었다.

사건은 끝나지 않았다.

유희춘이 부제학으로 임명장을 받았을 때, 허관손이 형조에 고발했다. 희춘이 첫 부임지 무장현감으로 있을 때, 양민을 협박해서 기어이 노비로 만들었다는 내용이다. 희춘은 상세히 조사를 받았다. 이십여 년의 유배에서 벗어나 조정에 복귀한 감동으로 벅차오른 건 잠깐이었다.

희춘은 임금에게 사직을 청원했다. 죄의 사실 여부와 상관없이 혐의를 받게 된 자는 흰옷에 오물 묻히듯 구설이 따라다녔다. 유학자로서 수치스러운 불명예였다.

－천한 노비가 거짓으로 꾸며낸 말이다. 이 거짓 고발의 증거를 가져오라. 이런 일로 어찌 경연관을 파직시킬 수 있단 말이냐. 당치 않다. 사퇴하지 말라.

임금의 명이었다.

－다시 조사를 했습니다. 차보남과 그의 처자식들이 속량이 되었다는 문서는 없었습니다. 오히려 차보남 일족이 모두 노비라는 문서 장부가 줄줄이 나왔습니다. 차보남의 자식들은 유희춘의 어머니 최씨 집에서 일을 해왔으며 노비의 신분이 조금도 고쳐진 적이 없습니다. 그들이 주인을 배반했으니 악독하고 간특한 자입니다.

장예원의 판결이었다.

－그대로 윤허한다.

임금이 말했다.

'충격으로 가슴이 콱 막히고 두 다리가 후들거리면서 하늘이 캄캄해졌다'고, 희춘은 그 일을 일기에 기록했다.

그러나 노비들이 주인을 상대로 계속 소송을 벌였다. 소송을 한 지 삼십삼 년이 지났을 때, 장예원의 마지막 판결로 노비 재산권이 유희춘에게 돌아가게 되었다.

차보남의 사위 허관손이 무릎을 꿇고 용서를 빌었다. 그제야 희춘은 어머니의 노비들을 상속받았다. 남자 노비는 말 한 필의 가치를 지니고 있었고, 여자 노비는 종모법으로 자식과 손자들 모두 노비가 되었다. 여자 노비의 혼인으로 주인은 저절로 재산이 늘어나게 된다는 것. 세습 노비제의 비극이었다.

도깨비불 사건은 목숨을 건 노비들이 유희춘의 누이에게 다시 협박을 한 것이다. 그들의 저항은 오씨 부인의 심장을 오그라들게 했다. 오씨 부인의 고발이 들어가, 전라감사가 이를 접수했다. 노비 허관손이 제 자식들의 일을 용서해주시라는 탄원서를 뒤늦게 전라감사에게 제출했다.

장예원의 호적으로, 차보남의 사위인 허관손의 처자식들은 유희춘의 노비로 기록하라.

장예원 관리가 허관손에게 문서로 통보했다. 허관손으로서는 분통이 터지는 일이었지만 더 이상 일을 벌였다가는 관아에 끌려가 곤장을 맞는 중에 죽을 수도 있었다.

굿덕은 위기를 느끼고 급히 편지를 썼다.

영감마님! 본가의 노비 허관손이 앙심을 품고 오씨 댁에 불을 지르려다 관가에 끌려갔습니다. 수십 대 곤장을 맞고 죽을 지경이 되었다고 합니다.

소첩이 생각하기는, 이 비극은 남의 일이 아닙니다. 제발 두 딸들을 속히 양인으로 만들어 주십시오. 주인 이구 나리께서 아들 이정의 첩으로 해명과 해귀를 함께 데려간다는 말이 들립니다. 한시가 급합니다. 우선, 두 딸이 속량이 되지 못한다면 소첩은 원통해서 여기서 이대로 죽고야 말 것입니다.

해남에서 애첩 굿덕이 올립니다

**

“쪽대를 태워야 해서요.”

여종 단해가 말했다.

저 많은 쪽대를 태워 잿물을 만들어야 하는 것. 단해 옆에서 쪽염색을 배운다면 기술이 생길 것이다. 어미 굿덕이 베를 짜면 그걸로 쪽물을 들이고… 시장에 내다 팔면 얼마간의 돈이 생길 것이다. 돈을 모아 명주를 사서 또 물을 들여 장에 내다 팔면 돈이 생길 것이다.

쪽대를 태우는 연기가 뿌옇게 하늘로 올라가고 있었다. 해복은 정부인이 시장에 가서 거래하는 요령을 눈으로 보고 마음에 새겨두었다. 정부인은 서울 올 때 짐을 싣고 온 말을 팔아 미곡을 샀다. 미곡을 다시 돈으로 받아들이는 일을 종에게 지시해 차익을 모았다. 지난 장에서 아들 경렴이 녹으로 받은 쌀에 집안의 쌀을 더 보태어 백미 칠십 말을 시장으로 보냈다. 무명 한 필에 쌀 다섯 말을 계산했다. 그것을 다시 팔아 사백 수짜리 고급 무명 열네 필을 사 왔다. 그 옷감에 쪽물을 들여 비싼 가격으로 시장에 내다 팔았다. 아버지 희춘의 살림이 늘어나는 건 정부인의 숨은 노력 덕분이었다. 가체를 일체 쓰지 않았고, 비단옷으로 치장하며 과시하지도 않았다. 해복은 성부인의 딸 경은이가 사치스러운 것이 이상하기만 했다.

"쪽대를 모두 태우고 남은 재에 물을 부으면 된답니다."

해복은 더워서 얼굴이 후끈거렸다. 단해처럼 죽도록 일을 하는 노비가 아니어서 다행이었다. 대제학의 서녀로 사는 일은 너무 좋았고, 비록 첩의 신분이었으나 남편 김종려의 벼슬은 곧 흥덕현감을 앞두고 있었다. 해복은 제 삶이 이만하면 좋다고 생각했다.

"저기요.… 내일모레 아침 일찍 오세요. 그땐 정말 일이 많으니 각오 단단히 해야 해요."

단해가 해복에게 이르듯 말했다. 아씨, 라는 말은 여종 단해 입에서 나오지 않았다. 해복은 단해를 물끄러미 바라보았다. 쪽대 태우는 연기 때문에 제대로 보이지 않았다. 꾸역꾸역 검은 연기는 지나치게 매캐했다. 아궁이 앞에 쪼그리고 앉아 있는데 후끈거리는 불꽃 때문인지 얼굴을 휘감는 매운 연기 때문인지, 눈에서 자꾸 눈물이 나와 참을 수 없었다. 흐르는 눈물을 옷고름으로 꾹꾹 눌러 훔쳤다.

"어서 잎과 줄기를 항아리에 재우거라."

정부인의 말에 단해가 커다란 항아리에 쪽풀을 담갔다. 너무 더운 날씨라 풀이 짓이겨지기 전, 물에 담가두어야 했다. 쪽물 염색을 잘해야 여름 옷감을 미리 장만할 수 있었다. 해 뜨기 전, 정부인은 종들을 풀어 한강 가에 자라는 쪽풀을 뜯어오게 했던 것이다.

"마님, 이제 물을 부을까요?"

"그렇지. 날이 더우니 어서 항아리마다 얼음을 넣거라."

매일, 서빙고에서 장통방 집으로 얼음 한 덩이 반이 배달되었다. 정부인은 수완이 좋았다. 서빙고 관리에게 따로 청을 넣어 쪽물 염색을 위해 다섯 덩이를 미리 달라 부탁했다. 날이 너무 더우면 물감에서 쉰내가 나고 붉어지기 때문이었다. 그 전에 물감을 얼음으로 차갑게 식혀야 했다.

단해와 해복이 다른 여종들을 데리고 항아리마다 쪽풀을 채우고 얼음물을 부었다.

"네 남편은 이제 현감으로 나서고 싶은 생각이더구나."

"송구하옵니다. 마님, 저도 거기에 대해서는 잘…."

해복의 남편 김종려는 이틀을 멀다 않고 장통방 집을 드나들면서 인사를 차렸다.

"그리해도 지나친 청을 올리면 안 될 것이야. 영감마님은 청탁 건 때문에 번거롭기 이루 말할 수 없다. 드나드는 손님들이 대부분이 그 욕심들이란다."

해복이 표정을 숨기려고 고개를 숙였다.

친딸이라면, 이리 말씀하시진 않았을 것이다.

남편의 벼슬 욕심이 많다는 것을 알고 있는 해복은 그저 송구한 마음이었다.

해복은 분수에 넘치지 않는 처신 때문에 정부인의 사랑을 받았다. 가끔 시장에 데리고 다니면서 각종 물건을 보는 안목까지 가르쳤던 것이다.

"홍화 염색도 쉽지 않으나, 이 쪽물 염색이 가장 까다롭다. 조개 가루를 어디 두었느냐?"

단해가 구슬땀을 흘리면서 항아리 속 쪽풀을 손으로 눌러 치댔다.

"네. 모두 준비 마쳤습니다요. 쪽대가 상하기 전에 아씨랑 함께 하겠습니다."

"그렇지. 아주 염색장인 다 되었구나. 장에 나가 팔아도 좋을 만큼 솜씨를 잘 키워 보거라."

"모두가 마님이 잘 가르쳐 주신 덕입니다."

쪽 염색은 힘들고 까다로워 좋은 색을 내기 어려웠다. 찌는 듯한 무더위에 손이 부족해져 침방의 나이 든 여종까지 불러 일을 맡겼다.

"이제 돌로 잘 눌러두었습니다."

"그래, 마무리 잘하거라."

해복은 정부인을 뒤따라 안채로 들어갔다. 안채의 문을 열어두어도 바람 한 점 들어오지 않았다. 해복이 서안 위에 놓인 합죽선을 집어 땀이 솟은 정부인을 향해 바람을 일으켜주었다. 시키지 않아도 눈치 빠르게 상대가 원하는 것을 미리 알고 있는 영특한 서녀였다.

"고맙구나. 부채질을 다 해주니. 손끝 하나도 까딱하기 싫었는데 말이다. 그래, 네 어미와는 편지를 자주 나누느냐?"

"예, 마님. 소식을 간간이 듣고 있습니다."

"많이 외롭다고 하드냐?"

"이제 제 어미는 동생들까지 모두 떠나서 별 낙이 없다고⋯."

"그래서 승정원까지 서찰을 보냈다더냐?"

"예? ⋯ 그건, 저도 처음 듣는 말이라서,"

"어찌, 그리 경솔한 게야? 여기 장통방이나 너한테로 보내야지! 대궐이 어디라고, 승정원이 어디라고 그런 말도 안 되는 짓거리를 하는 게야? 네 어미의 편지가 영감께 전해질지, 아닐지 어찌 알아서 그런 경거망동을 한다는 게야. 답답하고 몽매한 사람 같으니!"

정부인은 기막히다는 표정을 감추지 않았다.

해복은 훅, 마음이 뜨거워졌다. 너무 더워서 참을 수가 없었다.

한시라도 빨리 이 집에서 나가고 싶다. 어미의 편지 내용을 물으면 어떻게 답을 해야 할까. 행여 큰 망언이라도 썼으면 어떡할 것인가.

"아무리 지체 높은 당상관이라도 일단 구설에 오르면 빠져나가기 힘들다는 것을 왜 몰라? 집안 문제나 여자 문제로 소문이 나면 남우세스러워 얼굴을 들고 다니기 힘들다는 것을. 당상관의 허물은 당하관보다 곱절 이상으로 말이 많다. 영감마님을 날카로운 매의 눈으로 지켜보는 사람들의 구설에 오른다면 그보다 더 난감할 일이 없는데도."

해복은 조마조마했다.

어찌 어머니는 들킨단 말이오? 생각을 어디에 두고 있소. 조금만 더 기다려보지 않으시고.

"쌀이 필요하고, 콩이 필요하다고 현감에게 청을 넣었다고 들었다. 말이 되는 것이냐? 가진 재물 두고 어찌 관아의 것을 구하려 한단 말이냐? 농사지어 제 곳간에 챙겨두고, 지방 관원들 도움까지 받으려 했다니. 부끄러운 줄 모르는 게야?"

해복은 단 한마디도 변명하지 못했다.

굿덕은 속량이 되지 못한 한풀이를 재물 모으는 데 힘을 쏟고 있었다. 희춘이 주인 이구에게 속량시켜주기를 간청했으나 번번이 거절당했다. 굿덕은 외거노비로서 가진 재산이 제법 많았음에도 속량이 되지 못해 내내 서러워했다.

해복에게 종이 전하기를, 며칠 울다가 이제 포기하신 듯하다, 고 알려주었다. 대신, 집 곳간에 재물을 단단히 단속한다는 것이다. 미곡은 물론, 지방 관원들이 시시때때로 보내는 특산물을 모아 새 곳간에 쌓고 있다는 것이다. 해남윤씨 댁에서도 때마다 물품을 보내고 있었다.

정실부인이 없는 지역에서 후실 굿덕은 기고만장했다. 해남 인근의 지방관리들을 움직이고 있었다. 지방관리들은 굿덕의 편지를 들고 종들이 서울을 빈번하게 드나드는 것을 잘 알고 있었다. 해복이 알기로, 뭐든 어머니의 뜻대로 되고 있는 것 같았다.

어머니는 무슨 마음으로 편지를 냈을까. 어쩌자고 하필 승정원으로 보냈을까. 새삼스럽게, 마님 눈치가 보였던 것인가.

해복은 어머니가 짠했고, 그 일을 굳이 심통을 부려 말하는 정부인이 불편했다.

"그 일은 저도 까맣게 몰랐습니다."

"그렇겠지. 왜 그리 생각이 짧은가…. 네가 어미를 위로하거라. 영특한 네가 다독여야지, 이제 누가 할 것이냐."

정부인 종개가 굿덕의 편지를 발견한 것은 우연이었다. 입궐 준비를 돕느라 새벽에 일어나 움직였다. 미처 종 옥석의 손이 가지 않았을까. 무엇이 바빴는지 희춘은 붓을 벼루에 그대로 담가두었다. 승정원에서 쓰는 장지 사이로 언뜻, 눈에 익은 언문 글씨가 보였다. 단정하고 섬세한 희춘의 서체 사이에서 눈에 띈 것은 장지에 쓴 굿덕의 삐뚤삐뚤한 필체였다.

첩에게 글을 가르쳤으니 그것 또한 후회될 일을 만들었구나.

종개는 폭, 한숨을 쉬고 편지 내용을 읽었던 것.

"볼 테냐?"

정부인이 접힌 편지를 툭, 밀쳤다.

품위 있는 마님이 어찌 이리 하실꼬.

해복이 준비한 다담상 위의 미숫가루에는 손도 대지 않은 채였다. 해복은 눈물이 돌았다. 정부인의 심중에 그동안의 분노가 숨어 있는 것 같았다.

어찌 이리 했을꼬, 우리 어머니는. 어미의 서러운 신세를 왜 모르겠는가. 영감님의 유배시절이 내게는 꽃밭이었다, 라고 했던 어머니는 지아비의 정이 그리웠을 것이다.

해복은 고개를 들지 못하면서 장지를 펼쳤다.

어미는 편지를 쓰려고 이 비싼 종이를 샀을까.

　영감마님, 보십시오. 무더위에 편안하신지요? 뵈온 지 너무 오래되어 궁금하기 짝이 없습니다. 예전 종성 시절이 생각나니 가슴에 한숨이 깊어갑니다. 어찌 이리 무심하신 지요? 영감마님께서 배려해주신 덕에 지방관들이 보낸 물품들이 부족함 없이 들어오고 있습니다. 하지만 그걸로 제 마음이 충족한 것은 아닙니다. 자식들이 다 자라 장성했지만 어찌 된 일인지 불안하고, 더욱 외롭고 한스럽습니다.

　어여쁜 딸들을 넷이나 주신 공은 죽더라도 백골마저 감사할 따름입니다. 해복이는 잘 지낸다고 했고 사위 김종려도 가끔 귀한 선물을 보내 소첩을 기쁘게 합니다. 하지만 해명이랑 해귀가 걱정입니다. 둘 다 영감마님의 귀여운 자식이지 않습니까? 둘의 속량이 쉽게 되지는 않겠지만, 어서 신경을 써주십시오. 이제 모두 처녀티가 나는데 걱정이 많습니다. 소첩이 틈이 날 때마다 바느질을 가르치고 음식도 가르칩니다. 천것으로 살다가 천것에게 혼인을 하면 안되지 않습니까? 종성에서의 일을 부디 생각하시어 은혜 베풀어주십시오.

편지도 주시지 않으시니, 소첩은 누굴 믿고 의지하라고 이러십니까? 예전에는 정부인께서 제게 옷감을 내려 영감마님의 의복도 손수 지어 올렸습니다. 하지만 이제는 그것마저도 못하게 하시니 마음 둘 곳이 없습니다.

영감마님에게 소첩의 자리는 아예 없는 것입니까. 이제 틀린 것입니까. 영감마님의 발밑에 살아도 좋으니 제발 돌아봐 주셨으면 합니다. 새집은 관리만 할 뿐 비어있어서 언제나 영감마님이 돌아오실 건지…. 본가 문 앞에 서 있다가 쓸쓸한 마음으로 발길을 돌립니다. 이런 글을 장통방에 보낼 수 없어서 믿을만한 사람 편에 보냈습니다.

이제 답장은 기다리지 않겠으니 제 소원은 꼭 들어주셔야 합니다.

애첩 방굿덕 올리나이다.

"내 너희 어미를 고맙게 여겼으나 이처럼 분수를 모르고 있다. 이 서찰을 승정원까지 보냈으니 앞으로 어찌해야 하느냐?"

"제 어미가 한 일을 … 용서하세요."

해복은 더 이상 할 말이 없었다.

"네가 방자한 어미를 닮지 않아 다행이구나. 알아듣게 편지하거라. 그 성깔에 또 파르르할 텐데…. 나는 말이다. 참으로, 니 어미가 감당이 안 된다. 알고 있느냐?"

해복은 보자기에 싸 온 술떡을 미처 내놓지 못한 채 전전긍긍했다.

"너를 나무라고 싶은 건 아니다. 네 어미만 행실을 조심히 하면 아무 탈이 없을 게야. 내가 너희에게 섭섭하게 한 것이 있느냐? 며칠 전에도 네 동생들 속량 때문에 영감마님과 상의한 바가 있어. 그러니 안심하라고 전하고."

겨우 화를 삭히는 듯, 정부인의 목소리가 조금씩 누그러지고 있었다. 그제야 해복이 조심스레 보자기를 풀었다.

"마님, 이건 술떡이온데 출출하실 때 드시라고 만들어 보았습니다. 여름에도 변하지 않고 그대로입니다. 은우 애기씨가 좋아한다고 해서 작고 예쁘게 빚었습니다."

보자기 속에는 대나무 찬합에 담긴 하얀 술떡이 보였다. 동그

랗게 빚어 까만 깨를 위에 솔솔 뿌린 것이 제법 구미가 당기는 모양으로 만든 것이다.

"네 음식 솜씨는 참으로 어여쁘다. 칭찬받을 만하구나."

"송구합니다. 모두 하나하나 마님께 배운 것이지요. 지난번 올린 송화다식이 맛있다고 하셔서 좋았습니다. 여름이라, 차에 마실만한 떡이 없나 했더니 바로 이 술떡이었습니다. 마님께서는 술도 즐기시는 터라."

작은 호리병에 담긴 것은 술이었다.

"술이라? 무엇이냐?"

"봄에 산에서 딴 어린 송엽으로 빚었는데, 잘 익었습니다. 약효가 뛰어나다 해서 가져왔습니다."

해복은 정부인의 취향을 알아 그때그때 마음을 풀어주곤 했다. 살가운 성격이었다.

네가 내 딸이었어도, 좋으련만.

짜증이 많고 살림에 무관심한 딸 경은이와 서녀 해복이 비교가 되었던 것이다.

"네 어미 마음을 모르는 바 아니다. 하지만 내 당부를 써서 보내거라. 지금 영감마님께서 막중한 조정의 일로 심신이 피로하시다. 한 번만 더 이런 일이 있을 시에는 더는 두고 보지 않을 것

216

이야.”

해복은 눈물을 겨우 참고 있었다. 어미 굿덕의 처지가 서러웠다. 어미도 여인네였다. 땅끝 해남에서 독수공방하는 동안, 지아비의 서찰 한 번이라도 받아보고자 머리를 쓴 것인데 하필, 정부인께 들켜버렸다.

─어쨌든 정부인께 예의를 갖춰야지요.

해남에 있을 때, 해복은 어머니에게 은근히 말했다.

─너는 도대체 누구 편이냐. 난 아직 노비야. 속량도 못 했다. 나는 다 갖고 싶다. 나라고 여자가 아니더냐. 종년 주제에 부제학 후실이다, 고 종들이 더 싫어하고 속으로 무시하는 걸 모른단 말이냐? 네가 내 속을 아는 게야?

굿덕은 정부인 말이 나오기만 해도 화를 냈다. 노비를 면하지 못한 것이 가장 큰 설움이었기 때문에 대신 재물을 탐했다. 욕심은 끝이 없었다. 점점 더 많은 것을 갖고 싶어 했다. 그러나 정부인과 대립해서 좋을 일이 없다는 것을 모르지는 않았다.

─나는 너희 모두를 속량시킬 것이다. 너라도 눈에 어긋나지 않게 잘해라. 마님 손에 너희들 운명이 달렸다. 마님이 속량을 반대하면 다 틀어진다. 오직 해복이 너를 믿는다. 만일 안 된다면 목숨 걸고라도 내가 영감마님께 청을 올릴 것이다.

해복이 속량한 후, 무관의 후실이 되어 사랑받으며 살게 된 건 어머니 굿덕의 끈질긴 의지 덕분이었다. 속량 문제는 해복에게도 근심이었다. 어머니 굿덕이 셋째 해명과 넷째 해귀의 일을 재촉하느라 아버지께 올린 서찰의 내용을 전해 들은 바 있었다. 얼마나 조급하면서 가슴이 쓰렸을까.

―천출로 태어나 이만큼 사는 것도 복이라고들 한다. 하지만 나라고 정부인처럼 되지 못할 까닭이 없지 않느냐.

―어머니, 그런 말을 절대 아버님께 하시면 안 됩니다.

―나는 말이다. 번듯한 큰 집도 지을 것이다. 그리고 죽으면 선산유씨 가에서 제사를 지내 달라고 할 것이야. 그것이 내 소원이다.

해복은 더욱 놀랐다. 어머니의 욕망은 딸들의 속량에 있는 게 아니었다. 어엿한 새집을 짓겠다는 것이다. 게다가 유씨 가문의 제사까지 욕심내고 있었다. 그런 소원은 이미 오래된 것이었다. 정부인께서 아시면 경을 칠 것인가. 해복은 그 생각이 들자 가슴이 서늘했다.

"대신, 제가 마님을 잘 모시겠습니다."

해복이 찬찬히 마음을 다해 말했다. 정부인이 말씨가 고운 해복을 아끼는 이유이기도 했다.

218

"해귀의 혼삿말이 오갔단다. 그런데, 속량이 먼저 아니겠냐."

막내 해귀는 셋째 해명과 함께 아직 노비였다. 제일 먼저 속량이 된 맏이 해성은 본처에게 박해를 받는지 친정과 교류조차 없었다. 일체 외출을 할 수 없어 서로 얼굴을 본 지 까마득한 날이 흘렀다. 언니는 어찌 지내는 것인가. 나날이 서러운 것인가.

해복은 갑자기 해성이의 생각으로 근심이 솟아 얼굴이 어두워져 갔다.

이제 해명과 해귀를 어찌할 것인가.

첩첩 근심이 더해졌다. 어머니 굿덕이 일러준 말 때문이었다.

어머니가 홧김에 내려 쓴 짧은 편지가 있다고 했는데…. 그 말을 어떻게 마님이 전해 들었을까. 아버지께 보낸 편지가 제대로 전달이 안 되었을까. 본가댁 종이 오가는 길에, 해남 소식을 흘린 것인가. 어머니는 종들에게 환심을 샀다. 서울과 해남과 담양의 종들이 오면 인심을 쓰면서 대접을 잘했다. 그 덕분에 소식이 빨랐다. 허관손 사건으로 마음이 급해진 어머니가 승정원으로 급히 서찰을 보냈다고 했는데…. 성급한 어머니. 이제 어찌할 것이오. 마님이 노하시면 일을 다 그르칠 텐데.

"해귀의 혼사에 대해 말이 있었다. 해귀의 짝으로 얼자 극룡이 어쩌겠냐고 영감마님이 생각을 하고 계신다."

해복은 체한 듯 가슴이 꽉, 막혔다. 앞이 캄캄했다.

해귀가 해남윤씨의 얼자 극룡과 혼인해서 자식을 낳는다면 그럭저럭 사는 데는 지장이 없을 터였다. 결국 해귀는 노비를 낳게 될 것이다. 어미 노비가 자식을 낳으니, 또 노비가 된다. 서자도 아닌 얼자의 자식이면 신분에서 벗어나기는 영 글렀다. 결국 속량이 문제구나.

주인 이구가 혼기에 찬 여자 노비 둘을 쉽게 내줄리 만무했다. 한 가지 방법이 있다면, 이구의 아들 이정이 아버님께 청탁을 넣을 일이 생겨야 한다. 해복은 거기까지 생각하고 있었으나 감히, 발설하지는 못했다.

"아버님과 의논해 두 아이를 속히 면천시킬 수 있게 할 것이다. 벼슬자리에 있을 때, 우리가 낙향하기 전에."

해복이 정부인을 향해 다시 머리를 조아렸다. 자신으로서도 어찌할 수 없는 신분제도였다.

어서, 두 동생을 속량시켜야 한다.

"어미에게 전해라. 내가 잘 알고 있다고, 아무 걱정하지 말라고 해야겠지."

해복은 몸을 떨었다.

얼마나 무서운 일인가. 세습 노비. 대대로 노비 신세로 살아야 한다면 죽는 것이 낫다.

"마님. 은혜는 평생 잊지 않겠습니다. 어미를 부디 용서하세요."

해복은 핑, 눈물이 돋았다.

봉당의 조짐

金三日拜辭出來至漢江一候築材
枚卽惠水孫果川水原之間一旦全
又芳趾漸玆十五日到稷山尚州
海逸聲卽人報即人處
寸畫真書徒
命弟弟美
歸命弟如目
画命弟多

"주상께서 목소리가 정상이 아닙니다. 마음을 맑게 갖고 욕정을 억제하면서 몸의 기운을 길러야 합니다."

승정원에서 간언했다. 여색을 경계하라는 뜻. 임금이 가장 싫어하는 말이었다.

"너희는 사사건건 나를 번거롭게 하는구나."

임금은 오만상을 찌푸렸다. 다음날도 대간들이 청을 올렸다.

"신들이 건의를 해서 조금이라도 구습을 고치려고 하면 전하께서는 무서운 안색이 되십니다. 미리 싫어하는 기색부터 하시니 상하 간에 뜻이 통하지 않습니다. 이것이 제왕의 체모입니까, 군주의 도리입니까? 대신들이 충심으로 간언하면, 내가 더 잘 안다는 얼굴로 내려다보십니다. 자신만 옳게 여기고 남을 가볍게 보는 병입니다. 전하께서 유의하시기를 삼가 원하옵니다."

임금은 모르쇠로 일관하면서 신하들의 충언에 귀를 닫았다.

참다못한 이이가 다시 사직 상소를 올렸다.

"물러가기를 이렇게 구하니 그 뜻을 억지로 빼앗지는 않겠다. 사퇴를 허락한다."

임금의 단호한 결정이었다.

승정원에서 이이의 사퇴를 만류하자고 청했다.

"이이는 경연장의 뛰어난 신하입니다. 전하께서도 그의 고상한 절개와 맑은 뜻이 쓸 만하다고 하셨습니다. 원하옵건대 전하께서는 속히 명을 거두어 그의 돌아가는 걸음을 돌리소서."

임금은 동의하지 않았다.

희춘은 경연이 끝난 후, 이이가 올린 사직상소문을 자세히 살펴 읽었다.

원로들은 모나지 않게 입을 다무는 것으로 중도를 얻고 있습니다. 백 가지의 업무가 들어와도 사사로움을 일삼고 서로의 공을 받들고 있습니다. 그 때문에 능력이 뛰어난 젊은이는 그들에 의해 능력이 없는 자가 되었습니다. 가령 호걸 선비가 조정 대신의 반열에 들면 반드시 방해를 받게 됩니다. 그 때문에 한 가지 시책도 시행해보지 못합니다. 그러니 하물며 신처럼 재주 없고 병든 자는 어찌하겠습니까. 신이 어떻게 왕의 정사에 도움이 되겠습니까?

전하께서 좋은 정치를 하시려면 반드시 굳센 신하를 두어야 합니다. 상하 간에 구습을 통쾌하게 씻고 사방의 인재를 불러, 모든 자리에 세우소서. 그동안 맴돌던 폐단을 혁파하셔야 국가의 형세가 회복될 수 있을 겁니다.

이이가 가리키는 '그들'이란 임금의 비위를 맞추는 신하를 지적한 것이다. 정확히는 원로대신 유희춘을 겨냥했다. 이이가 지나친 것이었다. 희춘은 하루 세 번의 경연을 수행하면서, 어명으로 틈틈이 『주자대전』을 교정하고 있었다. 늙은 심신을 무리하게 쓰고 있던 힘없는 원로대신. 서글픈 일이었다.

희춘은 사직을 말리기 위해 이이를 만났다.

"굳이 지금 사직을 청하고 떠나려고 하심은 너무 성급하지 않으시오?"

완곡한 어투로 이이에게 물었다.

"공께서 경연관으로서 제대로 하시는 일이 도무지 무엇입니까? 임금이 저리 공정하지 못한 것이, 누구 때문이겠습니까? 저는 공과 더는 함께 한자리에 있을 수 없습니다."

두 번도 청할 수 없이, 이이가 딱 잘라 말했다. 다른 대간들 앞에서 희춘에게 망신을 준 것이다.

더 이상 그의 사직을 말리고 싶지 않았다.

내가 먼저 사직을 청했으나, 임금은 허락하지 않고 있지 않은가. 이럴 수도, 저럴 수도 없는 일.

"임금의 마음을 돌려, 이 공의 사직을 윤허하지 못하게 하는 것이 영공께서 해야 할 일이라고 생각합니다."

젊은 대간이 희춘에게 말했다.

참으로 오만한 작자들이다. 결기가 지나치구나.

희춘은 원로들의 힘이 약화되면서 사림들의 기세를 이길 수 없음을 이미 알고 있었다. 그러나 더욱 걱정인 것은 임금은 사림 편에 섰다가도, 어느 틈에 원로 편을 지지했다가 들쑥날쑥, 인사 등용에도 일관성이 없었다.

스스로 떠난다고 하는데 더 이상 어쩌겠는가.

"공께서는 왜 중도를 고집하면서 임금의 편벽된 마음을 돌려놓지 못하시오?"

마침내, 이이가 추궁하듯 되물었다.

희춘은 괴로웠다. 원로들이 없는 조정에서 그는 홀로였다. 최근 들어 임금은 이이를 멀리했다. 매사에 원만하고 신중한 원로 대신 유희춘을 오래 곁에 두고자 했던 귀가 얇은 임금. 좋은 말만 듣고 싶었던 것. 이이는 희춘의 그 점을 참을 수 없었다.

이이의 사직을 윤허하지 말라는, 대간들의 상소가 다시 올라갔다.

"이이가 떠나기를 원하였는데 그의 뜻을 이루어주는 건 당연하다. 내가 억지로 만류할 일은 없다. 이미 허락했으니 어쩌겠는가."

임금의 대답은 냉정했다.

＊＊

알성시가 열렸다. 알성시는 비정규적으로 시행된 문·무관의 시험이다. 장원급제의 주인공은 이발李潑이었다.

이제야 비로소 장원급제가 호남에서 났구나.

희춘은 이발의 장원급제를 누구보다도 기뻐했다. 뛰어난 문사 임억령이 죽고, 대사성 기대승이 죽은 뒤로 두드러진 인물이 나오지 않아 염려했던 터였다. 예조좌랑이 된 이발은 유희춘과 동향인 해남 사람이기도 했다. 희춘은 조정에 호남사림의 자리가 없는 것을 안타까워했었다.

호남사림들은 기묘사화 때 조광조의 사사로 인한 분노와 절망에 빠져 두문불출, 은둔했다. 희춘의 스승 최산두도 울분에 싸여 술로 세월을 보내다 광양에서 죽었다. 기묘사화 이후, 과거장에 호남 선비들은 드물었다. 임금의 즉위 초에도, 기대승 사후에도, 뛰어난 인물이 나오지 않았다. 나주 출신 김천일이 육품 벼슬에 있었으나 몸이 쇠약해 임금께 자주 귀향을 청했다.

기쁨과 비례해서 근심도 생겼다. 이발과 정철은 같은 호남사림으로 악연이었다. 광산이씨 명문가 자제였던 이발은 어릴 때 만난 정철을 대놓고 무시했다. 왕의 종친이 되어 권세를 추구한 집안이라는 이유였다. 이발의 직설은 정철에게 씻을 수 없는 상처였다. 이때부터 정철은 이발에 대한 개인적인 원한을 쌓았을 것이다.

***

경연청에서 경연관들이 모여 논의 중에, 한 사람이 문을 열고 들어와 예를 갖춰 인사를 했다. 희춘은 앉은 채, 눈길로 인사를 보냈다.

"어제 공의전께 문안을 갔지 않았습니까. 언문으로 쓴 유언을 대간들 모두 보셨지요? 첫째, 상을 치를 때 간략하고 검소하게 하여 백성에게 폐를 끼치지 말라. 내가 죽은 뒤에도 장사는 되도록 간소하게 하시오. 사치를 버려 백성들에게 노고를 끼치면 안 됩니다. 또 둘째는…."

희춘이 말을 마치기도 전에 좀 전에 들어온 대간이 항의했다.

"영공께서는 지금 소신을 무시하시는 겁니까? 이런 경우는 없었습니다!"

그는 앉지도 않은 채, 다시 문을 열고 밖으로 나갔다. 다른 경연관들이 웅성거리기 시작했다.

희춘은 그제야 깨달았다. 젊은 사람들이 어떤 방식으로 자신을 공격할 것인지 내심 불안했다. 늦게야 그는 심부름하는 서리를 시켜, 사과한다는 글을 보냈다.

다음 날, 대신들이 모인 자리에서 어제 발끈했던 사헌부 지평이 임금께 사직상소를 올렸다.

> 평상시는 대간이 절을 하면 정1품 영상은 고개를 수그려 답을 하고, 종2품 동지사 이하는 일어나서 답을 하게 되어있습니다. 이것은 대간, 언관을 존중하기 때문입니다. 오늘 정2품 대제학께 이런 멸시를 당했는데, 더 이상 얼굴을 들고 다닐 수 없습니다. 소신은 풍습과 도덕을 중시하는 사헌부의 대간입니다. 물러나겠습니다.

"탄원서에 서명을 했습니다."

사헌부 전체가 서명한 탄원서를 임금께 올렸다. 하룻만에 일이 이렇게 커질 줄 몰랐던 희춘은 당황했다.

"허락할 수 없다"

임금이 물리쳤다.

"공께서 어찌 이리 예를 모르십니까? 예속상교禮俗相交, 서로 사귀는데 예를 다하자는 향약을 실천하지 못하는 공은 불충한 신하입니다. 어찌 대제학 자리에 있단 말입니까?"

대신 중 한 명이 나섰다. 젊은 사람들이 똘똘 뭉친 상황이었다.

다음날은 홍문관에서 상소가 올라갔다. 연일, 이 문제로 온 조정이 시끄러웠다. 임금은 지켜보기만 했다.

어찌 이럴 수가 있단 말인가. 너희가 어찌….

희춘은 고민이 깊었다. 시간이 갈수록 불리해질 수밖에 없는 상황이었다.

다음날, 사헌부에서 유희춘의 죄를 벌하라는 상소가 올라왔다. 가만히 있다가는 파직당할 위기였다.

"신이 경연청을 출입한 지 오래되었습니다. 평상시에 경연청에서 9품이 인사를 할 때에도, 동지사 이하가 반드시 일어나 답하는 것임을 왜 모르겠습니까. 그날, 대간의 인사에 제가 일부러 일어나지 않을 리는 없습니다. 그때, 논의 중이었으니, 주상께서 분별하여 주시기 바랍니다."

희춘이 자신을 변호했다. 임금은 대답하지 않았다. 젊은 대간들의 눈치를 보는 것이다. 다음날에도, 다음날에도 사림들 전체가 희춘을 맹렬하게 공격했다.

"대간들은 이 조그만 일에 너무 신경을 곤두세우고 있지 않소? 사사건건 트집을 잡아 원로대신에게 죄를 물으니 너무 심하지 않은가."

임금이 짜증스럽게 말했다. 그러자 승정원에서 부글부글 끓는 얼굴로 거세게 항의했다.

"임금께서 왜 이리 온당치 않은 말씀을 내리십니까?"

임금은 희춘을 감싸려다 난감해졌다.

이 일은 계획적이었다. 대간들은 경연을 주도하고 있는 원로 희춘을 싫어했다. 답답한 노인 취급을 했다. 임금에게 귀를 열어 두고, 쓸데없이 참견지도, 자신의 의견을 강하게 내세우지도 않았기 때문이다. 그들은 원로에게 쓴맛을 보여주겠다는 것이었다. 신하들이 공론을 모아 기어이 희춘을 끌어내렸다.

임금의 지나친 총애를 받고 있는 희춘은 젊은 대간들과의 관계에는 관심이 없어 융통성을 발휘하지 못한 것이다.

허봉이 장통방 집으로 찾아왔다. 절친한 허엽과 소원해진 후, 그의 아들 허봉이 희춘의 안위를 걱정하고 있었다.

"요새 대간들이 스승님을 많이 싫어하고 있습니다. 드러내놓고 흉을 보기도 하는데 참으로 걱정이 많습니다. 성질이 날카로운 사람들은 더욱 공격적입니다. 스승께서 고지식하여 답답하다고 사방에 흉을 봅니다. 시대의 흐름을 좇지 않아 꽉 막힌 사람이라고요. 스승께서는 여전히 단독으로 임금께 경서를 강론하고 있으니 젊은 대간들이 끼어들 자리가 없는 이유 아니겠습니까. 노욕이라고, 흉을 보고 있어요. 스승님이 주상의 최측근에 있으니… 시기하는 겁니다. 그래서 공론을 모았습니다. 스승님께서는 너무 섭섭하게 생각지는 마십시오."

허봉은 근심 어린 얼굴빛이었다.

"다 알고 있는 일이네. 어디 한두 번 당하는 일인가. 이번에 작정하고 나를 모독했군 그래."

"대간들이 함께 뭉쳤습니다. 원로들을 모두 탄핵하고자 하는데 걱정입니다."

허봉의 말은 사실을 확인하는 것과 다름없었다. 대간들은 이이의 사직이 유희춘 때문이라고 생각했다. 이이의 부재로, 원로 대신을 더욱 눈엣가시로 여겼다.

경연청에서 희춘은 대간들의 빗발치는 반대 공론 때문에 강독마저 마음껏 끌어가지 못했다. 대간들과 맞서는 일로 신경쇠약에 걸릴 지경에 이르렀다.

****

임금의 환후 때문에 약방제조와 의관이 대전에 들었다.

"언제나 음식을 먹으면 체하여 내려가지 않는다. 먹으면 자못 답답하여 편안하지 못하고, 먹지 않으면 다시 속이 편안해진다."

"비위가 허약해지셨고, 담이 쌓여 소화하지 못하는 것입니다."

의관이 처방을 내렸다. 인삼양위탕에 미나릿과의 시호를 약재로 첨가하면 소화와 조리를 돕게 된다는 것이다.

희춘은 부지런히 의서를 찾아 '비위'에 관한 글을 골라 뽑았다. 위장이 좋지 않아 늘 고생하고 있는 터라 식사요법을 따로 기록해 임금에게 바쳤다. 젊은 대간들의 눈에는 충심이 아니라 지나친 아부로 보였을 일이었다.

좌의정 박순이 편지를 보냈다. 희춘이 임금께 '비위증 처방'이라는 글을 올렸다는 말이 소문으로 돌았던 까닭이다.

영공이 단것이나 꿀이 모두 비위에 해롭다고 하고, 수박은 해롭지 않다고 하셨다는데, 무슨 근거에서 나온 겁니까. 『본초』에, 꿀은 온갖 약을 화합하게 하고 음식이 내려가지 않는 것을 치료해주고, 비위를 편히 해준다고 했습니다. 그러나 수박은 곽란이나 냉병을 일으킨다, 했지요. 책과 영공의 말이 다르니 그 출처를 자세히 일러주시기 바랍니다.

다음날, 희춘은 박순을 병문안했다. 희춘은 원로대신 편에서,

박순은 사림 편에 처해 있었던 상황이라 서로 말을 아꼈다. 박순의 목소리에 힘이 없었다. 그의 위병은 쉬 낫지 않은 만성질환이었고 정신적인 휴식이 필요했다. 굳이 병의 원인을 들자면 임금과의 불통이었다.

희춘은 임금에게 재차 글을 올렸다. 비위증에 대해, 박순의 말을 참고해 미진한 점을 곰곰이 연구한 뒤였다. 임금의 작은 병세까지 모조리 꿰고 있었으며 증세에 따라 자신이 처방을 내렸다. 문제를 깊고 치밀하게 끝까지 연구하여 답을 얻어내는 성격 때문이다. 약방제조의 처방을 희춘은 모두 기억했다. 천재적인 기억력으로 단 하나도 놓치지 않고 일기에 기록했다. 탁월한 기억의 소유자였다. 임금이 처방을 다시 묻자, 이 일을 '감격을 금치 못한다.'고 일기에 썼을 정도였다.

현실의 문제에는 무관심하고 주자학만을 임금께 경연하고 있다, 사소한 일에 열중해서 임금의 총애를 얻고 있다, 지나친 충성이다, 등등의 이유를 들어 이이를 비롯한 사림들은 희춘을 못마땅해했다. 극성스러울 정도로 세밀한 성격이, 사림들의 비웃음에도 아랑곳하지 않은 융통성 없음이 더욱 사림들의 분노를 샀던 것이다.

민생의 피폐함과 무관한, 조정은 이미 붕당의 갈등이 심각했다. 사간원司諫院의 김성일이 사직을 청한 후, 논의 끝에 황윤길이 사간원 간관이 되었다. 후일, 김성일과 황윤길은 함께 일본에 통신사로 갔다가 의견이 반대로 나뉘었다. 김성일은 일본이 침입하지 않을 것이라고 했던 인물이다. 선조가 동인 김성일의 판단을 따랐던, 참담한 결과를 당시에는 아무도 예측하지 못했다. 사간원 간관의 직책. 이 둘은 일본에 가서도 의견이 달랐던 것이다. 소통 대신 불통, 동인과 서인의 분열된 의견 또한 붕당 때문이었다.

　　*****

　　희춘은 『주자대전』 교정과 해석, 토를 다는 일에 성의를 다했다. 관직에서 물러나기 전에 임금께 바쳐야 할 서책들은 '교서관 제조'의 직분으로 완전히 마칠 작정이었다. 우선, 시끄러운 조정에서 떠나고 싶었다. 철새가 제 살던 고향을 찾아가듯 따뜻한 남쪽 하늘로 날아가고 싶었다. 할 일을 마친 후에 마음 편히 고향으로 돌아가고 싶었다.

희춘이 호남사림 고경명을 다시 등용하자는 주청을 올렸는데, 사헌부에서 막았다.

"전 군수 고경명은 간신들과 내통한 자입니다. 이제 벼슬을 다시 내리신다는 명은 부디 거두어주십시오."

사헌부에서 고경명의 재임명을 심하게 반대하고 나섰다. 사실무근으로 모함하는 것과 다름없었다. 호남사림이 설 자리가 없어진 상황이었다. 희춘은 이 일로 더욱 마음을 상했다. 적막함의 한 가운데 북풍 칼바람을 홀로 받고 선, 고독한 봉우리 같은 심정이었다.

가뭄이 계속되었던 시기, 백성들이 군역으로 고통스러웠다. 그중에서 남쪽의 정황은 가장 심했다.

희춘이 임금께 간언했다.

"지금 민생들 고통은 공물 및 신역이 균등하지 못하기 때문입니다. 마땅히 이이의 「만언소萬言疏」를 참고해 이 병폐를 바로잡아야 합니다."

임금은 대답하지 않았다. 희춘의 의견은 예전과 달리 임금에게 닿지 않았다. 사직한 이이를 거론하여, 대간들의 동조를 얻어내려 했으나 도무지 반응이 없었다.

동인 사림 김효원 일파와 서인 사림 심의겸 일파가 정쟁으로 뜨거웠다. 임금은 매사에 모르는 척했다. 무던히 시끄럽지 않은 의견 쪽으로 결정을 내린 후, 무덤덤하게 지켜볼 뿐이었다.

대대적인 인사이동이 있었다. 임금의 명으로 심의겸이 대사헌으로 승진되면서 서인이 요직을 차지하게 되었다. 동인들에게는 위기의 시작이었다.

본심

寡夫人命筆句

金生一日拜辭出衆於溪江一夜獨村
枚即憨水蒜果川水原之間一日六
又觉坐漸談十五古到程山尚月世
凉远聲白之報即人勞
尤主真吏
命弟美
回命弓如目
歸命馬

*

쿵, 와장창! 소리가 적막을 깼다.

"무슨 일이냐!"

종개가 놀라 눈을 떴고, 종들이 모두 마당으로 황급히 나왔다. 우르르 몰려온 식솔들이 장독대 앞에서 여종 돌금이를 일으켜 세웠다.

"마님! 머리를 부딪친 것 같아요. 오매, 이마에 피가 나요."

깨진 된장독 아래 애기 여종 돌금이가 몸을 떨고 있었다.

종들이 돌금이를 바깥방으로 보내 눕혔다. 다행이었다. 빈 장독이었다면, 장독 파편에 이마가 상할 수도 있을 일. 종개는 길게 한숨을 내쉬었다.

"다행입니다요. 마님, 이마에 피가 좀 나는데 괜찮을 것 같아요."

돌금이 어미가 눈물을 글썽이면서 종개를 올려다보았다.

"이마를 물로 잘 씻어주고, 약을 갖다 붙이게. 많이 놀란 것 같으니 안정시켜 편히 재우고."

새벽 네 시의 소동이었다.

"미지근한 단물을 갖다 먹이게나. 그러면 잠이 잘 들 것이네."

종개가 돌금 어미를 향해 말했다. 사고의 원인 제공자 경은이는 아예 내다보지도 않고 있었다.

참…. 할 말이 없구만. 아무리 종이라도 방문 밖에 나와 보지도 않다니. 내 너를 이리 가르친 것이냐. 단단히 혼쭐을 내줘야 다시는 이런 일이 없을 게야.

종개는 한숨이 절로 나왔다.

"어쩌다 이 지경까지 되도록 한단 말이냐. 아무리 잠이 안 와도 그렇지 어린 돌금이를 문밖에서 방을 지키게 하다니, 왜? 도둑이라도 든단 말이냐? 도대체 왜 너는 주변 사람을 그리 힘들게 하는 것이냐, 응?"

종들이 물러난 후, 경은의 방문을 열고 들어서면서 호통을 쳤다. 그때, 기겁을 했다. 또, 사위가 보이지 않았다. 부모님과 함께 사는 집에서도 외박을 한 것이다. 남편 없는 밤을 혼자 지새우느라 속이 끓었던 것이다. 딸은 남편 윤관중의 잦은 외박 때문에 밤에는 쉽게 잠들지 못했고, 이른 새벽이 되어서야 겨우 자리에 누웠다. 가끔은 아침까지 늦잠을 자기도 했다. 어릴 때부터 혼자 자는 것을 끔찍이 싫어하던 딸이었다. 남편이 오지 않은 밤, 애기종 돌금이를 마루에 두고 문밖에서 방을 지키게 했는데, 그만 돌금이가 잠이 들었던 모양이었다. 그러다가 마루에서 굴러떨어져 장독을 깨뜨리고 놀라 얼이 빠질 뻔했다. 머리를 다치지 않아 천만다행이었다.

종개는 속이 뒤집혔다. 휑한 방안에 찬바람이 일었고, 한쪽이 빈 이부자리 위에서 경은이가 훌쩍거리고 있었다. 사위 관중은 애첩에게 정신이 빠져 있어 딸 경은이와 다툼이 그치지 않았다. 부부싸움을 하다가 방에서 내쫓겨 차가운 대청마루에서 자다가 입이 돌아가 버린 적도 있었다. 장마가 시작되었을 때, 궂은 빗속을 뚫고 첩에게 가버렸다. 사위의 바람기는 고삐 풀린 말처럼 정신없이 날뛰는 지경과 같았다. 희춘이 첩을 본 이유와는 또 달랐다.

종개는 돌아누워 울고 있는 딸에게 타일렀다.

"어찌 네 심정을 모를 것이냐. 투기하지 말거라. 너만 손해야. 그런다고 남편의 마음이 돌아오지는 않아. 더 멀리 달아날 뿐이다. 잡으려고 하면 잡을수록 멀어지는 것이 남자의 마음이란다. 이번 일은 네 잘못이 크다. 종들 앞에서도 마음을 드러내지 말고, 조심해야 하지 않겠느냐."

종개는 딸이 가여워 목소리를 부드럽게 했다.

"첩질을 하고 다니는 것도 모자라 이제 대놓고 첩을 정식으로 들이게 해달라고 조릅니다. 이를 어찌해야 합니까?"

울음 섞인 딸의 목소리가 너무 컸다. 희춘의 방까지 들릴 것이다. 종들이 들어도 상관없다는, 딸의 칼칼한 성질대로 목소리가 날카로웠다.

"그만, 그만하거라. 어린 은우가 듣고 있어. 온 식솔이 다 눈을 뜨고 잠을 깼다. 자식들 앞에서 무슨 꼴이냐?"

울음소리가 다시 커졌다. 통곡하기 시작했다. 그동안 억눌렸던 분노와 서러움이 봇물 터지듯 터진 것이다. 종개는 화를 눌러 참고 나직하게 딸에게 일렀다.

"내가 왜 네 마음을 모르겠어? 그래도 참아라. 그럴수록 남자는 천리만리 도망가려고 하는 것을 왜 몰라."

이 모두 영감에게 배운 것이야. 해남에서 매일 첩을 불러들인 일을 사위가 모르겠나, 종들이 모르겠나.

종개는 온몸이 불같이 타오를 지경이었다. 남편 희춘이 갑자기 미워졌다. 투기한다고 할까 봐, 모른 척 참아준 것이 사위 때문에 터졌다.

"옥석이 있느냐. 어서 세숫물 대령하거라."

안방에서 들리는 희춘의 차분한 듯한 목소리였다. 좀 전의 소동으로 깨어 잠들지 못했을 것이다.

"요새 너 아니어도 아버님이 곤하시다. 심성을 잘 닦아야지. 아버님이 달리『내훈』을 내려준 줄 아느냐?"

마음과는 달리, 종개는 경은에게 타이를 수밖에 없었다.

"어머니, 저는 참을 수 없습니다. 제가 왜 첩 꼴을 봐야 합니까? 어머니도 지겹지 않으세요? 서녀들이 드나드는 꼴을 저는 못 참겠어요. 아버님이 친딸인 나보다 서녀들을 더 아끼시는 것도 속이 상해요."

"그만해라. 다 그렇게 어려운 세월을 넘어 인내하고 사는 거다. 어디 아버님이 너보다 서녀들을 더 아낀다는 말이 나와? 그건 아니다. 그리고 때가 되면 은우 애비도 정신을 차리겠지. 선전관 벼슬에 들었고, 네 시아버님도 따로 재산을 내려줬으니 너는 앞으로도 문제없이 살 게야. 시댁에서 너를 아낀다. 이 또한 다행스러운 일이다. 더는 투기하지 말고, 은우 애비를 잘 내조하 거라. 차라리 첩을 보는 게 낫다. 평생 벼슬도 못 하고 기생들 꽁 무니 따라다니면 어쩔 뻔했냐?"

"그게 어디 그 사람이 잘해서 그럽니까? 다 아버님 덕 아닙니 까. 선전관 그 벼슬도 말이죠. 시댁에서 그게 고마워서 재산을 내려준 거죠."

"어쨌거나 지금 조카의 혼사를 앞두고 있지 않느냐. 네가 지 아비를 잘 섬겨야 어린 은우도 보고 배울 것이야. 아침에 일어나 면 돌금이한테 가서 위로도 해주고. 꼭 그래야 한다."

종개는 마음이 쓰렸다. 경은이 일로 지난 상처가 덧난 것이 다. 첩 굿덕의 신공과 서녀들 속량금에 혼인 준비까지 모두 자신 이 했던 일. 속이 끓었다.

신새벽의 여명이 방문을 밝히고 있었다. 사위는 아침이 되었 어도 돌아오지 않았다. 종개는 딸자식 곁을 떠날 수 없었다. 첩 문제로 애간장 녹는 꼴을 눈으로 보니 마음이 어지러웠다.

"내일은 혼숫감을 바느질할 생각이다. 집안이 안팎으로 바쁜 데 너도 돕거라. 조카 혼인 앞두고 더 이상 속 시끄럽게 하지 말 고. 그리고 이 집도 어찌 될지 모른다. 집주인 외손녀가 출산을 하러 들어온다는데 이사를 해야 할지 모른다고, 아버님 걱정이 많으시다."

어느 틈에 경은이는 잠이 들었다. 종개는 손녀 은우의 방으로 들어가 잠을 청했다.

아침, 종개는 자리에서 일어나지 못했다. 해가 환히 뜰 때까지 누워 있다가 미음을 겨우 먹었는데 전부 토했다. 기력이 없었고, 속을 상한 탓에 의욕조차 없었다. 머릿속으로는 큰손자의 혼수 바느질이 급하다, 생각했지만 몸이 움직여지지 않았다.

놀란 희춘이 대궐에 사람을 보내 내의원을 요청했다.

"어찌 평위산을 계속 드시지 않으셨습니까? 비위는 여름에 특히 조심해야 합니다. 이리 먹지 못하면 탈진하고 기운이 떨어져 결국 혼미해집니다."

"어머니는 장독 깨지는 소리에 놀란 것입니다. 잠을 못 주무시고, 못 드시다 보니 내내 토하셨고…."

경은이의 목소리는 침울했다.

"예. 그렇지요. 게다가 여름이라고 찬 음식을 드시기도 했을 것입니다. 어찌됐든 평소에 평위산을 계속 들게 하십시오."

종개는 손녀 은우 방에서도 잠들지 못했다. 첩 문제로 희춘과 갈등했던 옛일을 떠올리다 또 한 번, 심정을 상해버렸던 것이다. 자식들에게 드러내놓고 내색하지 못한 속마음이었다. 얼어 죽을, 체통 때문이었다.

딸의 상처는 고스란히 옛 상처를 건드렸다. 그래서 손녀 옆에 누웠던 것이다. 첩, 그 하잘 것 없는 존재. 천한 아랫것 때문에 오장육부가 상해버릴 필요는 없다. 그런 자존심과 자부심으로 버티고 살았다. 해남의 시가, 순천의 종가, 장성의 사돈가, 담양 친정의 살림을 경영하면서 정신없이 살았다. 희춘의 해배를 굳게 믿으며, 양반가에서 태어나 자신이 원하는 남자와 혼인까지 했으니, 미래도 순탄할 줄 알았다.

남편을 찾아 만 리 길을 걸었다. 마천령을 넘었을 때, 짙푸른 동해바다가 한눈에 들어와 종개는 호방한 마음이었다. 호연지기가 따로 있던가. 그때도 시를 읊었다.

걷고 걸어 마천령에 이르니,
동해바다는 거울처럼 끝없이 펼쳐있구나.
부인의 몸으로 만 리 머나먼 길을 왜 왔는고.
삼종의 부덕이 중하고 이 한 몸은 가벼워라.

종개는 자신만만했고 당당했다. 험한 고개를 넘고 또 넘어 아들 경렴과 함께 종성에 도착해보니, 앳된 여종이 네 명의 딸을 둔 어엿한 안주인으로 살고 있었다. 하늘이 샛노랗게 변했다. 참담했다.

어찌 잊을 수 있겠는가. 당신은 죽었다 깨어나도 모를 일이오.

그때의 상처가 덧난 것이었다. 그 화를 다스리지 못해 자리를 떨치고 일어나지 못했다.

"그나저나 저는 경은이가 늘 걱정스럽습니다. 짜증이 늘어서 매사에 불만을 터뜨리는 것이 아주 성가십니다."

희춘은 딸 문제만큼은 대답을 피했다. 사위의 첩 문제를 어찌 말할 수 있을까. 난감했다.

종개는 희춘의 대답을 기다리지 않은 듯 자리에서 일어섰다.

"술 한 잔 하실라우?"

"해복이가 가져온 술이요?"

"그렇습니다. 술 빚는 솜씨가 제법입니다."

서녀 해복은 종개가 술을 즐긴다는 것을 알았다.

"백미 다섯 말에 약까지 챙겨왔네요. 지난해 겨울에 담근 술이랍니다."

"모두 부인의 아량 덕분이라오. 해성이에게 노자를 후하게 챙겨줬다니 참으로 잘하셨소."

"모두 당신이 마음을 그리 쓰신 까닭입니다. 제 친정붙이 이방주에게도 당신이 약을 지어 보내셨다고 해서 그것도 고마운 일이라서."

이방주는 종개의 오라버니 송정수의 사위다. 그가 관절염으로 고생한다 해서 희춘은 담양 종이 왔던 길에 '독할기생탕'을 지어 보냈던 것이다.

"손가락이 마비되어 몹시 거북하다는데 어찌 가만있을 수 있겠소.『향약집성방』을 열심히 보았던 까닭으로 내가 약재에 밝으니 금방 알 수 있었던 게요."

"창출가루와 모과가 그리 좋답니까?"

"관절에는 그게 특효요. 종성에 있을 때 바람이 차고 습해서 내가 고생했던 적이 있었으니 다 아는 병이라오."

"허준이 다녀가면서 제게 평위원을 더 지어 복용하라고 하던데요."

희춘은 임금께 청을 올려 허준을 내의원에 천거했다. 그 때문에 급할 때, 장통방 집에 들어와 정부인의 건강을 살피면서 처방을 내리고 대궐로 돌아가곤 했다.

**

　“부인, 여기 좀 봐주시오. 도대체 무슨 뜻인지 알 수가 없소이다.”

　희춘이 작은 붓에 먹물을 묻힌 채로 고개를 갸우뚱거리고 있었다. 서안 앞에 앉아 책을 읽고 있던 종개가 고개를 들었다.

　“『상서尙書』를 교정하는데 도무지 모르는 게 있소.”

　종개가 자리에서 일어나 희춘에게로 다가갔다. 밝지 않은 등불 아래서 교정에 몰두하고 있는 것이 마음에 쓰여 함께 책을 읽고 있었던 참이다.

　“술에 관한 건데, 잘 모르는 말이 나왔소. ‘술을 만들 때면 국얼麴糵이 되라’와 ‘술에 누룩이 많으면 쓰고, 엿기름이 많으면 달다’라고 했는데 말이오. 교서관校書館에서는 얼糵이 무슨 물건인지를 몰라요. 아무도 모릅디다. 술을 잘 빚는 당신은 알까 해서 말이오.”

　희춘은 교서관 제조직까지 겸하고 있었다.

　“책만 보는 교서관들이 그것을 알겠습니까. 술을 빚을 때, 맨 처음 보리나 밀을 물에 담근 후, 짚섬에 담아서 따뜻한 곳에 놓아두면 자연히 싹이 틉니다. 이 싹을 얼이라 합니다. 국이라는 것은, 엿을 햇볕이나 불기운으로 말려 찧어서 가루로 만든 것이지요. 그것을 국얼이라 하는데 민가에서는 엿기름이라 말합니다. 술을 빚을 때 넣으면 달게 만드는 작용을 하지요. 엿기름이 많으면 술이 달고요. 반대로 술에 누룩이 너무 많으면 씁니다."

희춘은 탄복했다.

"허허, 당신이 내 스승이오."

"다, 집안 살림의 경험에서 나오는 것입니다. 뭘 그렇게까지… 칭송하십니까."

"우리는 참으로 잘 맞는 부부요. 나는 늘 당신에게 의지하고 산다오. 얼마나 당신께 고마움을 갖는지 아시오? 꽁꽁 숨어버린 서책을 금방 찾아주는 것도 당신이고, 책 정리를 순서에 맞게, 눈에 잘 띄게 그처럼 잘하는 사람이 어디 있겠소. 그 누구도 못한 생각이라오. 책을 옆으로 가지런히 세워 정리해주고, 제목을 알아보기 쉽게 따로 붙여준 것도 당신 아니요. 누가 그런 기발한 생각을 하겠소. 당신은 나보다 앞서가는 사람! 더할 나위 없는 나의 소중한 선생이오."

"그렇습니까…."

종개는 얼어붙었던 마음이 다 녹아버리는 느낌이었다. 희춘은 아내에게 해석을 맡기기도 했다. 막힌 곳을 뚫어주듯 종개가 한마디 던져주면, 그때부터는 술술 풀렸다. 경전 해석이 남편에게 뒤지지 않았던 까닭이다. 문장으로는 당신이 최고요, 최고의 문사로 존중받았다. 희춘은 공부가 막힐 때면 늘 질문했다. 서슴없이 도움을 청했다. 잠에서 깨어나면, 간밤의 꿈을 말하면서 함께 해몽을 했다. 희춘은 종개에게 봄바람처럼 부드러웠고, 유별나게 다정한 예의를 갖추었다.

어느 날, 종개는 아침부터 술을 마신 적이 있었다. 대취해서 울다가 크게 앓았다. 겉모습은 화평하며 담담하게 보였다. 그러나 본심은 붉은 비단 치마처럼 화려한 빛에 스며든, 선혈 같은 고통이었다. 꽁꽁 갈무리한 아내의 그 본심을 희춘은 알 수 없었다.

소용돌이

*

"해남 본가에서 왔다고 합니다."

승정원에 있는 희춘에게 심부름하는 서리가 전했다. 해남 종이 편지를 가지고 먼 길을 왔다는 것. 종은 장통방 집으로 가지 않고 대궐 밖에서 오래 기다린 모양이었다. 희춘은 편지를 전해받아 펼쳤다. 본가에서 보낼 리 없는 편지, 누이 오씨 부인이 보낼 리 만무할 편지. 첩의 편지였다.

영감마님, 보소서.

만나 뵌 지 벌써 몇 해가 흘러갔는가요.

고향으로 오셔서 새집 지으실 생각으로 가득하셨던 그때 말입니다.

전라감사로 임명받아 올라가실 때, 얼굴을 뵙지 못했고 부제학으로 떠나실 때도 소첩에게 들르지 않으셨지요. 그러니 그날이 마지막이었네요.

서울살이 바쁘셔서 소첩은 잊으셨는지요.

영감마님의 얼굴이 얼마 전까지만 해도 눈에 선하더니 이제는 어떤 모습인지 가물가물 흐려질 지경입니다. 고향에는 언제쯤 오실 건가요? 혹시 소첩을 잊으신 건 아니겠지요.

우리 셋째 해명이가 혼인을 하게 된 것도 모두 영감 덕입니다. 어릴 때부터 약하고 부실한 터라 걱정이 많았는데 다행히 훤한 대장부를 만나게 되었습니다. 이 모두 영감마님의 살뜰한 보살핌이지 않겠습니까. 무관 장이창을 사위로 맞게 되어 참으로 기쁩니다. 감격할 따름입니다. 하지만 큰 아이 해성이가 지아비를 여위고 고향으로 온다고 하니 가슴이 미어집니다. 내쫓기듯 버려진 생각이 들어 분한 마음을 어찌할 수 없답니다. 고향으로 돌아오는 길에 노비 하나도 없이 온다는 생각에 해성이도 눈물길이 될 듯합니다. 그러니 믿을만한 영감마님의 종 천리를 해성이 편에 딸려 보내주시면 안 되겠는지요? 새파랗게 젊은 것이 상심이 커서 혹시 딴 마음을 먹지 않을까, 어미로서 염려가 끊이질 않습니다.

다만, 해복이는 홍복을 타고났는지 싶습니다. 서녀라고 누가 믿겠습니까. 소첩을 빼닮았으니 저를 보듯 우리 해복이를 보시리라 생각합니다. 사위 김종려가 흥덕현감으로 나가게 된 것도 모두 영감마님이 힘을 써주신 덕분이라 생각합니다. 부지런하고 자리 욕심이 있고 해복이를 많이 아낀다고 합니다. 사위가 영감마님의 성정과 다름없이 다정하다고, 해복이가 말했습니다. 그저 저는 멀리 고향에 있을 따름이니 그 편지를 받고 기뻐서 감사의 큰절을 올립니다.

지금 해남의 산하에는 영감마님이 좋아하시는 두릅이랑 미나리랑 산나물이 지천입니다. 손수 밥을 지어 상을 보아드리고 싶은 마음, 숯불처럼 뜨겁고 간절합니다. 서찰을 띄워도 답장 한 장 없으시니 눈물이 마를 날 없습니다. 마님과 정이 깊으신 까닭으로 소첩을 이제 잊으신 겁니까. 소첩은 영감마님 모신 일로 소원을 다하였으니 더는 바랄 길은 없습니다. 그래도 가끔은 저를 은애하셨던 그 마음 변치 않으시리라 생각하며 슬픔을 달래봅니다.

뻐꾸기 우는 소리에 서러운 마음을 실어 보냅니다. 혹 도성 가까이서 새소리 들리거든 소첩 마음이라 헤아려주세요. 매양 그리워한다고 생각하시고요.

내내 만수무강하옵소서.

영감마님의 애첩 방긋덕 올립니다.

희춘은 첩의 편지를 사랑스럽게 들여다보았다. 유배지로 데려갈 때, 나풀거리는 댕기머리였던 여종은 깔깔거리며 잘 웃었다. 조금만 나무라면 토라지면서 웃는 얼굴이 금세 새치름해졌다. 그저 밥 짓고 의복 짓는 여종이라 여겼건만, 날이 갈수록 눈에 들어왔다. 어린 계집에게서 여자 냄새가 나기 시작했다. 어여쁜 첩은 이제 중년을 넘어섰다. 언문 실력은 일취월장으로 늘어 제 마음까지 숨김없이 표현했다. 영리하고 눈치 빠른 첩은 행여 관심 밖으로 밀려날까 제 감정을 숨김없이 드러내면서 호소하기도 했다. 그립다 표현하는, 감정을 드러내는 문장이 어느새 이토록 늘었을까.

희춘은 애틋한 마음이 들어 빙긋이 웃었다. 그리운 마음은 어찌할 수 없었다. 또 다른 어여쁨을 지닌 첩이었다. 아내는 첩을 밀쳐내느라 서찰마저 금지시켰다. 그러나 첩은 제 맘대로 하고 싶은 일은 해버리는 당돌함도 있었다. 승정원으로 보낸 편지가 발각이 났는데도, 상관하지 않았다. 첩의 맹랑한 성격이 아내의 마음을 크게 거슬렸을 것이다. 희춘은 귀에 가까이 대고 속삭이는 젊은 첩이 애잔했다. 마님처럼, 정실처럼 살고 싶어요. 속량은 언제 시켜주시는가요, 라고 말했다. 희춘은 그 뜻을 다 들어주었다. 첩의 소원대로 서녀 넷의 속량에 공을 들였고, 좋은 짝이라고 생각한 상대를 수소문해서 혼인시켰다. 이제 해명과 해귀까지 온전히 양인이 된다면 아버지의 도리를 다하는 것이다. 굿덕은 어엿하게 장모 노릇까지 제대로 해보고 싶다고 했다. 잘난 사위를 줄줄이 옆에 두고 있으니 저의 홍복입니다. 첩은 정실 종개를 투기하면서도 희춘의 눈에 들기 위해 갖은 애를 썼는데, 밉지 않았다

서찰을 다시 읽어 내려갔다. 셋째 해명의 남편 될 장이창에게 좀더 신경을 써주어야 한다는 첩의 뜻이 간절했다. 둘째 사위 김종려에게 무관 장이창을 잘 이끌어 달라하면 좋을 것이다. 김종려의 의젓함과 성실성이 든든했다. 철없고 바람기 많은 사위 윤

관중과는 천지 차이였다.

　희춘은 서녀들이 어찌 사는지, 서녀들이 남편에게 어떤 대접
을 받고 있는지에 관심을 기울였다. 첩에 대한 애정이었다. 해복
이는 사는 게 화평해서인지 자매들의 일에 일일이 관심을 기울
였다. 제 어미의 생활은 물론 심정까지 헤아리며 고루 신경을 쓰
고 있었다. 맏이 해성이는 말이 없었고, 수줍음이 많았다. 매사
에 자신이 없어 동생들에게 제 것까지 뺏기며 자랐다. 부부 연이
짧았는지, 본처의 투기가 극심했는지, 해성이는 본가에서 내쫓
기듯 버려졌다. 어미 굿덕의 한탄이 깊었다. 해성이가 결국 해남
으로 돌아간다니 차라리 잘 되었다 싶었다.

　승정원으로 편지를 가져오지 말거라. 이렇게 일러주었어야
했는데. 허허. 종에게 보낼 당부를 또 잊었구나.

　　**

　희춘은 춘추관에서 문서를 참고하면서 자세히 살펴보았다.
이조참판 이후백이 자신을 평가한 글을 발견했다.

유희춘은 사람됨이 자상하고 진솔하며 기억력이 좋다. 귀양살이 이십 년을 하면서 한가한 가운데 정력을 기울여 제자백가諸子百家를 읽지 않은 적이 없었다. 그러나 그 학문이 박하여 총체성이 없다. 또 물정에 어둡고 번거로운 일은 결단하지 못한다. 홍문관의 장長으로는 넉넉하지만, 국사의 결정을 맡기기에는 부족한 데가 있다.

학문이 박하다, 총체성이 없다. 다시 시작된 인사고과에 평가들이 떠오르기 시작한 것이다.

학식을 아무에게나 드러내지 않으니 타인이 보기에 '학문이 박'한 것이다. 나는 오직 임금과의 경연에 최선을 다했을 뿐이다. 맡은 직분에 성실했을 뿐.

충격을 받은 희춘은 이후백의 문장을 그대로 집으로 가져와 가감 없이 일기에 옮겨 썼다. 한 번 문장을 보면, 한 단어도 망각하지 않은 최고의 기억력을 지녔기 때문이다.

조정에는 희춘의 편에 선 인물이 없었다. 집 문전을 드나드는 사람은 많았으나 거리를 두면서 예에 맞게 처신할 뿐, 관계에서도 중도를 취했다. 같은 호남사림 이후백과도 성글게 사귀었다.

어쩌다 내가 이후백의 눈에 수신修身조차 보신保身으로 보였던 것일까. 다른 이들이 평을 잘해주도록 널리 사귀어야 하는 것인가.

그날 밤도 잠을 설쳤다.

***

명종비 의성왕대비가 사십사 세로 승하했다. 사가에서 살았던 어린 선조를 보위에 올린 대비였다. 임금은 곡기를 거의 끊고 흰죽으로 겨우 연명했다.

상소가 매일 올라갔으나 소용없었다.

"전하께서는 애모의 정이 너무 길어서, 죽조차 체하시고 토하시니 이를 어찌합니까. 하루에 음식이 한 번도 내려가지 않고 있으니, 맥박까지 이상하고 피곤하고 기운이 없는 겁니다."

"사람이 붙들고 일으켜 앉혀드려야 하는데도 불구하고 전하는 고집스레 병이 없다고 하십니까. 속히 고깃국물이라도 섭취하시어 온전한 효도를 다해야 할 것입니다."

신하들은 애를 태웠다. 황해감사로 외지에 있던 이이도 상소문을 올렸고 승정원에서 매일 의논을 하고 계를 올렸다. 희춘이 따로 글을 올렸다.

"주상께서는 본래 비위가 약하십니다. 의관도 말하기를, 맥박이 이상하여 조리 보전이 시급하다 합니다."

대신들이 공론을 모아 상소를 올렸다.

"결코 따를 수 없다."

수라 문제로 인해 매일 주청이 올라갔으나 봄이 지나가도, 임금은 죽과 약재로 겨우 연명하였다. 의성왕대비에 대한 임금의 애도는 진실했다. 하늘이 무너지는 슬픔. 임금은 자신을 붙들어 주던 왕대비를 잃은 후, 무력감에 빠진 것이다.

"곡을 마친 후에 의복 일체를 흰색으로 해야 합니다. 이는 예로부터의 상례입니다."

민순과 박순, 노수신이 청을 올렸다.

"국조오례의國朝五禮儀를 지켜야 합니다."

희춘이 주청했고, 영의정 권철도 이에 동의했다. 이전까지는 곡을 마친 후, 검은 관을 쓰고 흰옷을 입고 까만 띠를 차는 것이 국조오례의에 의한 상례였기 때문이다.

상복 때문에 격한 충돌이 일어났다.

임금은 의복을 모두 흰색으로 입었다. 이때부터 임금의 힘을 얻은 신하들이 반대파 희춘을 향해 맹렬한 비난을 이어갔다. 매일 쏟아지는 비난에 희춘은 마음의 상처를 깊이 입었다. 당쟁이었다. 피할 수 없는 싸움이었다.

적폐 청산은 제자리걸음이었으나 붕당의 기세는 빨랐다. 국조오례의 사건의 여파로 상대방을 비방하는 권력 싸움이 더욱 깊어졌다. 궁지에 몰린 희춘은 사직할 수밖에 없었다.

****

담양 대곡으로 경북 군위군수 유몽정이 찾아왔다.

"심과 김의 싸움이 날로 극심해집니다. 사림들이 오직 공께서는 중립을 지켜 편벽되지 않았다고 이제사 아쉬워합니다."

유몽정의 안색이 어두웠다. 서인 심의겸과 동인 김효온의 싸움이 격렬하다는 것이다.

"재령군 살인사건으로 영 갈라선 듯합니다."

유몽정이 침울하게 말했다.

"종이 주인을 때려죽인 사건 말입니까. 어찌 됐습니까."

희춘이 물었다.

"주상께서 증거불충분으로 종을 석방시켰습니다. 그 때문에 사헌부와 사간원 의견이 완전히 갈라졌습니다. 대사간은 허엽

공인데, 조사와 재판을 담당한 위관은 좌의정 박순이었습니다. 주상께서 사건을 종결지었는데도 허엽이 막무가내로 박순의 결정을 반대해 판결을 엎자고 했습니다. 그런데 지나쳤어요. 주상을 모독한 겁니다."

희춘은 그 말에 기겁했다. 매사 깐깐한 허엽은 상대방이 조금만 잘못을 한다 싶으면 사정을 알아보지도 않고 바로 비난의 날을 세웠다. 허엽의 비난이 위관 박순을 향했다면 임금께 정면으로 도전한 것이나 진배없었다. 그 후의 사태는 불을 보듯 뻔한 일이었다.

"허엽이 박순을 마구 몰아세웠답니다. 박순이 이이와 가까우니 그런 판결을 내린다고요. 허엽은 서인들, 특히 이이를 아주 싫어하지 않습니까. 이렇게 조정이 둘로 완전히 갈라졌습니다."

"이이와 가깝다고 다 서인이랍니까. 어찌 가볍게 말했단 말입니까."

"그 말에 서인들이 들고 일어났어요. 동인 허엽이 서인을 약화시키려는 거라고요."

"이이는 무어라고 했습니까."

"이이 공은 중도를 지키느라 말이 없었는데, 오히려 양쪽에서 탄핵을 받았어요. 문제는 젊은 정철입니다. 원로 허엽에게 분노의 말을 던져 싸움이 더욱 크게 확대되었습니다. 그 일로 붕당이 더욱 심해졌습니다."

유몽정이 상을 찡그리며 말했다.

"정철이 참으로 시끄러운 사람입니다."

희춘이 조용히 듣고 있다가 한마디 했다.

"그렇습니다. 기세등등한 정철이 이이를 압박했어요. 왜 허엽을 가만두느냐, 이 사건을 무마하려는 저의가 도대체 무엇이냐고 따졌답니다."

"이이가 마음을 많이 상했겠습니다."

희춘은 조정에 복귀한 이이가 예전과는 달리 중도적 입장을 유지하고 있다는 것을 알고 있었다. 오히려 정철의 즉흥적이고 급한 성정 때문에 같은 서인들끼리도 정철을 외면한 것이다.

"정철이 그래서 결국 창평에 내려왔나 봅니다."

유몽정이 말했다.

희춘은 말을 아꼈다. 정철이 얼마 전, 만남을 청한 것이 마음에 걸렸던 것이다. 사석에서 인물평을 하지 않는 것은 그의 중요한 지침이었다.

밤이 깊어 유몽정이 객사로 돌아갔다. 희춘의 근심은 깊었다. 조정은 이미 소용돌이 속이었다. 관직에 있었다면 분명 휩쓸렸을 것이다. 중도를 걷는, 자신의 의도와는 다르게 한 쪽을 선택해야만 했을 것이다. 이편도 들 수 없고, 저편도 들 수 없었다. 조정에 있었다면 분명 허엽이 자신에게 동조를 요구했을 것이다. 희춘은 좌의정 박순과도 막역한 사이였다. 정치 성향이 달라 반대편에 서 있었으나, 같은 호남 출신이었다. 제때 사직하지 않았더라면 붕당의 소용돌이에 휘말려 들었을 것이 분명했다.

*****

"다시 올라오라."

희춘에게 어명이 내려왔다.

"불가하나이다."

희춘은 병을 칭하고 임금께 편지를 올렸다.

정철이 사람을 보내 만나기를 청했다. 희춘은 병이 깊어 미안하다고, 방문을 거절했다. 예민한 시기에 정철과 현실정치를 논하고 싶지 않았다. '허엽과 친하신 공께서는 저절로 동인이 되시는 겁니다.' 껄껄 웃으며 경박한 언사를 늘어놓았던 적이 있었다. 그처럼 희춘의 의중을 떠보면서 동인을 비난할 게 분명했다. 붕당의 기름불 같은 정철의 과격한 말을 듣고 싶지 않았다. 술에 취하면 허엽에 대한 비난을 토할 것이고, 반강제로 사직서를 내야 했던 원망의 화살이 엉뚱하게 희춘을 향할 수 있었다. 게다가 정철의 앙숙 이발은 동인의 영수로 조정에 있었고, 중도적 입장으로 돌아선 이이는 이발을 신뢰했다.

희춘은 조심성이 많았다. 정철이 이발을 비방할 것이 뻔한, 난감한 사태를 미리 막기 위해 만남을 거절했다.

다시, 임금의 명이 내려왔다.

이조참판 유희춘은 사임장을 물리고 올라오기 바란다.
병을 나아 천천히 명년 봄에 올라오기를 기대할 것이다.

희춘은 깊은 병을 칭하고 경전 주석에 몰두하겠다는 글을 올려보냈다.

"정개청이 도착했답니다."

담양 관아에서 소식이 왔다. 한 선비가 자기 말을 타고 손수 짐바리 말까지 끌고 먼지를 일으키면서 담양 대곡까지 오고 있다는 것이다.

희춘은 먼 길 끝에서 말에 오른 정개청을 보고 있었다. 무안 출신 정개청은 청렴한 선비라고, 호남에서 소문이 난 사람이었다. 전라감사가 역마를 보냈지만 받지 않았다, 고 전주 관아에서 미리 연통이 왔었다.

"어서 오시오! 고맙소. 이 먼 곳까지 오시게 해서 참으로 미안하오. 귀한 걸음 하셨습니다."

정개청이 깊이 고개를 숙였다. 희춘은 정개청의 겸손한 태도에 감동했다. 사서四書의 토를 달고 해석하는데, 구절마다 생각과 뜻이 같아 둘은 서로 신뢰했다.

그러나 이를 시기하는 사람이 있었다. 정철이었다.

희춘의 이종 동생 나사침이 대안동 학당으로 정개청을 초청했다. 이 학당에서 정개청은 인생 최고의 숙적을 만났다. 한 유생이 지나치게 방자해 볼기를 치려다가 오히려 욕설을 당한 것이다. 훗날 '기축옥사' 때, 이 유생이 정개청을 거짓으로 고발했다. 정여립의 집터를 잡아준 사람이라는 것. 위관 정철은 정개청을 끝까지 풀어주지 않았다. 사적인 감정 때문이었다. 의성대비의 상중에 정개청이 주색에 빠져 있는 정철을 비난했다. 면전에서 혹평을 했던 것이다. 기축옥사 당시 정철은 정개청을 끝까지

고문했다. 결국 정개청은 혹독한 고문을 못 이겨 죽었다. 먼 후일의 일이다.

정철이 『근사록』 풀이에 의심난 것이 있으니 찾아뵙겠다, 다시 청했다.

대곡에 오래 머물러 있는 것은 남 보기에도 편하지 않소이다. 차라리 마을에 방을 얻어두고 이틀 사흘 간격으로, 내 집을 왕래하는 것이 좋지 않겠소?

희춘이 답장을 보냈다. 매번 거절할 수는 없었다. 육십사 세의 노회한 희춘은 사십사 세의 젊은 정철을 조심성 있게 대하면서 늘 긴장해야만 했다.

거거래의 꿈

  담양 수국리 집터는 햇볕이 가득 내리는 위치였다. 사방을 산이 감싸고 있고 앞쪽으로는 시냇물이 흘러 삼수三水가 감고 돌았다. 산이 북서쪽을 둘러막아 양지를 향하고 바람을 감추었다. 대길의 땅, 부귀하고 융성한 땅. 집터는 바람을 잠재우고 구름을 쉬게 하는 더할 나위 없이 좋은 택지였다.

  종개가 새집의 설계와 배치도를 세밀하게 그렸다.

  "대청의 동쪽 담은 높이 쌓고, 남쪽 담은 낮게 쌓아 작은 문을 설치합시다. 동쪽 담 아래 시냇물이 흐르는 흙을 위로 높이 파

올려서, 한쪽으로 행인들이 지나는 길을 만들어야 할 것입니다."

종이에 작은 붓으로 배치도 그림을 그리면서, 종개가 설명했다.

"이 남쪽은 사랑채로 서실 두 칸을 짓고요. 동쪽 깊은 쪽으로 넓은 창을 설치하고, 얕은 쪽에는 쌍으로 창을 내는 것이 어떻습니까. 늘 열어두고 사철의 변화를 볼 수 있겠지요."

희춘은 종개의 붓을 따라가면서, 새집이 들어설 공간을 상상했다. 놀랍도록 재능이 뛰어난 아내에게 새삼 감탄하면서.

"훌륭합니다. 저 문 앞을 휘도는 시냇물은 연계連溪로 이름을 지읍시다. 그 시냇물 위로 너른 대청이 있는 정자를 짓고요."

희춘의 말이었다.

"대청의 남쪽 담 밖에는 땅을 평평하게 골라 외청을 만들어 손님을 접대하는 공간으로 만들면 더없이 좋겠습니다."

의견이 같아 서로 흡족했다. 종개가 집의 구조와 쓰임새를 정하고 직접 설계했으니, 희춘은 공사에 쓰일 인부와 재목 등을 조달해야 했다.

"담양부사께 부탁을 했더니 용천사와 옥천사의 중을 보낸다고 하오만."

"대목장과 인부는 영감께서 알아서 하세요. 그보다 셋째 해명이가 해남으로 간다니, 병이 들었다니, 무슨 말입니까?"

"장이창에게 편지 온 것 말이오? 해명이 병이 더했다 덜했다 한다고 하오. 해남으로 보내는 것이 미안하지만 자기 집에는 있을 곳이 없다는 핑계를 댔답니다. 본처가 한사코 받아주질 않는다고 합니다. 도리가 없지."

"어디가 어찌 아프답니까? 지난번 볼 때, 해명이 얼굴에 수심이 가득한 것이 그 때문이었나 봅니다."

"해명이가 제일 가엾소. 어릴 때, 높은 곳에서 떨어져 머리를 크게 상했는데 그 때문인가 싶소."

"그래야죠. 한데, 해명이는 제 가슴 아픈 병을 몰랐답니까."

"그 병을 나도 몰랐소. 본처 구박이 심했던지, 가슴앓이가 도진 모양인지…. 게다가 장이창도 사람이 변했소. 인정상 어찌 그리 모질게 대할 수 있단 말이오. 진안에 도착해서 해명을 버리고 혼자 보성으로 돌아갔다는 거요."

"김종려가 그리 편지에 썼습니까…."

"해복이가 많이 울었답니다. 장이창이 해명을 불쌍하게 여기는 정이 없어 보였다, 고. 그 사람이 의리도 없고 신의는 더더욱 없다고 하더이다. 다행히 김종려가 종 남산이에게 해명을 맡겨서 무사히 해남까지 보냈답니다."

"가엾게도 어찌 그리….”

종개가 말을 마치지 못하고 한숨을 내쉬었다. 굿덕의 얼굴이
어른거려 가슴이 시렸다. 웃음이 많고 눈물이 많아 감정을 숨기
지 못하는 성격. 굿덕은 쫓겨 온 해명을 붙들고 통곡할 것이다.
제 신세의 고달픔을 한탄할까.

"서녀들도 선산유씨의 핏줄인데요. 서녀들이 평생 노비로 살
다가 세습까지 해서는 안 될 일이지요."

종개가 근심이 깊은 희춘의 심중을 눈치챘다.

"속량을 서둘러야겠소."

희춘이 무거운 목소리로 말했다. 당신의 뜻이 고맙소, 언젠가
부터 그 말을 하지 않았다. 종개는 심사가 상했다. 큰손자가 폐
가 좋지 않아 기침이 심한 데도 아예 나 몰라라, 하고 있었기 때
문이다.

"당신은 무엇이 먼저인지 모르시군요. 서녀들 속량보다 더 다
급한 게 있습니다. 큰손자 병부터 고치세요."

"해남사람이 껍데기 붙은 전복을 열다섯 개나 구해 보냈는데
그게 실은 큰손자 주라고 보낸 것이 아니라오. 말투는 생콩같이
굴어도 마음으로는 당신을 잘 섬기지 않소이까. 당신이 비위가
안 좋고 원기가 부족하다고 말했더니 일부러 구해 보낸 것이지."

종개는 첩을 두둔하고 감싸는 희춘이 어이가 없어 빤히 쳐다보았다.

이러다 내 가슴에도 구멍이 뚫리고 말 것이야. 굿덕이 무엇을 그리 재촉합니까. 속량을 재촉합니까? 당신 오시기를 재촉합니까? 다 어련히 알아서 해줄 것을. 그새, 언제 또 내 병에 대해 이야기하셨습니까?

이렇게 묻고 싶은 것을 종개는 꾹 눌러 참았다. 무슨 변명을 더 보탤지 알 수 없었다.

"이야기가 점점 엉뚱한 데로 옮겨 갑니다. 집터 이야기로 시작해서…."

종개가 장지를 개켜 서책 옆에 가지런히 놓았다.

"주상께서 명년 봄에 올라오라는 명을 내렸는데 큰일입니다. 마음만 급하니. 게다가 전라감사한테 여러 물품을 공급해주라고 특별히 명을 내렸다는데 그 은혜를 어찌 갚을 것이오."

희춘이 답답한 듯 말했다.

"우리 형편이 궁한 줄 아시는 게죠."

종개는 희춘이 해배된 이후에도 알차게 살림을 꾸려왔다. 서울 생활을 하면서 녹봉을 모아 전답을 늘렸고 고향에 과수밭을 사기도 했으나 살림은 여전히 나아지지 않았다. 자식들도 모두 종개의 그늘에서 살았다. 게다가 첩의 신공과 서녀들을 일일이 챙기고 있었다. 희춘의 사직으로 인해 녹봉이 끊긴 참이었다. 인근 고을의 수령들이 때때로 여러 식재료를 보내주어서 그런대로 유지하고 있었으나 담양에 새집을 짓기 시작한 이후로는 살림살이가 더욱 빠듯했다. 이 시기에 임금이 전라감사에게 명을 내려 살림을 살펴주라고 했다는 것이다. 다시 서울로 올라오라는 뜻이다.

"대나무를 심는 게 어떻겠소?"

희춘이 말했다.

"저도 같은 생각입니다. 연계의 언덕 위에 대나무 울타리를 만들면 좋겠네요. 삼사 년 안에는 무성한 키를 자랑하면서 대숲이 될 것입니다. 그렇게 되면 동쪽으로 통행하는 행인들의 시선을 가릴 수 있어 일석이조가 될 것이고요. 대숲 소리가 바람에 소소히 흔들거리는 풍경을 기대해도 좋지 않겠습니까."

종개는 눈을 가늘게 감았다. 대나무 소리를 듣기 위해서였다. 동쪽 연계정 위에서 바람에 대숲이 흔들리는 소리가 들리는 것 같았다. 대숲 소리는 차고 서늘하여 정신을 맑게 깨울 것이다. 유유자적, 서울로 가지 말고 고향에서 삽시다. 말하고 싶었으나 임금의 명을 거역하지 못하는 희춘을 말리기는 어려웠다.

"소나무와 잣나무, 대나무의 절개를 시인인 당신이 한 번 읊어 보시구려."

"그래야죠. 앞뜰에 나무들을 심어서 시의 소재로 삼을 겁니다. 당신도 후학들을 불러 강론하고 저술을 하는 걸로 노후를 보내요. 이것이 제 소원입니다. 임금께서 아무리 부른들, 노쇠하고 병약한 당신이 제대로 근무를 하시겠습니까?"

"조보를 보았지 않소. 내게 봄에 올라오기를 기약한다는 주상의 뜻을 어찌하겠소."

임금은 조보에까지 어명을 싣게 했다. 희춘이 사직서를 냈으나 휴직으로 처리하고 봄에 복직하라는 명이었다. 원로들이 거의 세상을 떠나고 없으니, 원만하고 온화한 희춘을 자꾸 불러들이는 것이다. 계속 사직을 구걸했어도 허락하지 않았다. 군신관계의 괴로움이었다.

"교정 일도 쉬엄쉬엄하시구려."

"의원이 내게 신장이 약하여 정기가 소모되는 것이 빠르다고 했소. 좀 쉬어야지요."

종개는 희춘이 안쓰러웠다. 낙향해 내려온 담양에서도 편히 쉴 수 없었다. 사서의 경전을 풀이해서 조정으로 올려보내는 일로 직을 대신하라는 어명은 지엄했다. 새벽부터 일어난 희춘은 깊은 밤까지 서책을 파먹고 살았다. 피로가 극심해 몸이 나아지지 않았다. 의원의 말에 따라 후추를 찧어 목화씨와 함께 헝겊에 발라 옆구리에 붙여주고, 배꼽 위로 뜸을 떠주는 것이 종개의 일상이었다.

"당신이 아니었다면 내가 어찌 여기까지 살아왔을 것이오."

희춘이 말했다.

"당신은 지금 심화가 들었어요. 어혈이 가슴 속에 있어요."

종개의 손이 희춘의 가슴을 부드럽게 어루만졌다. 종개의 따뜻한 손길은 희춘의 노쇠한 몸을 위로해주는 것 같았다.

"목이 많이 마르구려."

"연자육을 밥에 넣어 지어볼까요?"

"어지럼증도 좀 있고….."

노인 중의 노인이 다 되었구나. 어찌 서울로 다시 벼슬살이를 보낼 것인가.

종개는 주름으로 가득한 희춘이 가여웠다. 이제는 이곳에 집을 짓고, 정자를 지어 여유로운 노후를 보내야 한다. 그런데도 다시, 임금이 부르고 있었다. 조정은 붕당으로 시끄러웠고 앞으로는 더욱 심해질 것이다. 담양에서 조용히 살고 싶은 마음을 임금이 짓밟고 있었다. 조정으로 복귀하는 것은 희춘의 목숨을 재촉하는 일이 될 수도 있었다.

종개는 걱정이 되었으나 더는 내색하지 않았다.

"조정에서 벼슬살이하는 것도, 서울을 오가는 것도 너무 지치오. 경전에 토를 달고, 해석하는 일로 충성을 대신하는 것이 최선이오만. 이렇게 당신과 여생을 고향에서 보내면 얼마나 좋겠소."

희춘이 한숨을 내쉬었다.

어명은 가슴 위에 얹힌 무거운 돌덩이 같은 것. 먹새벽에 일어나 다음날 신새벽까지 쉬지 못하면서, 『주자대전朱子大全』교정을 오십삼 권째 완성했다.

면앙정 송순의 생일이었다. 병을 핑계로 낙향한 터라 불러도 갈 수 없는 형편이었다. 이 또한 알려지면 임금을 노하게 할 것이고 혐의가 될 가능성이 짙었다. 희춘은 축하 편지와 선물을 보냈다. 송순은 감사의 표시로 서자를 시켜 소의 위를 보냈다. 소의 위는 비위에 훌륭한 섭생 음식이었다. 희춘이 비위증에 시달린 것을 익히 아는 송순의 마음이었다. 희춘은 송순에게 지극한 감사의 예로 편지를 써 다시 보냈다.

**

설날 아침, 집으로 광대들이 관에 꽃을 꽂고 들어왔다. 청하지 않아도 들어온 광대들을 보면서 종들이 희희낙락 기뻐했다. 그들은 새벽부터 늦은 아침까지 굿을 흥겹게 쳐주어 온 집안사람들이 즐기면서 구경했다.

밤이 되자, 종개는 여종 죽매를 시켜 거문고를 뜯게 하고 말덕에게는 해금을 연주하게 했다. 서울에 살 때, 재능있는 여종 죽매를 장악원에 보냈다. 목소리가 일류 기생의 소리에 뒤처지지 않았다. 열네 살 죽매보다 어린 말덕이도 장악원에 보내 해금과 거문고를 배우게 했다. 종개는 매일 접빈객으로 피로해 있었으나 시름을 잊으려고 가비歌婢들의 음악을 감상하곤 했다. 가비들은 노래하고 연주하는 여종. 그들은 집안의 다른 노역을 면제받았다.

송순이 서자를 시켜 새해 인사차 안부편지를 보냈다.

봄이 돌아온 고향에서 한가로이 새해의 복을 누리시니 기쁘고 축하하는 마음 금할 수 없습니다.

나이가 적은 희춘에게 정중한 예를 다하는 편지였다. 희춘은 송순처럼 살고 싶었다. 정자에서 자연의 풍광을 벗 삼아 독서하는 즐거움을 꿈꾸었다. 안빈낙도하며 편안한 노후를 보내는 것이 소원이었다. 연계정 대청에는 널찍한 마루를 놓아 손님을 맞거나 책을 읽는 곳으로 활용하리라. 희춘의 소박한 귀거래의 꿈이었다.

　아직은 추우니 우리 만남을 뒤로 미루는 게 어떻습니까. 추위가 한 풀 지난 뒤 이월 매화가 필 때쯤이면 좋지 않겠습니까.

희춘은 송순에게 답장을 써 내려갔다.

　봄이 가까워 매화가 필 때쯤 만나자니 반가운 말씀입니다. 매화향 분분할 때, 찻잔을 마주하며 한담을 나누는 즐거움을 함께 하는 것이 좋겠습니다.

한 글자 한 글자 공들여 썼다.
희춘은 연계정 앞에 매화나무를 심을 궁리를 했다. 연계정에서 내려다보면 화사한 매화꽃이 아른거리는 구름처럼 피어나는 풍광을 상상했다. 종개가 건의한 것이기도 했다. 우리는 생각조차 이렇게 똑같은지 모르겠소. 종개와 함께 웃었다. 퇴계 이황의 『매화시첩』 발문을 썼을 당시, 매화나무에 대한 생각을 품었다. 이황의 정인 두향이라는 기생이 있었다. 매화와 두향에 얽힌 이야기를 아는 사람은 모두 다 알았다. 매화가 피면 봄의 정취에 깃들여 아름다울 것이다. 매화꽃 분분히 날리는 연계정은 상상만 해도 좋았다. 정자가 완성되면 송순처럼 손님을 초대해 매일 시를 지을 것이다. 희춘은 은일한 귀거래를 꿈꾸었다. 소나무 사이 길을 올라, 대숲에 이는 바람소리를 들으며 정자의 한가로움을 누리는 송순이 부러웠다.

종개의 설계대로 새집을 지었다. 객실은 판 네 칸에다 대들보 한 량을 얹었다. 방으로 만든 두 칸은 너무 크지도 높지도 않아 적당했다. 남쪽의 서실 두 칸에는 온돌을 놓았다. 서실의 앞은 해가 환하게 들어와 글을 읽기에 좋았다. 희춘은 연계정을 지으며 평안한 노후를 꿈꾸었다.

해남사람

寡夫人所告白

金十三日拜辭出來云漢江便探材以
枚即惠水孫果川府宦之閒一且
又悉坮漸敌十五日到稷山尙爲士
庾慰聲断之報卽人與
尤書眞由往
扁畣寫如昙
歸扁馬
田

＊

　날이 화창하고 바람이 맑은 정월, 종개가 큰손자의 혼사에 쓸
채단을 준비하고 있었다. 안팎이 분주했다. 납채를 바치러 갈 종
들이 이엄을 쓰고 두툼한 겉옷을 입은 후, 사돈댁이 있는 남원으
로 출발했다.

　"영감마님, 내은동입니다."

　해남에서 첩의 편지가 왔다.

　희춘이 방 안으로 들어가 편지를 읽고 있을 때, 종개가 들어
왔다.

"왜 그러십니까? 작은집에 무슨 일이 생겼습니까?"

종개는 묘하게 변하는 희춘의 표정을 놓치지 않았다.

"그것이… 말이오."

"말씀하세요. 무슨 일인지."

"… 허, 참."

희춘은 말을 잇지 못했다. 종개가 희춘의 낯빛을 보았다. 곤란하거나 민망할 때 짓는 표정이었다.

"해남사람이 새집을 짓겠다고 하오. 곧 성조를 한다는구려."

"뭐라고요?"

놀란 종개가 얼굴을 찌푸렸다.

"그 사람이 기어이 일을 벌이군요. 하나, 왜 하필 지금이랍니까?"

손자 광문의 혼사를 앞두고 만사가 형통해야 할 날, 납채를 보낸 날에 첩의 편지가 공교롭게 도착했다. 일부러 때를 맞춘 것이 아니겠는가. 어찌 굿덕이 이 날을 모르겠는가. 종개는 짜증이 났다.

"그게 말이오, 해복이 내려와 출산할 만한 집이 없다고 새로 집을 짓겠다 하더니…."

희춘이 종개에게 첩의 새집 소식을 미리 말하지 않았다.

종개는 얼마 전, 해복의 회임을 축하해주느라 담양 종을 시켜 해남 첩에게 선물을 보냈다. 돌아온 종의 편에 듣지 못했던 새집 소식. 편지에서 해복은 어미 굿덕이 해남에 집을 짓겠다는 말을 전해주지 않았다.

그래도 경우가 아니지 않은가. 허락을 구하겠다는 것이 아니고, 성조를 하려 하니 알고 계시라? 마님께서도 손자 혼인을 앞두고 있으니 나도 손자를 좋은 집에서 맞을 것이오. 그 말 아닌가. 방자하기 짝이 없구나. 괘씸한 것.

희춘의 우유부단한 태도에 종개는 마음이 상했다.

이제는 거짓말까지 하시겠소?

희춘은 종개의 표정을 살폈다. 딱딱하게 굳어버린 얼굴이 곧 무슨 말이든 튀어나올 듯 차가웠다. 미리 자초지종 양해를 구하는 것이 상책이었는데, 차일피일 미루다 일이 꼬일 수도 있었다.

"사돈댁에서 적극 돕겠다는 것이고 해남 관원들이 나선다니 너무 신경 쓰지 마시오."

종개의 눈치를 보며 변명조로 말했다.

"제가 뭐라 했습니까. 알아서 하십시오."

종개가 딱 잘라 말했다. 더 이상 첩의 일에 관여하고 싶지 않은 얼굴이었다. 희춘이 난감한 표정을 했다. 첩이 간덩이가 점점 커져, 혼자서 일을 시작한 것이다. 수국리 새집도 재물이 허락하는 한도대로 천천히 짓고 있는 데다 손자의 혼사를 코앞에 두었다. 모두 재물이 필요한 상황이었다. 아무리 생각해도 굿덕의 욕심이 화를 부를 것 같아, 희춘은 염려스러웠다. 종개로서는 첩의 편지가 불쾌하고 부담스러울 수밖에 없는 일. 집안 경영은 모두 아내의 손에 있었다. 아내의 마음을 노하게 해서는 안 되었다.

"해복이도 돕는다 하니 이 일은 모른 척하시오."

"그럼요. 언제 제게 알리고 일을 벌인 적 있습니까. 첩의 위세가 정실보다 더 하니 기막힙니다."

종개가 자리에서 몸을 일으켰다. 함께 있다가는 언쟁이 길어질 것이고, 언쟁이 시작되면 손자의 혼사를 앞두고 좋을 수 없는 것이다. 편지가 뜸하다 했더니 결국 이것인가. 수국리 집 성조 소식을 듣고 서두른 것이 분명했다.

내게 그토록 지기 싫어한 네 심사가 너무 환히 보이는구나. 어쩔 것인가.

"경사를 앞둔 마당입니다. 해남사람 이야기를 더는 마십시오. 손자 혼인에 집중해야 하구요. 당신께서도 마음을 행여 그쪽으로 두시면 안 되는 일이니…."

종개는 양미간을 찌푸렸다.

"어허, 너그러운 당신이 오늘은 왜 이러시오. 내가 다 알아서 할 것이니 모른 척하시고요."

"대청에 따로 납약을 챙겨두었으니 해남으로 보내시지요."

종개가 희춘에게 말했다. 납약이란 조정에서 신하들에게 내리는 설날의 선물이다. 그 약을 해남누이와 굿덕에게 해마다 보냈다. 희춘은 납약은 물론, 담양 집에 들어오는 진귀한 찬거리조차 몸이 아픈 해명에게 먹여야 한다는 핑계를 대고 빠지지 않고 보냈다.

"다시마 한 고지 챙겨서 시누이께 보내려 합니다. 그리고 금조각 일곱 개 내어 드릴 테니 해남사람에게 보내세요."

"우리집도 기와를 구워야 한다고 하지 않았소? 재정이 없다고 하더니만."

"수국리 집은 제가 알아서 하겠습니다. 해남에도 기와 굽는 인부들을 쓰려면 당장 현물이 있어야지요."

자신의 마음을 알 수가 없었다. 희춘이 봉투에 다시 넣어버린 굿덕의 언문편지를 못 본 척하면서 방문을 열고 나왔다. 편지를 손에서 놓지 않고 있는 것을 본 종개가 가벼운 한숨을 쉬었다. 기막히고 한심했다.

"참으로, 부인은 마음 씀씀이가 한량없소이다."

미안한 듯, 보낸 말이었다.

말없이 희춘에게 등을 돌리고 방문을 닫았다. 바람이 매섭고 찼다. 납약이 가장 필요한 사람은 셋째 서녀 해명이다.

"단해야, 납약을 챙겨 내은동에게 내주거라."

"예. 마님!"

희춘이 연신 큼큼, 크게 헛기침 소리를 냈다. 부엌으로 향하는 종개의 심사는 복잡했다. 답답함에 가슴을 치면서 한숨을 내쉬었다.

술이라도 한잔 기울이면서 취하면 마음이 풀릴 것인가.

내은동이 가져온 해산물은 도미 두 마리, 생낙지 세 속, 생 동어 다섯 마리, 생 전복 열 개, 석화 두 사발이었다. 제 딴에는 크게 선심을 쓴 것이다. 가끔 해산물을 보내오면서 그 길에 버선을 지어 보내고, 편지를 동봉하는 첩의 수완이 못마땅했으나 탓하지는 않았다. 다시는 의복을 짓지 말거라, 했던 종개의 말을 어길 수는 없었던지 굿덕은 희춘의 버선만큼은 잊지 않고 만들어 보냈다.

저도 지아비에게 입히고 싶을 것이다. 그 심정까지 나무랄 일은 아니다. 이제 자식들이 모두 양인입니다. 기뻐서 눈물만 흐를 뿐입니다. 첩의 편지는 그런 시작일 것이다. 아마도 마무리는,

영감마님이 해남 오시는 날은 언제이십니까? 그렇게 끝을 내었을 것이다. 당신은 왜 내 고충은 모르십니까.

종개는 첩의 요청을 한 번도 거절하지 않았을 희춘이 섭섭했다.

희춘은 첩의 두루마리 편지를 자세히 읽었다.

영감마님, 보소서.

지난번, 다녀가실 때 허락해주신 성조를 위해 재목과 인부를 알아보았습니다. 다행히 몇 년 전, 본가의 새집을 지었던 인부들이 성내에 살고 있으니 도움을 청할까 합니다. 영감마님께서 현감에게 연통만 넣어주시면 수월할 것입니다. 그동안 모아둔 재물이 넉넉하지는 않지만 한 시가 바빠, 이리 서둘 수밖에 없습니다. 정부인께는 자세히 말씀드리지 마소서. 행여 오해가 있을 수 있을까 염려가 됩니다.

해복이 출산을 새집에서 하려 합니다. 이 집은 오래되고 낡아 비가 곧잘 새고, 온갖 벌레들이 드나들어서 사위 김종려도 뜻을 비추었습니다. 저도 마음을 먹은 지 이미 오래되었고, 딸들이 모두 좋아해서 흡족합니다. 설레고 또 설레어서 잠을 이루지 못하고 지내고 있습니다.

미암바위를 향한 새집 위치가 참으로 훌륭하고 대길합니다. 마당에 나가 멀리 금강산을 바라보면서 영감마님을 생각합니다. 이제 새집에 책실을 지으려 합니다. 가끔 오셔서 편안하게 책을 읽으시는 모습을 뵙고 싶습니다.

영감마님, 이제 제 속량에 더 이상 마음 쓰지 않겠습니다. 오직 남은 두 아이, 해명과 해귀만 생각하겠습니다. 딸들을 사랑하시는 영감마님이 어찌 신경을 쓰지 않으실 겁니까마는, 곧 조정으로 올라가신다 하니 소첩은 뵙지 못할까 걱정입니다. 손자 혼사에, 담양 새집까지 지으시니 도무지 저를 돌아보지 않으셔서 섭섭하였습니다. 영감마님 말씀대로라면, 정부인께 예의가 아니라 하시니 더 이상 답장은 기다리지 않겠습니다. 하나, 소첩은 제 뜻대로 서찰을 띄울 것입니다. 서찰까지 가로막히면, 무슨 낙으로 살 것입니까.

제 마지막 소원으로는 우리 막내 해귀가 영감마님처럼 높은 직책의 후실이 되었으면 합니다. 일전에 말씀하신 해남윤씨 가의 극룡은 해귀의 혼인 상대로 적당하지 않습니다. 얼자인 데다가 도무지 학식이 없습니다. 게다가 나이가

298

어려 철이 없다고 합니다.

　소첩은 자애로운 영감마님을 해바라기하면서 평생을 살았습니다. 영감마님처럼 인자하신 분이라면 좋습니다. 듣기로, 광산이씨 집안에 이발이라는 지체 높은 사람이 있다고 합니다. 그 댁은 해남에서도 명성이 자자합니다. 이발이라는 당상관의 모친이 해남윤씨가 아니십니까? 영감마님이 꼭 성사시켜 주십시오. 막내 해귀가 저리 어여쁘니 어렵지 않을 것입니다. 언문도 깨치고 성격이 좋습니다. 어리기는 하나 언행이 음전하니 합당하다 생각합니다.

　높으신 영감마님의 청을 이발, 그 사람이 어찌 거절하겠습니까. 그렇게만 된다면 해귀를 지체 높은 광산이씨 가문으로 혼인을 시킨 훌륭한 어미가 됩니다. 그렇게만 되면 이제 한이 없지요.

　저의 속량은 이제, 더는 조르지 않을 것입니다. 그리하면 죽어서 백골이라도, 영감마님의 것이 될 것입니다. 소첩의 넋은 영감마님을 따라 갈 것입니다. 천한 소첩의 눈물을 닦아주신 영감마님, 언제나 그립고 또 그립습니다.

　　　　　　해남에서 애첩 굿덕이 올립니다

희춘은 깊은 한숨을 내쉬었다.

네 욕심은 정말이지 끝이 없구나. 문신 사위를 보고 싶다니.
게다가 상대를 '이발'로 점찍었다. 장원급제로 십대째 명성을 날
리는 가문. 꼿꼿하기가 대쪽인 이발이 어찌 내 서녀를 첩실로 받
아들일 것인가. 이발은 동인의 우두머리 격이 될 재목이다. 조정
에서의 앞길이 순탄하기를 바라겠는가. 막내 해귀의 앞길이 어
찌 편하리오. 처음 낙점한 극룡이랑 혼인한다면 한평생 재물 걱
정 없이, 사돈의 보호 아래 조강지처로 살 수 있을 것을. 제 어미
곁에서 살면 좀 좋을까. 가당키나 한 것인가. 어찌해야 하는가.

희춘은 첩의 편지를 오래 손에서 놓지 못하였다. 왜 하필, 이
발을 욕심내는 것인가. 희춘의 수심은 깊었다. 그러나 희춘은 첩
의 청을 물리친 적은 없었다. 유배 이십여 년 동안 웃음을 잃지
않게 해주었던 첩이다. 유순한 것 같으면서도 제 뜻을 당차게 말
하고 기어이 성사시킨 굿덕.

희춘이 종 옥석을 시켜 먹을 갈게 한 후, 붓을 들어 일기를
썼다.

첩의 새집이 거의 완성되고 있다니 기쁘기 그지없다. 해복의 출산 전에 집이 몇 칸이라도 완성되면 얼마나 기쁘겠는가. 해복은 효녀 중의 효녀다. 사위 김종려가 양곡과 콩을 도와주고, 중과 군인들을 역으로 처리해서 해남으로 보냈다 한다. 부인이 아끼던 금 조각 일곱 개를 꺼내어, 말린 노루고기와 함께 해남으로 보냈다. 한없이 너그러운 사람이다.

일기장에 먹물이 마르기를 기다리면서, 근심이 점점 깊어졌다. 해남에 있는 첩의 욕심이 밤새 그의 잠을 썰물과 밀물처럼 수없이 넘나들었다. 새벽까지 잠들지 못했다. 뒤척이는 희춘의 기척 때문에 종개도 잠들지 못했다.

**

"영감마님, 내은동입니다."

첩의 종이 한창 공사 중인 집터에 성큼 들어섰다. 희춘은 대번에 종개의 얼굴이 미간을 찌푸리면서 어두워진 것을 보았다.

"작은마님 댁은 기둥을 세우고 상량을 했습니다. 기쁘고, 감사드린다고 전해드리시랍니다."

첩이 아내 종개에게 직접 편지를 써야 했는데, 어찌 그리는 못할까. 희춘은 영리한 첩이 정실에게 한치도 수그리지 않아 안타까웠다. 희춘이 한마디라도 끼어들면 아내의 속을 더 상하게 할 수도 있을 것이다. 자칫하면 분란이 날 수도 있는 일. 종개가 아껴둔 금조각 일곱 개. 그것을 내어주면서 종개는 어떤 생각을 했을까. 미안하기 그지없는 일이었다.

지난번 첩의 편지를 받은 후, 희춘은 재빠르게 손을 써두었다. 해남은 물론, 나주, 진도, 영암 등지의 수령들이 여러 물품과 함께 인부를 보내도록 했다. 여전히 희춘은 임금의 부름을 늦추고 있는 당상관이었다. 굿덕의 집짓기 공사는 너무 늦지 않게 시기를 잘 맞춘 셈이었다.

종개는 눈을 감고 고개를 저었다. 평생, 종개를 괴롭힌 굿덕이다. 자존심 때문에 편지를 아는 척도 하지 않았다. 내용을 눈으로 살피는 것도, 물어보는 것도 치사한 일. 집 문제만도 아닐 것이다. 여전히 속량 문제를 조를 것이다. 어찌할 수 없는 노릇이다. 어찌겠는가. 끝도 없는 욕심이 정실을 넘어서려 하니 저만큼이라도 사는 것이다. 제 욕심껏 누리고 사는 것이다.

종개는 대청에 들어가 그늘진 곳에 담가둔 국화주 동이를 열었다. 가을날 잘 말린 감국을 면포에 넣어 동이 속에 넣어두었더니 향이 술에 배어들어 그윽했다.

"단해, 있느냐?"

"예, 마님."

단해가 부엌 쪽에서 나왔다.

"너 내려가기 전에 내게 술상 한 번 차려 오거라. 안주는 김부각을 내오고."

단해는 해남 본가 집 단속을 위해 며칠 후에 보내기로 되어있었다. 딸 가족이 서울에 있어 비워둔 채여서 관리가 필요했다.

단해가 개다리소반에 국화주 작은 병과 술잔을 내왔다.

"해남 가거든 작은집 성조를 어찌하고 있는지 잘 살펴보고 오거라."

"예, 그리하겠습니다요. 마님."

희춘을 청하지 않고, 종개는 혼자 술을 마셨다. 속이 짜르르, 아팠다. 사랑채에 있는 희춘이 알 리 없는 아픔이었다. 어떤 슬픔은 술을 만나면 갑자기 환해지기도 하는 법. 국화주는 향기로워 종개의 입에 잘 맞았다.

사돈 해남윤씨댁에서 편지가 왔다.

"공의 후실이 재목을 걱정한다고 해서 우리집에서 큰 재목을 열 주株 들여 줄 작정이고, 양곡도 다시 충분하게 보낼 것입니다."

지극히 신경을 쓰고 있다는 것을 낱낱이 적어 보낸 것이다. 희춘은 첩에게도 늘 깍듯한 예를 다했고, 정성을 다하면서 살림을 끝까지 돌봐주고 있었다. 그의 사랑은 인근 지방관원과 친지들에게도 소문날 정도로 넘치고 또 깊었다.

***

"영감마님, 내은동입니다."

종의 목소리가 대문 앞에서 들렸다. 첩의 편지는 종 내은동까지 점점 당당하게 만들었다. 목소리가 매번 더 커지는 것 같았다. 이틀이 멀다, 하고 남자 종을 바꾸어 서찰을 보내는 것이 희춘은 편치 않았다. 종개의 눈치가 보이기 때문이다.

종개는 안채에서 아예 나오지 않았다. 희춘이 편지를 받아 읽는 표정조차 보고 싶지 않은 것이다.

희춘이 종개를 찾아 안채로 들었다.

"해남사람이 당신에게 감사로 해산물을 보냈습니다. 서녀들이 면천되어 어미로서 고마운 심정을 달리 표현할 수 없다고 하는구려."

희춘이 바느질하는 종개의 표정을 살폈으나, 달리 변화는 없
었다.

"그렇습니까. 이제 당신은 아버지로서, 할 일 다하셨습니다.
참으로 다행입니다."

종개는 더는 말을 보태지 않았다.

"말린 해산물을 당신이 좋아하는 줄 알고 말이오."

머쓱해진 희춘이 덧붙였다.

얼빠진 인사 같으니. 다 늙어서도 첩이 저리도 좋을까. 내가
해산물을 좋아하지 않는다는 걸 왜 모르실까.

섭섭함이 점점 더해갔다. 희춘이 알 리 없는 종개의 마음 속
이다.

이틀 뒤, 첩이 다른 종을 시켜 편지를 보냈다.

　　영감마님 덕분에 해명의 병이 많이 나아갑니다. 보내주
　신 상원활혈탕을 달여 먹이니 한결 좋아졌습니다. 종성에
　있을 때, 해명이 놀다가 높은 담 위에서 떨어져서 머리를
　다쳤는데 그것이 원인일 수도 있다고 하시니 미욱한 어미

로서 미안함을 금치 못하겠습니다.

영감마님, 사위 장이창을 너무 서운하게 여기지 마소서. 집 짓는데 보태라고, 물품이 왔습니다. 마음만은 해명을 버리지 않은 것 같습니다. 발작이 시도 때도 없는데 본처가 해명이 때문에 집안 망할 거라고 포악을 떨었다고 합니다. 정실로서 어떻게 첩 꼴을 더 지켜보겠습니까. 장이창이라고 그리 보내고 싶었겠습니까.

해명은 여기서 편히 지내고 있습니다. 다만, 집이 좁아서 답답해하는데, 소첩이 생각을 잘한 듯합니다. 이런 집에서 아픈 아이를 데리고 평생 살아가려 하니 서러움에 눈물이 앞을 가렸습니다. 지난번 연통에 허락의 뜻을 보내주셔서 일을 빠르게 시작했습니다.

며칠 전, 남도포에서 두 척의 배에 재목을 가득 실어와 해남에 당도했습니다. 일을 추진하는 것은 소첩이지만, 저는 영감마님의 손길이 없으면 하루도 살아가지 못함을 아시지 않습니까? 바닷가에 나가 하염없이 눈물짓고 서 있는 때가 많은데 이제는 그것도 그만둘까 합니다. 해명이와 해귀가 자꾸 나무라는데 그 말이 맞다고 생각합니다.

며칠 전부터 연한이 찬 낡은 배를 살까 해서 계산해보고 있습니다. 영감마님께 깊은 의논을 하지 못하였음을 용서하시옵소서. 이것도 다 자식들의 앞길을 위해서입니다. 저도 이제 스스로 먹고 살 궁리를 해야 하는 것을 압니다. 영감마님이 머지않아 벼슬을 그만두시면, 소첩에게 신경을 쓰실 여력이 되기나 할 것입니까. 배를 사려는 것은 제 노력으로 하는 것이니 영감마님께서는 알고 계시기만 하면 되옵니다.

오늘까지 살아온 날은 모두 영감마님 은혜입니다. 매사에 도움을 청했는데, 이번이 마지막이라 생각하시고 부디 마음을 써주십시오. 모두 관아의 도움을 받는 일이지만, 재물이 큰 걱정이라 이렇게 편지를 드립니다.

그리고 해귀는 언제 혼인을 시킬 수 있을까요? 저번에 제가 말씀드린 혼처는 어찌 되었는지요? 해귀가 하루빨리 지아비를 만나기를 원하고 또 원합니다. 오직 저에게도 희망이 있다면 그것뿐입니다.

소첩은 자나깨나 영감마님 오실 날을 기다리고 삽니다. 몸단장하고 앉아 영감마님 생각으로 밤을 지새웁니다.

애첩 굿덕이 올립니다.

종개가 편지를 두고 가타부타 아는 척하지 않아 희춘은 마음을 놓았다. 처음부터 정실의 눈치를 전혀 보지 않았던 첩이었다. 이제 와 그 기세를 누를 수 없었다. 결국 제 뜻대로 살아냈다. 딸들을 모두 속량시켰고, 새집을 지었고, 해귀의 혼처까지 제 뜻대로 성사시키려고 할 것이다.

종개는 더 이상 첩의 문제로 왈가왈부하지 않았다. 알아도 모르는 척했다. 희춘은 심사가 복잡했다. 첩은 희춘이 낙향하면 현재의 권세까지 없어진다는 것을 알았다. 그 전에 새집을 짓겠다고 욕심을 부린 것이다. 다 늙어가는 마당에 아내 종개의 마음을 다치게 하는 것도 좋은 일이 아닌 것.

"먼 길 왔으니 먹을 것을 내주어라."

종개가 부엌에서 여종에게 이르는 소리가 크게 들렸다.

"작은마님 집은 성조에 들어갈 큰 창이랑 작은 창, 넓고 큰 창은 이미 만들었습니다."

해남까지 내은동을 따라갔다 돌아온 여종 단해의 목소리였다.

"그건 일일이 내게 알릴 필요 없다. 너도 하루 쉬었다가 영감마님이 서찰 주시거든, 바로 떠나게 미리 준비하거라."

단해가 해남 본가에 오고 가면서, 종개는 굿덕의 집 공사에 대해 듣고 있었다. 종들이 담양과 해남에서 경쟁하듯 새집을 짓는 것이 영 이상한 모양인 듯 비교한다는 것이다.

희춘은 해남 선산을 둘러보러 갔다. 결국 굿덕과 지내면서 예정일보다 이틀이나 늦게 돌아왔을 때, 종개는 알면서 모른 척했다. 희춘이 아내를 어려워하는 이유였다. 지나치게 체통을 지키려는 종개는 투기를 드러내지 않았다.

"해명에게 보낼 약을 구하셨으면, 말린 노루와 함께 보내세요. 그 병은 잘 먹어야 좋아진답니다. 몸이 약하면 자주 발작이 일어난다고 하니 어미가 얼마나 상심이 크겠습니까. 인부들 먹이려면 술도 빚어야 할 것이니, 누룩 네 덩이도 함께 보내시구려."

희춘은 아내가 고마울 따름이었다. 종개는 해명이 전간을 앓고 있다는 것이 가엾다고 했다.

"발작은 수시로 일어날 터인데, 그 증세를 지켜보고 있어야 할 해남사람은 얼마나 황망할 것입니까. 딸을 둔 어미로서 가슴이 미어질 겁니다."

아내가 첩에 대한 미움을 모두 내려놓은 것 같아, 그제야 한숨을 내쉬었다.

희춘이 종개에게 고마운 마음을 담아 시를 써서 보여주었다. 시를 받아 읽고 보이지 않는 쓴웃음을 지었다. 참으로 당신은 죽었다 깨어난다고 해도, 내 속을 한 치는커녕, 한 치의 반도 헤아릴 수 없을 것입니다. 그런 얼굴을 했으나, 그는 역시 이번에도 알지 못했다.

희춘은 눈의 피로를 물리치려고 잠시 바깥을 내다보았다가 다시 서안으로 다가가 앉았다. 『대학』에 토를 달고 해석하는 일이 지지부진해 작업은 진척이 되질 않았다.

정개청을 또 불러야 할 모양이구나.

갈증이 심해져서 솔잎 가늘게 썬 것을 꿀물에 타서 마셨다.

****

밤이 깊어가고 있었다. 안채 쪽에서 거문고 소리가 들려왔다. 오랜만에 여흥에 취한 종개가 죽매와 말덕을 시켜 거문고를 타게 한 것이다. 딸과 며느리와 손자가 함께 앉아 다과를 들고 있을 것이다. 목청이 맑고 높은 죽매가 종개의 시에 곡을 붙여 노래하고 있었다. 희춘은 이 시간의 화평이 어쩐지 꿈과 같았다. 깨지 말아야 할 꿈이었다. 그러나 실은 말리고 싶었다. 거문고에 노래라니. 고을 백성에게 미안한 일이었다. 계속되는 흉년으로

도처에 백성들이 농사를 짓지 못해 흩어져 갔다. 전라감사에 의하면 굶주린 시체가 길에 즐비하다고 했다. 임금이 전라감사를 파직해야 한다는 대신들의 상소를 물리쳤다 했다. '어찌 감사의 잘못이란 말이오. 이제 그를 파직시키면 누가 백성들의 굶주림을 구제한단 말인가.' 현감이 조보를 보내왔다.

이제야 민생에 신경을 쓰는 것인가. 이 가뭄을 어찌할 것인가. 백성들의 참상을 어찌할 것인가.

희춘은 오랜만에 자식들을 두고 앉아 음악을 즐기는 아내를 나무라지 못했다. 새집 공사가 거의 마무리되어 겨우 휴식을 취하고 있는 아내였다. 붓을 빠르게 놀렸다. 오늘 밤 안으로『주자대전』삼십 페이지를 교정해두어야 한다. 주자학에 미친 자라고, 승정원에서도 그리 말했었다. 희춘은 빙그레 미소를 지었다. 선비의 최고의 기쁨은 책 속에 있는 법이다. 주자에 미쳤다는 소리는 당연하다. 희춘은 저절로 흘러나오는 시흥을 속으로 읊조리며 붓으로 옮겨 적었다.

뜰의 꽃 흐드러져도 보고 싶지 않고
음악소리 쟁쟁 울려도 관심 없다오.
좋은 술 어여쁜 자태엔 흥미 없으니

참 맛은 오로지 책 속에 있다네.

작업이 어느 정도 끝났을 때는 이미 새벽으로 넘어가는 시각이었다. 고단한 하루의 끝이었다. 종개가 안에서 기다리다 못해 희춘의 잠을 재촉하려고 들어왔다가 희춘이 쓴 시를 읽고 웃었다.

"참으로 대책이 없으십니다. 어찌 봄을 즐기지도 못한단 말이오. 조정에 있으나 고향에 있으나, 책을 붙들고 놓지 않으니 모두 걱정하는 거 아닙니까. 경렴이도 멀리서 걱정이 많습니다. 책을 너무 보시니 건강이 나쁘다면서, 어머니가 늘 챙겨드리라고 전합디다."

종개가 서안 앞에 앉았다. 희춘의 벼루에 먹이 남아있어 붓걸이에서 새로 붓을 집어 먹물을 묻혔다. 물정 모르는 책상물림, 아내의 마음을 헤아릴 줄 모르는 책벌레. 종개는 장지 한 장을 펼치더니 일필휘지로 내리쓰기 시작했다.

봄바람 아름다운 경치는 예부터 보던 것이지요.
달 아래 타는 거문고도 하나의 한가함이지요.
술 또한 근심 잊게 하여 마음 호탕해지는데
당신은 어찌하여 책 속에만 빠져 있답니까.

중천에 휘영청 떠오른 달이 어느새 이울어가고 있었다. 달빛 섞인 시냇물 소리가 졸졸졸 들려왔다. 새로 지은 대청에서 나무 향기가 진하게 풍겼다.

이만하면 좋다

*

    종개는 놀라서 발딱 잠을 깼다. 꿈에 첩이 희춘과 자신 사이에 누워 있다가, 둘이 희롱을 하며 웃어댔던 것이다. 가슴이 뛰고 벌렁거려 참을 수가 없었다. 종개는 한참을 생각하다가 잠든 희춘을 깨워 추궁했다.

    "느닷없는 소리, 왜 그러시오. 이제 와서⋯. 어찌 종성의 인연으로 이리 힘들어한단 말이오. 단지 시중들었던 아이였던 것을."

    잠을 이기지 못한 채, 희춘은 말했다. 그 말에 종개는 다시 무너져 내렸다. 희춘은 어느 틈에 코를 골고 있었다. 경전을 풀이

하다 신새벽에 잠든 것이다.

분하고 분한 이 마음을 어찌 말로 다 할까. 시중들었던 아이. 참으로 어이없구나.

종개는 서안 앞에 앉아 뜬눈으로 아침을 맞았다. 답답증이 커져 터져버릴 것 같았다. 위가 답답하여 폐에 영향을 끼쳤다. 한숨을 깊이 토하고 나면 시원하기도 했으나 얼마 가지 못했다. 숨 쉬기 힘들기도 했다. 가슴에 구멍이 뚫린 것 같았다.

『산해경』에 보면 기괴한 나라가 있다. 가슴에 구멍 뚫린 관흉국 사람, 그 중에 신분이 높은 사람을 두 사람이 장대에 꿰어 가마처럼 들고 다닌다. 그 구멍에 바람이 들고 나는 것, 종개의 평생 고질병 같았다. 생각이 지나치고 슬픔이 지나치면 폐가 상한다고 했던가. 좋아하던 시를 짓지 못한 지 벌써 언제인가. 여유가 없어 고졸한 정취를 홀로 즐기던 시간도 없어졌다. 조용한 밤에 술잔을 기울이던 여유도 사라졌다. 서울살이에서 누렸던 여유도 어느 틈에 사라졌다. 담양으로 돌아온 종개는 눈만 뜨면 일속에 파묻혔다. 종들을 거느리며 이리저리 일을 시키고, 봉제사와 접빈객으로 다시 종종걸음이었다. 신경 써야 할 일이 지나치게 과중했다. 살림 경영과 남편 의복 수발에 서책 정리, 자식들과 손자들의 일, 해남 굿덕의 살림까지 매사에 완벽을 기하여 틈이 없었다. 숨이 막힐 지경이었다.

종개는 오랜 생각 끝에 다 내려놓기로 작정했다. 이제 넷째 서녀의 혼인만 남았다. 이제 모두 끝났다. 첩 문제로 마음을 상하면, 부부 사이의 불편함은 오래 갈 것이다. 뜻대로 되는 일은 그리 많지 않았다. 아무리 노력해도 되지 않는 일이 있었다. 스스로 위로했다. 다 살아버린 지금, 멀리 있는 첩 따위에 신경 쓸 겨를이 없었다. 내 가슴에 구멍이 뚫린 것을 본 사람은 없다. 뚫린 가슴에 철철 붉은 피가 흐르는 것을 본 자가 없다. 책 속에 파묻혀 사는 남편이 내내 첩에게 마음을 쓰고 있는 그 근심을 이제는 덮어야 했다. 자신이 가진 패물을 모두 내주었고 아끼던 붉은 모란 주머니까지 내주었던 첫 마음을 생각했다.

하늘의 달빛은 둥그렇고 환했다. 연계에도 달빛이 흐르는 것 같았다. 어둠 속, 보름달은 흥건한 은빛을 흘렸다. 종개는 딸과 며느리, 둘째 손자를 데리고 동편 시내에 나가 있었다. 높다란 대청을 올려다보았더니 뒤편에 심은 어린 대나무 숲을 바람이 건들거리면서 지나갔다. 성긴 대숲에서 바람소리가 서늘한 파도 소리처럼 들렸다.

"그간 고초가 많았지?"

며느리 종예에게 말을 건넸다.

"이 집을 이리 짓게 된 것도 모두 네가 고생한 덕분이다. 우리가 서울에 있는 동안, 집안을 혼자서 지키느라 참으로 애썼다. 지아비도 없는 집에서 아이들 데리고 노비들 건사하면서 지냈으니 네 답답한 심정이 오죽했겠느냐?"

종개가 수척해진 며느리 종예의 손을 잡았다. 살이 여위어 뼈대만 앙상하게 남아 있었다. 종예는 아무런 말도 없었다. 최근에 울병이 깊었다가 겨우 회복된 참이었다. 속울음이 치밀어 오르는 것인가. 너라고 어찌 애가 타지 않았겠느냐. 종개는 종예의 조용한 성품이 제 속병을 키우는가 싶어서 늘 안타까웠다.

"연로하신 어머님을 두고 와서 늘 저는…."

"그렇겠지. 그 넓은 백 칸 집이 너무 황량해졌다고 들었다. 일하는 종들도 줄어들고. 그러니 안사돈의 힘이 부칠 것이야. 그렇지만 애비가 먼 곳에서 벼슬을 살고 있으니 어찌겠느냐. 집 공사가 얼추 마무리되면 친정에 다녀오도록 해라."

"그때는 저도 가겠습니다. 외할머니 뵌 지 너무 오래되었습니다."

둘째 손자 광연이 얼른 대답했다. 제 어머니의 말이 없음을, 그 심정을 헤아릴 줄 아는 속이 깊은 아이였다.

"언니두 이제 그만 걱정에서 벗어나세요. 저도 서울살이까지 해봤는데, 지아비가 바람피우지 않고 첩을 두지 않는 것이 세상 최고의 홍복입니다. 우리 애들 아비는 여전히 첩을 어디에 두고 있는지… 의심이 가요. 우리 어머니 보세요. 평생을 첩에게 속을 끓이고 사는 것이 분하지요. 참는 것이 부덕이랍니까. 그러니 어머니가 맨날 아프신 겁니다. 이제는 어쩌지도 못하고. 형님도 지나치게 예의 차리고 살지 마세요. 바깥바람도 쐬고 동네 마실도 나가시고 그러세요. 집에만 있으니까 답답한 병이 치밀어 오르는 겁니다."

딸 경은이는 언젠가부터 순한 음성이 되었다. 종개가 흐뭇한 표정으로 딸을 돌아보았다.

"네. 그렇게 하겠습니다."

종예가 웃는 듯 목소리가 밝았다.

달빛은 연계를 타고 물처럼 교교히 흘렀다.

"해남 작은집 일은 그만 말하거라. 이제 그 사람도 나이가 들었으니 제 살림을 충분히 해갈 수 있을 것이다. 어쩌면 이것이 마지막 아니겠느냐. 새집도 짓고, 제 자식들 모두 속량이 되었고 혼인도 시켰으니 더한 소원이 있겠느냐?"

"어머니, 그런 말씀 마세요. 더는 두고 못 보겠습니다. 하루가 멀다 않고 오는 서찰이 신경 쓰여 못 견디겠습니다. 요새 부쩍 그럽니다. 가슴에 분이 치밀어요. 제가 어머니 아버님께 이리 무도하게 대하는 게 왜인지 아십니까? 다 그것들 때문입니다. 아버님이 제게 『내훈』을 주시었는데, 어찌 사내들은 『외훈』이 없답니까? 첩을 버젓이 두고 두 집 살림을 이끌어가면, 조강지처는 어쩌란 말입니까? 왜 참고만 살아야 합니까? 그러니, 첩이 없는 형님은 복이죠."

종개는 경은의 어깨를 조용히 토닥거렸다. 딸은 분이 아직도 잦아들지 않는 듯했다.

"그만하거라. 이제 그만해."

종개는 딸이 아들 경렴의 일을 발설할까 성가셨다. 경렴이 완산에서 기생과 밤을 보낸 후, 몸 상태가 좋지 않다는 편지를 보내왔다. 희춘이 성병에 좋은 약재를 챙겨 보냈다. 그 일을 어찌 며느리가 눈치채지 못했을 것인가. 눈으로 보고, 귀로 듣지 않는다고 모를 건가. 종개도 충분히 당한 일이었다. 며느리로서도 불쾌했을 것이다. 그러나 아무런 내색도 없었다. 종개도 아는 척하지 않았다. 경렴의 지아비 구실은 그만하면 성실했다. 영특한 큰아들은 학문에 집중했으며 좋은 규수와 혼인했다. 연산조 때의 사관 김일손의 손녀와 백년가약을 맺었으니 강직한 가문과의 혼맥이었다. 충분히 만족했다.

　—니 오래비는 귀하디귀한 사람이다. 광선어미도 귀한 사람이지. 그러니 넌 좋은 말이 아니면 아예 하지 말거라.

　종개는 경은이에게 미리 당부해두었다.

　"내년쯤에는 집을 하나 더 지어 너희들을 살게 할 생각이다. 우린 너희들 곁에서 노후를 보내는 게 소원이야."

　종개는 가느스름하게 눈을 감았다. 달빛 흐르는 연계정, 이제 날이 가고 해가 가면 대숲이 자라고 시냇가에 심어둔 나무들이 무성하게 푸른 잎을 자랑할 것이다. 새집은 학문의 정취가 있는 선비의 가옥이 될 것이다. 이만하면 좋다. 더 바랄 게 없다. 생각에 생각이 더해지니 참으로 좋았다.

　"아가, 너는 지나친 걱정을 하지 마라. 자식이 좋질 않느냐? 수심을 버리고 늘 마음을 편안히 하거라. 병이 낫지 않는 것도 다 네가 네 마음을 강건하게 기르지 않은 탓이다."

　"말씀 잘 받들어서 조리를 잘하겠습니다."

　달빛이 연계 속에서 잔물결과 섞여 찰랑이고 있었다. 은빛으로 빛나는 물빛이 달빛과 어우러져 있었다. 밤바람이 꽃향기를 실어다 주었다.

소나무와 잣나무

＊

조정에서는 동인을 주축으로 다시 세력이 형성되었고 서인들
은 뿔뿔이 흩어져 힘을 잃고 있던 시기였다. 희춘은 낙향해있으면
서도 조정에 신경을 곤두세웠다. 매양 붕당의 형세를 근심했다.

정철은 정사를 논의하고 싶다고 편지했다. 희춘은 오직 경전
에 매진한다는 이유로 쉽게 곁을 내주지 않았다. 정철은 경전 해
석의 질문차 만나겠다는 간곡한 편지를 재차 보냈다.

일선에 찾아갔을 때, 사상하게 가르쳐주심을 엎드려 받았습니다. 의심이 풀리고 충분한 소득이 있었습니다. 다행합이 이보다 클 수가 없어 감사드립니다. 다만 근심스러운 일이 많아서 바쁘게 돌아오느라 충분한 회포를 풀 시간이 없었습니다. 별지에 따로 적은 의문점은 논평을 하여 가르쳐주시기를 간절히 빕니다. 공께서 목이 마른 증상을 빨리 치료하시길 바라며 오매육烏梅肉 넉 냥을 보내드립니다. 오매육 석 냥에 인삼 두 전, 맥문동 일 전을 배합하여 분말로 만들어 꿀에 섞으심이 어떠하겠습니까.

지난번, 정철이 왔을 때였다. 희춘은 같은 서인들로부터 내쳐진 정철을 멀리하면서 정사에 관한 이야기를 삼갔다. 서인 이이에게 마음을 상한 적이 많았기 때문이었다. 그러나 정철의 편지는 점점 겸손해졌다. 이번엔 건강을 염려하여 오매육을 보냈다. 희춘은 그제야 마음을 열었다.

보내주신 오매육은 감사하게 잘 받았습니다. 별지에 적힌 의문점도 함께 논의하는 것이 좋을 듯합니다. 그러나 숙식은 우리 마을에 방을 따로 얻는 것이 어떠십니까. 아시다

328

시피 제 집에 드나드는 손님들이 많아 내줄 방이 없습니다. 그렇게 하신다면, 시간이 허락하는대로 경전 해석에 도움 이 될 수 있을 것 같습니다.

수국리 집으로 매일 손님들이 드나들었다. 그중 정철과 악감 정을 지닌 자들이 있었다. 더욱이 연계정에는 정철을 대놓고 조 롱했던 정개청이 상주했다.

동서붕당으로 지친 이발도 남평으로 낙향했다. 그러나 건강 이 좋지 않다고 하면서, 찾아뵙기 어렵다는 편지를 냈다. 희춘 의 목마른 증세를 들었는지 매실환과 맥문동과 인삼을 보냈다. 공교롭게도 갈증에 필요한 약재였다. 희춘은 오매육과 맥문동과 인삼을 배합해 의원에게 환약을 짓게 했다. 약재를 보낸 서인 정 철과 동인 이발이 마음으로나마 화합하기를 바라는 마음이었다.

사헌부에서 임금의 유지를 가져왔다.

이제 경으로 사헌부 대사헌을 삼으니 속히 역마를 타고 올라오라.

희춘은 어질거렸다. 연일 과로가 심해 기진맥진이었다. 의원이 사흘 만에 한 번씩 집에 들러 진맥을 하군 했다.

어찌 이런 몸으로 서울로 올라갈 것인가. 사헌부 대사헌이라
니.

동인들이 다시 세를 회복한 것임에 틀림없을 직책이었다. 그
들은 원로대신 희춘을 방패 삼아 임금의 측근으로 두고 싶을 것
이다.

"이런 몸으로 갔다가 당신은 필시 큰일이 날 것입니다."

종개는 매일 마늘과 소금, 쑥을 배합해서 남편의 배꼽에 뜸을
떠주고 있었다. 종개의 근심을 모른 척할 수 없었다.

희춘은 금대를 두르고 단령을 입은 후에 동향으로 사배를 올
렸다.

신이 어둡고 어리석어서 국가의 기강을 바로 잡는데 부
족합니다. 이는 모든 이가 다 아는 바입니다. 게다가 신은
지금 몸이 쇠약합니다. 두 다리가 쑤시고, 속이 더워 목이
수시로 말라오는 병이 있습니다. 부르심에 달려가 사은하
는 예를 갖추어야 하는데 달려갈 수 없으니 민망하고 황송
할 따름입니다. 신의 직책을 비워놓은 지 해를 넘겼으니 극
히 미안합니다. 겸직인 동지경연 춘추사와 봉사서, 교서관

제조의 직을 모두 해직시켜주소서.

며칠 후였다. 홍문관 서리들이 어명을 받들고 직접 담양으로 내려왔다.

이제 경으로 홍문관 부제학을 삼노라. 경연에 들어오는 일은 짐에게 매우 중요한 일 아닌가. 더는 사양치 말고, 역마를 타고 속히 올라오라.

희춘은 사월에 대사헌으로 임명되었으나 오월에 병을 핑계로 사양했다. 그러나 유월에 또 부제학으로 임명된 것이다. 참으로 고민이 되었다. 더는 물리칠 수 없는 일, 그는 금대를 두르고 단령을 입은 후에 동향으로 사배를 올렸다.

이제 신이 병든 몸을 억지로 일으켜 달려가겠습니다. 다만 근일에 더위를 먹어 시달리고 있습니다. 더욱 삼가고 치료를 하여 회복되기를 기다렸다가 길을 떠나겠습니다. 서두르지 못한 죄, 황송합니다.

정언지, 신담, 허엽, 허봉, 이성중 등 동인들이 모두 조정으로 나설 것을 원한다는 편지를 보냈다. 허봉이 보낸 편지에는 서인의 음험한 계책을 걱정하는 글이 덧붙어있었다.

사슴은 들풀을 뜯으며 한가롭게 울고, 개는 뼈다귀를 독차지하려고 으르렁댄다. 독수리는 썩은 쥐를 움켜쥐고 봉황에게 먹힌다.

더럽고 깨끗함은 하늘과 연못처럼 환히 판별이 되는 것이다.

희춘은 그날의 일기에 썼다. 조정의 상황을 상징적인 문장으로 쓸 수밖에 없을 때가 있었다. 시기적으로 매우 난세였다. 어차피, 모두 봉황에게 먹힌다. 봉황은 임금을 상징하는 것. 땅 위의 짐승들이 먹이를 놓고 싸운들, 하늘의 봉황에게 다 먹힐 것이다. 권력은 변한다. 정치의 고충을 몸으로 겪어낸 희춘은 이미 조정의 운명을 예감하고 있었다. 그러나 일기에 자세히 거론할 수 없는 일. 일기에 쓰인 인물과 사건이 자칫하면 집안에, 나라에 피바람을 불어오게 할 것이다. 이제 가야 할 길. 더는 미루지 못할, 가지 않으면 안 되는 시간이 오고 있었다.

희춘은 앞날을 예감했다. 불길했다.

＊＊

승정원에서 임금이 말했다.

"경이 만든 『대학석소大學釋疏』와 『유합類合』은 모두 정밀하고 깊습니다. 단 『유합』의 글자 풀이에 가끔 지방 사투리를 쓴 것을 보았습니다. 간혹 이상한 것이 있었어요. 덕德 자 같은 글자를 '어질 덕'이라 했는데, 덕은 흉덕凶德도 있고 길덕吉德도 있습니다. 어찌 좋다, 로만 풀이할 수 있습니까?"

"신은 본래 지방의 고을에서 태어났기 때문에 사투리는 어쩔 수 없습니다. 그리고 덕이란 자는 원래 좋은 글자입니다. 다만 부덕否德이니 흉덕이니 등으로 안 좋은 글자를 덕 위에 얹음으로써 불길한 것이 된 것입니다."

희춘이 대답했다.

"경은 남도에 가서 후생들을 얼마나 가르쳤습니까?"

"신은 약하고 늙고 병들었습니다. 기운이 다 되었는데 어떻게 학자들의 물음에 응할 수가 있겠습니까. 그것은 번거로워서 감당하기 어렵습니다."

열흘 후, 희춘은 사임장을 제출할 수밖에 없었다.

"전날 감기가 들었습니다. 머리가 아프고 기침이 나오고 사지가 늘어져 도통 힘이 없습니다. 어제 회의에도 참석을 못 한 연유입니다. 경연의 중요한 자리에 직을 오래 비워둔다는 것은 극히 미안하오니 신을 해직하소서."

임금이 답을 주지 않아 닷새 동안 연일 사임장을 제출했다.

"신이 누차 말미를 얻어 조리를 했는데도 기침이 그치지 않아 잠을 못 자고 있습니다. 경연의 요직을 비워두면 안 됩니다. 신의 직분을 해직시켜주시기 바랍니다."

"말미를 좀 더 주시오."

임금은 사직을 끝내 허락하지 않았다. 희춘은 목이 타는 듯한 갈증 때문에 극심한 피로를 감당하지 못했다. 더는 조정에 머물 수 없음을 몸이 먼저 느꼈다.

세월이 늙어 있었다. 희춘의 슬픔은 더욱 깊어갔다. 그의 허망함은 심장 속에서 뭉클거리다 길을 잃고 먼지처럼 흩어졌다.

"유희춘은 나이가 늙고 병이 깊어 경연장에 오래 모실 수 없습니다. 객지인 데다 여관에서 홀로 머물고 있는 형편이 외롭고 차갑습니다. 이대로 겨울을 지내게 하면 반드시 몸을 크게 상할 것입니다."

영의정 권철이 안타까움으로 임금께 아뢰었다. 좌의정 박순과 우의정 노수신도 같은 뜻이었다.

"경의 마음은 내가 아오. 경의 사퇴는 진심에서 나온 것이지, 이름을 얻으려는 자와 비할 바가 아닌 줄을 압니다. 단, 나의 뜻은 전일 경연에서 말했고, 대신들에게 묻기까지 했으니 사퇴를 하지 말고, 과인의 학문을 끝까지 도와주시기 바랍니다."

"은혜가 분수에 넘쳐 감읍할 따름입니다. 그러나 신은 병든 몸입니다. 여관의 차가운 방에서 겨울 추위를 지탱해내기 극히 어렵습니다. 청하옵니다. 특별히 휴가를 주시면 고향으로 돌아가 치유한 뒤에 다시 올라오게 해주시면 더할 수 없이 다행이겠습니다."

"경이 다시 사직을 원하니 과인은 심히 난처하오. 내가 경을 대하기를 성심으로 하는 바인데 더는 강요를 할 수 없겠지. 우선 말미를 줄 테니 고향으로 돌아가 조리하여 겨울이 지난 뒤에 반드시 올라오시오. 내가 이미 지성으로써 경을 대했으니 경도 마땅히 나의 뜻을 지성으로 헤아리시오. 내가 부르면 반드시 오고, 과인을 아주 버리고 가지는 마시오. 아시겠소? 경은 나의 이런 뜻을 헤아리기 바라오."

임금의 본심이었다. 대신들의 거듭되는 상소와 붕당의 갈등으로 점점 지쳐가고 있었던 상황이었다. 희춘의 온유함은 마지막 의지처였다.

임금이 승지를 시켜 언약하라는 증서, 계를 만들었다. 유희춘이 명년 봄에는 반드시 와야 한다, 고 다짐을 받으라는 것이다.

급기야, 대신들이 다시 웅성거리면서 수군댔다. 임금의 총애가 지나치다. 유희춘은 대신들과는 손이 맞지 않으나 임금만은 그를 극히 아끼고 알아준다는 것이다. 대신들의 뒷공론들이 떠돌아다니면서 희춘의 아픈 몸을 더욱 상하게 했다.

시월이 되었으나 희춘은 서울을 떠나지 못했다. 몸의 기력이 다하면서도, 사서의 현토를 여전히 진행하고 있었고 『대학』과 『논어』를 풀이했다. 혼신의 힘을 다했다. 마지막 일 같았기 때문이다.

어느 깊은 밤, 유성룡이 희춘을 찾아왔다.

"앞으로 대간들의 일이 심히 걱정입니다. 영감이 안 계신 동안, 조정의 일이 민망할 지경까지 나뉘어 저의 처신이 몹시 어렵습니다."

"중도를 지켜야 합니다. 절대 붕당은 안 되는 일입니다. 여기도 저기도 발을 깊게 담그지 마십시오. 영상 이준경께서 염려한 일이 바로 이것이라오. 강건한 이이도 붕당을 막을 수 없었다고 하니 이를 어찌하겠소? 저는 이제 귀향을 합니다. 하지만 앞으로의 일을 또 어찌 알겠소. 주상께서 명년 봄에는 올라오라 하시니 몹시 고단합니다."

"영공께서 주상의 곁을 지키셔야 이 사태를 순하게 처리하지 않겠습니까."

유성룡의 말에 희춘이 어두운 낯빛으로 대답했다.

"아닙니다. 그건 알 수 없지요. 어찌 내가 주상의 속마음을 알 수 있겠습니까. 앞으로의 일은 모릅니다. 한신은 반역하지 않았는데도 여씨황후에게 죽임을 당했지 않소? 유방에게 충성스러운 신하였지만 결국 역모죄에 걸렸소. 한신이 역모를 꾀했겠소? 유방은 높은 소리로 직언을 아끼지 않는 한신이 눈에 가시였어요. 한신의 거침없는 언행과 교만이 화를 부른 것입니다. 점점 싫증이 났을 것이오. 그러니 토사구팽이라오…."

희춘은 먼저 간 기대승을 생각하고 있었다. 뼈있는 말이었다.

"날랜 토끼가 죽으면 훌륭한 사냥개를 삶아 죽이고, 높이 나는 새가 모두 없어지면 좋은 활을 치워버린다고 하지요. 저도 아는 바입니다. 영공께서는 뜻을 굽히지 않으려는 주상의 심중을 잘 헤아리시지 않습니까. 좀 더 조정에 계셔야 합니다만."

유성룡이 대답했다. 희춘은 피로감을 이길 수 없어 벽에 몸을 기대었다. 벽은 얼음처럼 차가웠다.

"아닙니다. 몸이 냉하여 한시도 이 여관에서 버틸 수 없습니다. 다시 올라오더라도 지금은 고향으로 가야 합니다."

희춘의 목소리는 기운이 없어 꺼져 들어가는 듯했다.

"한신은 한고조 유방의 권력의지를 읽지 못한 겁니다. 끝없이 한신을 의심했던 유방 아닙니까. 한신의 도움으로 황제의 자리에 올랐으니 더욱 불안했지요. 그 아내 여씨가 계략을 썼지요. 권력으로 소하를 포섭해 한신을 참살해 버린 것입니다. 더욱 무서운 것이, 한신의 삼족을 멸하였습니다."

유성룡이 낮게 말했다. 그의 신중함은 유희춘에 버금갈 정도였다. 좀체 의중을 내보이지 않았던 둘의 의견은 일치했다. 유성룡도 임금의 치세를, 그 어긋난 방향을 이미 알고 있었던 것일까. 붕당의 끝은 사화를 일으킨다. 두려운 일이었다. 희춘은 과격하지 않고 날이 서지 않는 유성룡을 아꼈다. 오래전, 경연관으로 임금께 천거한 이유였다.

"부디 휩쓸리지 말고 중도를 지키십시오."

"좀체 성질을 누그러뜨리지 않은 허봉을 비롯해… 소장파들의 직언이 걱정이 됩니다. 이번에 간사한 상소를 올린 대신 임기 때문에, 주상은 더욱 직언이 싫으신 것 같습니다. 직언하는 소장 파에게 화가 나신 것 같아요. 아예 등을 돌리신 것 같습니다."

유성룡은 얼굴빛이 어두웠다. 심야에, 마음이 절박해 병든 희 춘을 찾았던 이유였다.

"참으로 개탄할 일이오. 간신 임기가 대원군(선조의 친아버 지)을 추숭追崇했는데도, 또 다시 더 높은 자리로 올려야만 한다 고 주장했습니다. 게다가『심경』이나『근사록』은 위학僞學이니 재 해를 부를 것이라고 아뢰었습니다. 간신이 대놓고 성리학을 모 독했습니다. 나라의 근간을 뒤흔드는 위험한 자입니다. 걱정입 니다. 임기의 상소로 연일 시끄러운데도 주상께서는 말이 없이 두고 보십니다. 참으로… 걱정입니다."

희춘이 지친 목소리로 말했다.

"그러면 이 일이 어떻게 흘러갈까요. 영공께서는 어떻게 생각 하십니까."

유성룡이 병으로 앓고 있는 희춘을 방문한 까닭이 있었다. 답 답한 임금의 치세. 신하들도 옳은 정책을 세우는 게 아니라, 간 사한 계책으로 임금의 비위를 맞추고 있었다. 이제 임금이 어디 로 권력을 이동시킬지 예감이 좋지 않다는 뜻을 알린 것. 친아버지를 높이겠다는 것을, 정통성 없는 임금이 싫어할 리가 없다.

간신 김개가 사림들에 의해 쫓겨난 이유도 그것이었다. 선조는 열여섯에 갑자기 임금이 되어 명종의 빈소를 지키느라 사가私家를 가까이할 수 없었다. 생부에게 애틋할 수밖에 없는 것은 당연했다. 때마침, 임기의 상소가 올라왔을 때, 고맙고 반가울 수밖에 없는 상황이었다. 대신들이 모두 임기를 벌하자고 벌떼처럼 들고 일어났지만 임금은 침묵했다.

"보십시오. 『자치통감』에서 '엄연년'의 예를 들어봅시다. 전한前漢 선제宣帝 때, 그가 죽임을 당한 것은 일개 관리에게 입을 함부로 놀린 까닭이었소. 엄연년이 '거짓봉황'의 진실을 함부로 입에 올린 까닭이지 않았소?"

유성룡이 자세를 단정히 하고 조용히 경청했다. '거짓봉황', 유성룡은 이 문구에 잔뜩 긴장했다.

"혹독한 엄연년의 정치는 간신 황패의 선량함만 못하다는 말입니다. 기개 있는 성품이 먼저가 아니라, 백성들에게 거짓으로도 인망을 얻어야 합니다. 황패는 관상쟁이의 말을 좋아하여 무녀를 처로 삼았소. 점술과 징조를 신봉하는 선제에게 고합니다. 자신이 태수로 있을 때 봉황이 나타났다고 아룁니다. 봉황이 나타났다는 것은 태평성대일 때뿐이라고 하는데, 이는 모두 거짓이었습니다. 선제는 간신을 제후로 임명했습니다. 뱀 같은 혀를 놀린 황패는 간신이었어요."

"그렇다면, 황패는 역사에 어떻게 기록이 되었습니까?"

유성룡이 물었다.

"후일, 반고의『한서漢書』에는 직언을 했던 엄연년을 무자비한 관리라 평가했지요. 그러나 황패를 일러 아름다운 관리라 했습니다. 역사서의 기록이 이렇습니다. 이것이 진실입니까? 공께서는 이를 특히 잘 명심하셔야 합니다."

희춘은 현실정치와 역사서의 기록에 대해 유성룡에게 조목조목 설명했다.

"일의 결과에 따라 인물을 평했군요."

"엄연년이 최고 권력자 곽광을 홀로 탄핵한 기개는 그 누구도 해내지 못한 강직함입니다. 간신들은 모두 곽광의 권력에 빌붙어 있었을 때였지요. 엄연년은 충신이었죠."

"탄복합니다. 영공께서는 어찌 이리 현철하신지요? 조정에서, 경연에서 영공이 꼭 필요한 이유입니다. 오늘의 의논은 글로 써두시면 좋겠습니다."

유성룡이 고개를 끄덕이면서 말했다.

사마광의『자치통감』에, 엄연년은 악명을 떨쳤던 하남 태수다. 죄수들을 거의 사형 집행했고, 목을 잘라서 나온 피가 몇 리를 흘렀다 해서 사람백정 태수라 불렀다. 하남지역에 구더기들이 갑자기 나타나 재해를 입었을 때였다. 조정의 관리 의義가 파견되어 재해 지역을 돌아본 후 태수 엄연년을 만났다. 엄연년은 영천군 태수 황패가 구더기로 재해를 입은 백성들에게 넉넉한 인정을 베풀었다는 말을 들었다. 엄연년이 이 소문을 비웃으며 관리 의에게 물었다.

"구더기가 봉황의 먹거리가 되었는가?"

의는 혼자 두려움에 떨었다. 엄연년이 무엇을 놓고 말하는지 도무지 알 수 없었던 것이다. 봉황은 황제를 상징한다. 해석을 고심한 끝에, 관리 의는 엄연년이 반역을 일으킬 수 있다고 결론지었다.

의는 장안으로 돌아가 황제에게 상소를 올렸다. 태수 엄연년의 열 가지의 죄목을 거짓으로 써서 고한 뒤, 두려움을 못 이겨 자살했다. 엄연년은 결국 처형당했다.

『한서漢書』의 저자 반고는 어디에 기준을 두고 인물을 평가했을까? 간사한 입으로 임금께 아부한 자는 살아남았으나, 의로움으로 간신을 탄핵한 자는 참살을 당했다는 것. 살기 위해서는 거짓을 꾸며서라도 권력에 빌붙어야 한다는 것인가.

유성룡은 이 질문을 삼키고 다시 묻지 않았다. 유희춘의 가르침은 이것이 현실정치라는 것. 아무와도 사석에서 깊은 이야기를 한 적이 없었던 유성룡이었다.

희춘은 임금의 변덕과 고집의 원인을 알고 있었다. 방계의 서자 혈통, 임금의 자존심을 건드리면 안 되었다. 가장 큰 문제는 임금이 자신의 뜻을 이루기 위해 동·서의 세력을 저울질하면서 붕당을 부추기고 있었다. 그 문제를 유성룡에게 에둘러서 말한 것이다.

"누가 됐던지, 사림들끼리 절대적으로 강하게 탄핵해서는 안 되오."

이 논의는 침착하고 신중한 유성룡이므로 가능했다. 서인 정철과는 정사에 대해 한 마디도 나눈 적이 없었다. 매사에 급하면서 과격하기 짝이 없는 정철을 온전히 신뢰하지 않았던 것이다. 희춘이 인물을 보는 관점은 후일 정확하게 들어맞았다.

***

희춘이 임금께 하직인사를 올렸다.

"경은 언제쯤 돌아오실 겁니까."

"소신은 지금 약을 지어서 가오니 병이 낫고 회복되면 놀아오 겠습니다."

"그 약속을 반드시 지켜야 하오."

"신이 엎드려 본 바, 전하께서는 학문과 정사에 있어 전보다 더욱 진취되셨습니다. 이는 실로 신하들과 백성들의 복입니다. 그러나 순임금이 중도를 지킨 것처럼, 주상께서는 편벽되지 않아야 합니다. 병을 치료하는 데 비유하자면, 여러 사람의 말이 같지 않을 때에는 명의의 알맞은 처방에 따라야 합니다. 증세에 따라 약을 써야 하듯이, 열병에는 열약을 쓰고 냉병에는 냉약을 써야 합니다. 주자가 도를 논할 때에도 그러하였습니다. 주상께서는 반드시 중도를 지향하셔야 합니다."

희춘이 엎드려 아뢰었다.

"내가 경의 말씀을 유념하겠습니다만, 종사의 일은 극히 중대한 일이니 가볍게 할 수 없습니다. 내가 알아서 하겠소."

임금이 대답했다.

"모든 일을 이미 정밀하게 했을지라도, 더욱 정밀함을 구하여야 중도의 선으로 나아갑니다."

희춘이 겨우 입을 떼었다. 몸이 극히 쇠약해져서 움직이기 어려울 정도였다.

내시가 붉은 보자기 두 개를 들고나왔다.

"이는 내가 입고 쓰던 물건이니 경은 사양하지 말고 받으시오."

내시가 보자기를 풀었다. 붉은 명주속옷 한 벌, 하얀 무명에 명주 속을 넣은 바지 한 벌, 검은 가죽신 한 쌍이었다.

"후일, 내가 경을 부를 때는 지체하지 말고 즉시 와야 합니다."

희춘은 대답하지 않았다. 임금의 재촉에 스민 말의 무게가 바위처럼 무거워 숨이 막힐 지경이었다. 서울로 온 이후, 늙은 몸을 겨우 이끌고 궐에 드나들었다. 매일, 대신들과 함께 경연에 임했고, 퇴근하면 여관에 찾아오는 손님을 맞았고, 깊은 밤까지 등잔불로 어둠을 밝혀 책의 교정에 매달렸던 것이다.

희춘은 격무에 시달려 날로 기운을 잃어가고 있었다. 젊은 임금의 거듭된 부름은 무자비했다. 노쇠한 신하에겐 맹독 같은 임금의 명이었다.

옛날에는 난초를 믿을 만한 것이라 들었는데
실상은 없고 용모만 기다랗다.
향기가 방안에 가득하리라 했는데
썩은 냄새가 당에 가득할 줄 어찌 알았겠는가.
모기와 파리만 뱃속에 유난히 들어있으니

소나무와 잣나무는 깊은 등성이에 서지 못하도나.

해와 달은 사사로이 비추지 않음에

결국은 더러움과 아름다움이 밝아지리라.

희춘이 한탄했다. 소나무와 잣나무가 같은 등성이에 서지 못한다는 것. 동서붕당으로 조정이 둘로 나뉘어 돌이킬 수 없을 정도가 되고 있었기 때문이다.

놓고 푸른 꿈

*

수국리로 돌아온 희춘은 경전 풀이에 매달렸다. 어명이었다.

**

　이제 경으로 홍문관 부제학을 삼는다. 경연의 긴요함을
　생각해 역마를 타고 속히 올라오시오.

임금이 유희춘에게 서장을 보냈고 여러 대신들의 편지도 왔다.

이리 왕래를 빈번하게 하심은 몸을 안정시키고 건강을 돌보시는데 해로울까 싶습니다. 선생님은 진퇴의 도리를 이미 가슴속에 정해놓으셨으니, 저로서는 더는 드릴 말씀이 없습니다.

걱정이 담긴 허봉의 편지도 왔다.

신은 갈증이 심해 약을 먹어도 효과가 없고, 이빨이 절단이 나서 밥을 씹지 못하고 있습니다. 몸은 점점 쇠약해지고 발병도 더욱 잦아서 도저히 길을 나설 수가 없습니다. 이 몸으로 조정에 나갈 수 없습니다. 왕의 은총을 저버리니 죽을 죄임을 압니다. 신의 본직과 겸직을 모두 해직시켜주시기를 바랍니다.

희춘은 사직상소를 전라감사 편에 보냈다.

입성하기를 고대했으나 오지 않겠다는 편지를 보고 실망했습니다. 공과 내가 모두 늙어 노인이 되었으니 이번 생에는 만나보기가 어렵지 않겠습니까. 이 섭섭한 마음을 어

찌할까요. 다만 비나니 영공께서 깊고 신밀한 공부를 하여
후학을 깨우쳐주시기를 바랍니다.

허엽이 안타까운 마음의 편지를 보냈다. 진정 어린 허엽의 편
지는 희춘의 마음을 동하게 할 정도였다. 여러 대신들에게도 편
지가 왔다. 올라오셔야 할 것 같습니다, 라는 내용이 많았다. 임
금이 더욱 자주 유희춘을 입에 올린다는 것이었다.

경의 뜻이 간곡함을 알았습니다. 단, 내가 지성으로 경
을 대하였음을 잊지 마십시오. 전일 고향으로 물러갈 때에
즉시 올라오겠다고 하지 않았습니까. 경은 마땅히, 나의 부
름이 있으면 달려와야 합니다. 또다시 글을 올려 사직을 청
하지 마시오. 윤허할 수 없소. 그리고 나도 경이 경전에 토
를 달고 해석을 한 노고를 보아 특별히 자헌대부로 승진시
켰습니다. 경은 빨리 와서 내게 사례하지 않으면 안 됩니
다. 이제 봄이 가득해 화창하고 따뜻해졌습니다. 오는 길도
아주 평온할 것입니다. 경은 속히 역마를 타고 올라와 나의
뜻에 응하시오.

어린애가 조르듯 독촉하는 어명이었다.

"주상의 권고가 지극하고 간절합니다. 영감께서 올라가지 않을 수 없겠습니다. 참으로 어려운 일입니다."

전라감사는 진심으로 걱정했다.

"그렇구려. 진퇴가 난감할 뿐이오."

"여러 대신들의 서찰이 여기 있사옵니다."

승정원 서리가 희춘에게 두루마리들을 내밀었다. 속히 조정에 나올 것을 종용하고 있는 동료들의 편지였다.

나의 평온함을 어찌 이리도 갉아먹는단 말인가.

희춘은 비감에 휩싸였고 곁에 있던 종개도 깊은 한숨을 내쉬었다.

"어찌할 것입니까. 이제…."

"어명을 더는 거역할 수 없지 않겠소."

"이 길이 많이 걱정스럽습니다. 그렇다고 집에서도 일을 쉬지도 않았는데요."

"참으로 어찌하면 좋겠소."

부부는 오랜만에 안채로 들었다. 걱정이 짙어 봄밤의 향기로움을 감상하지도 못한 채, 뜬눈으로 날을 지새웠다. 죽음을 알고서도 가야 할 길이 있는 법. 아내 종개와는 다른 결론이었다.

다음날, 희춘은 서장을 썼다.

　신이 비록 고질병에 시달리고 있으나, 남은 숨이 아직
있습니다. 삼가 병든 몸을 힘써 끌고 길을 나서려고 합니
다. 다만, 신이 지금 갈증으로 몹시 고생을 하고 있습니다.
열흘이나 보름쯤 조리를 한 이후에 출발을 하여 조금씩 길
을 재촉하겠습니다. 황공하고 민망함을 도무지 어찌할 수
가 없습니다.

　희춘은 소갈병이 깊어져 있었다. 항상 목이 마른 데다 눈이
침침해져 있었다. 종개의 극진한 섭생과 수발로도 고칠 수 없었
다. 고질병은 서울을 오가는 동안 재발하여 심해졌다. 책을 쓰느
라 쉬지 못해 병을 치료할 수 없었다. 눈을 쉬지 못했으니 소갈
병에 차도가 없음은 당연했다. 그러나 떼를 쓰듯 독촉이 심한 임
금을 더 이상 거역할 수는 없었다.

　가까운 시일 내에 찾아가 뵙고 싶습니다. 영공의 좋은
말씀을 새겨들으며 고루한 제 속을 깨우치고 싶습니다. 그
러나 어머니를 뵌 지 얼마 되지 않아 영공을 뵙지 못해 한

스럽습니다. 생각하건대 주상께서 영공을 특별히 높은 품
계로 올려주시고 따뜻한 교지를 내린 것은 경연을 더욱 풍
성하게 하시려고 하심입니다. 경연의 논의를 순후하게 함
으로써 중도를 생각하시는 겁니다. 소자는 그 이야기를 듣
고 실로 기운이 더해집니다.

희춘의 사위가 된 이발이 편지를 보냈다. 희춘의 넷째 서녀
해귀를 첩으로 받아들인 것이었다. 그들은 장인과 사위가 되어
관계가 더욱 돈독해졌다.

***

비가 연일 내렸다. 종들이 시내의 동쪽 언덕을 마저 무너뜨리
고 있었다. 물길을 끌어가게 하기 위해서였다. 가뭄이 어느 정도
해소되어가고 있었다. 봄 개울에는 연이어 흐르는 물소리가 맑
아 구슬 깨지는 소리처럼 들렸다. 대숲을 흔드는 바람이 온화하
면서도 시원스러웠다. 바람에 대숲이 휘어지곤 했다. 아무리 가
만히 있으려 해도 바람이 와서 대숲을 건드리면 바람의 크기만
큼 대나무는 휘어졌다.

354

달빛이 머무는 연계정은 평화로웠고 적요했다. 종개는 흐르는 연계의 물줄기를 내려다보고 있었다. 희춘과의 이별이 길어질 것 같은 느낌이었으나 감히 말하지 못했다. 어쩐지 마지막 길만 같았다. 마음이 착잡했다.

아침 일찍, 제물을 준비하고 신주를 받들어 제사를 지냈다. 희춘을 위해 조상들에게 소원하는 제사였다. 그녀는 독촉을 그치지 않는 임금이 원망스러웠다. 고집스럽고 편벽된 임금이었다.

어찌 그 원망스러운 마음을 다 표현할 것인가. 어찌해야 할 것인가.

남편은 섭생을 위해 음식을 가려 먹어야만 했다. 임금은 궁궐의 재물을 절약하기 위해 신하들에게 도시락을 싸서 다니라는 어명을 내린 적이 있었다. 난감하기 짝이 없었다. 가족이 없는 지방의 신하들은 대부분 도시락을 마련하지 못했다. 희춘도 점심을 굶다시피 했다. 몸이 많이 상하면서도 새벽 다섯 시에 눈을 뜨고 파루가 울리면 대궐 문 앞에 기다렸다가 출근했다. 당시 희춘의 병이 깊어졌다. 안타깝고 서러운 지방 출신이었다.

이 노릇을 어찌할 것인가. 의복 수발은 어찌할 것인가. 누가 있어 남편의 수발을 들어줄 것인가.

소갈병이 든 희춘의 섭생이 가장 걱정이었다. 홀로 보내야만

하는 서울살이였다. 종개는 눈물을 겨우 감추고 작별인사를 했다. 따라나설 수 없어, 막막할 따름이었다.

수국리 새집 공사는 여전히 진행 중이었다. 안채 앞뜰에 핀 봄꽃들이 노랑·분홍·연초록으로 어울려 화사했다.

희춘이 뒤를 돌아다보았다. 배웅을 위해 아들 경렴이 따라나서고, 둘째 손자 광연이 동행했다. 그 뒤로 아내 종개의 모습이 아른아른 희미하게 보였다. 친지들과 인사를 나누고 대문을 나섰다. 다시 뒤를 돌아다 보았다. 시냇물이 휘도는 언덕 위에 지은 아담한 연계정도 아득했다. 연계정은 마치 꿈속의 정자처럼 아른거렸다.

정자 아래 흐르는 맑은 시내를 언제 볼 수 있을까. 다시 돌아올 수 있을 것인가.

삼십 년 전의 집에
이제 나란히 돌아왔네.
동당東堂이 시원히 새로 지어졌으니
그대는 벼슬을 버리고 한가히 사시구려.

연계정의 마무리 공사를 마치던 날, 시를 지어 읊었던 종개의 그윽하고 부드러운 음성이 귓가에 머물렀다. 갑자기 가슴에 뜨거운 감정이 울컥 일어났다. 종개의 모습을 찾았으나 이미 보이지 않았다. 눈이 매웠다. 모든 것이 아련하기만 했다.

면앙정 앞에 가마를 멈추고 내려 걸었다. 무릎마저 뻑뻑해 걸음은 한없이 느렸다. 면앙정은 소나무 숲을 옆에 끼고 계단을 올라가면 구름이 내려앉을 만큼 아름다운 정자였다. 제자들에게 둘러싸여 노년을 보내는 송순처럼 살고 싶었다. 그러나 희춘의 길은 달랐다. 험하고 멀기만 했던 길, 벼슬을 받고 떠났다가 머물고 다시 또 떠나는 길이었다.

송순이 친히 내려와 서 있다가 면앙정으로 희춘을 안내했다. 정자에는 담양 선비들이 모여 있었다. 가비가 있고 다과가 있었다. 정성스러운 이별의 자리였다. 가비의 노랫소리는 낭랑하여 음역이 높고 깊었다. 희춘은 잠깐 옥경아를 생각했다. 옥이 쟁그랑거리는 듯, 목소리도 마음도 사랑스러운 여자였다. 전라감사 시절, 곁에 있었던 기생. 첩으로 두고 싶기도 했다. 머릿속에 온갖 감상이 일어나고 회한이 스쳐 지나갔다.

희춘은 선비들과 마주 앉아 담소한 후, 점심을 먹고 이별식을 했다. 마지막 같아 한없이 쓸쓸했다.

****

승정원으로 입시한 유희춘은 임금의 아래에서 깊이 엎드렸다.

다음날은 쉬지도 못한 채로 일찍 출근했다. 경연에 입시를 해야 했다. 사흘째 되는 날, 조강에 참석하지 못했다. 피로가 죽음처럼 따라다녔다. 희춘은 교서관에 들어가『본초학』교정본을 가져다 임금께 바쳤다. 오후에는 대간들이 찾아와『서경』한 대목의 토와 풀이에 대해 질문했다. 대답할 기운이 없어진 희춘은 붓을 들어 편지로 답을 써주었다.

여관에 돌아와 쉬지도 못한 채, 밤에야 겨우 몸을 추스르고 앉아 일기를 썼다.

평안도에 역병이 심하여 죽은 자가 이만여 명이라 한다. 부녀는 그 수에 들지도 않았다고 하며, 마을은 텅 비었다고 한다. 황해도, 함경도가 그 다음이고, 경기도와 서울이 그 다음, 충청도가 그 다음이고, 강원도가 다음이며, 무사히 보전된 곳은 전라도와 경상도라고 한다.

다음날, 희춘은 자리에서 일어나지 못했다. 극히 피로하고 열이 높아서 음식을 먹을 수 없었다. 눈앞이 흐리고 기력이 빠진 몸을 일으켜 일기에 자신의 증세를 겨우 기록했다.

소변을 보는데 붉고 노랗다.

붓을 놓은 후, 잔뜩 피곤하여 베개에 머리를 눕혔다.

신이 먼 길을 달려왔더니 피로와 열이 크게 발하여 음식을 들지 못합니다. 이는 며칠 사이에 회복될 형편이 아닙니다. 경연의 중요한 자리를 오래 비울 수가 없으니 지극히 황송하여 민망합니다. 신의 직을 내려놓겠습니다.

승정원 서리를 불러 사직상소를 대신 올리게 했다.

내가 처음 피로와 열을 앓을 때는 그저 가벼운 증세로만 알았다. 초아흐레와 열흘 이후로 약을 자주 먹었다. 기운은 아직 피곤하지만 열은 조금 물러갔다.

겨우 몸을 일으켜 일기에 자신의 증세를 기록했다.

다음날, 일기를 쓰지 못했다. 극히 위급했다. 죽음을 미처 알지 못한 채 자리에 누웠다.

희춘의 몸은 홀로 싸늘하게 식었다. 뒤늦게 허준이 달려왔으나 도리가 없었다. 허준이 임금께 자신을 천거했던 스승 희춘의 주검을 극진히 수습했다.

*****

종개는 세상을 더 이상 살아갈 수 없을 것 같았다.

나는 원한다네 빛나고 밝은 거울

서로 따르며 잠시도 떠나지 말기를.

열흘이면 다시 만나겠지만

밤마다 밤마다 당신을 그리오.

희춘의 시를 찾아 읽으면서 식음을 잊고 울었다. 종개의 울음은 대숲소리 속으로 스며들었다. 슬픔은 물이 되었다. 눈물은 연계의 물이 되고 강물이 되어 바다로 흘러갔다. 그리움은 멀고 먼 하늘로 올라갔다. 지음知音이었던 희춘이 먼저 간 하늘, 높고 푸른 곳에 도달할 길은 너무 멀었다.

다음해, 정월 초하룻날 아침이었다. 종개는 정갈히 목욕재계한 후, 은비녀로 단정히 쪽을 지었다. 녹두빛 저고리에 붉은 비단 치마로 갈아입었다. 아들 부부와 함께 제를 정성껏 올리고 방 안으로 들어섰다. 사방이 적막했다.

허공에는 가늠할 수 없는 눈발이 풀풀 휘날리기 시작했다. 희춘과 함께 기약했던 하늘길을 뒤따르고 싶었다. 외기러기 종개는 서안 앞에 단정히 앉아 마지막 남은 힘을 다했다. 시를 쓰기 위해 붓을 들었으나 이내 스르르 놓쳤다. 희춘과 이별한 지 여덟 달이 채 지나지 않았다.

부칠 곳 없는 편지

＊

　굿덕이 보거라.

　기와를 다 구웠다는 소식을 들었다. 십칠 칸을 더욱 늘려 이십이 칸의 집을 욕심껏 짓겠다는 말이, 나도 흡족하구나. 이제 내 할 일은 다 하지 않았는가. 딸들은 모두 속량시켜 양인이 되었고 다들 그런대로 지아비를 만나 잘살고 있다니 나도 이만하면 네게 부족한 사람은 아니지 않겠느냐. 다만, 마음에 걸리는 자식은 해명이다. 부디 내가 일러준 처방대로 약을 써서 병을 치료하도록 하거라. 해명이만 생각하면 나도 마음이 아프구나.

나는 네 덕분에 적소의 세월을 잘 지냈고 딸들의 재롱으로 시름을 잊고 살았다. 네가 복이 있는 사람이라 생각했다. 다만 한 가지, 너의 속량은 못 해주었으니 그것은 미안하구나.

새집이 완성되면 나도 꼭 가보고 싶다. 여러 고을의 관리들이 집 짓는 데 보탬을 쥐서 그것도 고마운 일이다. 시기를 적절히 잘 맞췄으니 지혜롭구나. 이제는 나도 한시름 내려놓았다. 네가 생각을 참으로 잘했다. 이제 넓고 환한 집에서 마음 편히 살기를 나도 바란다.

너를 해남에 홀로 두고 멀리 조정으로 올라가려니 섭섭함을 금치 못하겠다. 노구를 이끌고 다녀갔다가 혹 내려오면 고향으로 갈 생각이다. 그리고 막내 해귀의 짝은 네가 걱정 안 해도 될 것이다. 네 소원대로, 이발은 조정에서 큰 벼슬을 한 사람이다. 나이 차이가 많지만 인품이 좋아 너를 아주 모른 체 하지 않을 것이니 염려 말거라. 말을 넣었으니 조만간에 연통이 올 것이다. 조급하게 여기지 말고 기다리면 된다.

해성이는 잘 있느냐? 해복이는 여전히 네게 잘하고 있느냐? 가장 마음 아픈 건 우리 해명이인데, 마음을 강파르게 먹지 말고 따뜻하게 잘 다독여주길 바란다.

훗날, 조정 일을 마치고 내려오면 내가 고향에 꼭 들를 것이다. 그때까지 무고하길 바란다.

굿덕은 지아비의 길고 긴 편지를 접어 품에 넣고 살았다. 정부인의 붉은 모란 주머니를 속곳에서 떼어낸 후의 일이었다.

삼월이 되었다. 굿덕은 수국리로 갔다. 영감마님도, 정부인도 없었다. 연계의 언덕 대나무 숲에는 바람이 서걱대는 소리만 들렸다. 굿덕은 해남 집 뜰에서 가져온 노랑상사화 알뿌리를 연계정 앞 풀밭에 심었다.

여름이 오면 영감마님이 계셨던 연계정 뜰에서 피어나고 싶습니다.

굿덕은 눈물을 삼키고 본가의 마당으로 들어섰다. 놀란 기색으로 나온 경렴 부부를 보자마자 뜨거운 눈물을 쏟았다.

"부디, 내 청을 들어주시오. 내가 죽거든… 백골이라도 지아비의 발치에서 살고 싶소이다. 나를 영감마님의 곁에 묻어주시오. 그것을 부탁하러 왔소."

굿덕의 앞뒤 없는 말에 놀란 경렴이 아내 종예의 얼굴을 쳐다보았다. 당황한 종예는 선뜻 대답하지 못했다.

"… 먼 길 오셨는데, 한숨 돌리고 쉬셨다가….'"

한참 후에야 무겁게 입을 뗀 경렴이 말했다.

"아니오. 너무 배가 고파서 장터에서 국밥 말아먹고 왔소. 많이 쉬었소."

"어찌 그러셨습니까. 제가 작은어머니 밥상도 올리지 못할 사람 같았습니까."

"아니, 아니오. 그런 것이 아니라….'"

"아이고, 실은 소인이 배가 너무 고파서 장터를 지나칠 수가 없었습니다. 소인이 잘못입니다."

종 내은동이 고개를 조아리면서 말했다.

"서찰에도 그리 썼지요. 해귀가 난산을 해서 산모랑 애기가 죽을 둥 살 둥 했소이다. 겨우 살려내서 이제야 회복하였소. 내 발걸음이 이리 늦은 까닭이오. 어찌 마님의 가시는 길에 일부러 오지 않았겠소. 종을 시켜 부의도 하고 편지도 보냈소만, 그 어떤 대답도 오지 않아… 섭섭했지라. 그땐 도저히 올 수 없었소. 사정이 그리 되었다오. 내가 꼭 이 말을 해야 할 것 같아서….'"

굿덕의 얼굴은 눈물범벅이 되었다.

"마님 살아계실 때, 꼭 부탁을 드리고 싶었지만… 훌쩍 먼저 가시지 않았소? 내가 사정하면, 한없이 너그러운 마님이라면 허락해주시지 않았겠소? 꼭 그러셨을 것이오."

경렴이 아내 종예의 얼굴을 보면서 대답을 기다리고 있었다.

"부인은 어찌 생각하시오?"

"그게… 제가 나서서 결정할 일입니까."

종예의 말에도 경렴은 묵묵부답이었다.

"서방님께서 그리하신다면 저는 반대는 하지 않을 것입니다."

굿덕이 그제야 환해지면서 종예의 손을 맞잡고 눈물을 글썽였다.

"고맙소. 고맙소. 나는 제사 지내줄 아들도 없으니… 남은 퇴주잔이라도 좋소. 내가 죽거든, 영감마님의 제삿날 한날한시에 술 한 잔 꼭 부어주시오. 종헌終獻 때 물린 술 한 잔, 퇴주잔을 허락해주시오. 이것이 내가 큰아드님께 드리는 마지막 소원이오. 꼭 들어주시오. 죽어서도 이 은혜는 갚으리다. 백골이 되어도 잊지 않을 것이오."

경렴은 더욱 놀라 미처 말을 하지 못했다. 머리를 수그리고 절하듯 엎드린 굿덕은 간절하게 흐느끼고 있었다.

방안에는 오래 침묵이 흘렀다.

"먼저, 아버님 어머님께 인사 여쭙고 고하시는 게 어떠신지요?"

종예의 조심스러운 말이었다. 경렴이 바깥의 종을 부르려고
자리에서 일어섰다.

"제물은 내가 따로 준비했소이다."

"부인께서는 집에 계시오. 아직 날씨가 차가우니 말이오."

굿덕은 제물이 든 광주리를 머리 위로 올렸다.

"작은마님, 소인에게 주십시오."

내은동이 따라나서려 했으나 굿덕이 손사래를 치며 막았다.

"아니다. 혼자 할 일이다. 여기 있거라."

선산의 묘소로 향하는 경렴의 뒤를 쫓는 굿덕의 몸은 허청거
렸으나 정신만은 또렷하게 맑았다.

봄이 아직 멀었는지 바람 끝이 차가웠다.

굿덕은 팍팍한 무릎을 겨우 달래면서 걸었다. 아무리 오래 걸
었어도 홍주송씨 가문의 땅을 벗어나지 못했다. 사방 넓은 논과
들판이 모두 정부인의 발길이 닿았던 곳이었다. 굿덕은 경렴의
뒤를 말없이 따랐다.

양쪽 논을 사이에 두고 작은 암자를 지나 비차리에 들어섰다.
이곳도 홍주송씨의 땅이다. 굿덕은 정부인의 얼굴을 떠올렸다.
아무리 심사가 뒤틀려도 쉽사리 분을 토하지 않아 더욱 어려워
했던 마님이었다. 어찌하면 정부인을 부딪치지 않고 살 수 있을

까 얼마나 고심했던가. 영감마님의 사랑을 온전히 독차지하고 싶었으나 그리할 수는 없었다. 영감마님은 모든 일에서 정부인이 우선이었다.

"제실은 저기 안쪽입니다."

경렴이 뒤를 돌아보면서 굿덕에게 말했다.

"혼자 제물 올리고 인사 여쭙고, 내가 고하겠소. 그러니 나를… 대청에서 기다려 주시오."

굿덕이 대나무 광주리 속 보자기를 풀고 떡과 말린 포와 과일, 술 한 병을 꺼내 제를 올렸다.

경렴이 풀이 우거진 곳을 향해 앞서가고 있었다. 눈앞으로 환하게 트인 묘지가 한눈에 들어왔다. 쌍봉이었다. 영감마님과 정부인이 한 쌍의 원앙처럼 사이좋게 묻혀 있었다.

두 분께서는 나 없이 이제야 재미나게 사시는 모양이오.

굿덕은 지아비 희춘의 묘 앞에 앉아 술을 올리고 지극히 절을 했다.

"해귀가 떡두꺼비 같은 아들을 낳았습니다. 문관 사위 이발을 꼭 빼닮은, 영감마님의 귀한 손자랍니다."

뜨거운 심장이 터질 것만 같았다. 눈물 때문에 앞이 보이지 않았다.

"영감마님, 그리 떠나시다니요. 떠나시는 길도 보지 못해, 소첩이 한이 되었습니다. 피가 맺히게 아팠습니다. 소첩의 심정을 아시겠는지요? 저는 집만 지어놓으면 근심이 없을 줄 알았습니다. 새집에서 친정어머니랑 함께 살게 되어서, 과분한 일이었습니다. 그런데 이상합니다. 영감마님, 아무렇지 않을 것 같은 소첩이, 결국 한이 생겼습니다. 왜 저를 끝내 속량시켜주지 않으셨습니까. 딸들 모두 속량시키고, 혼인했으니 저는 더 이상 소원이 없을 줄 알았습니다. 그런데, 아닙니다. 왜 모두 훨훨 자유로운 것입니까. 소첩만 노비로 태어나 살다 죽을 때까지도 노비 신분을 벗어날 수 없습니다. 그게 기막힌 이년의 처지입니다."

다시없이 자상했던 영감마님은 아무 대답이 없었다. 굿덕은 절을 하다가 돌풍처럼 일어나는 서러움을 누를 수 없었다.

찬 기운이 가시지 않은 봄바람이 불고 있었다. 굿덕의 얼굴을 부드럽게 스치고 있었다. 풀밭에 앉아 넋두리를 하는 목소리를 경렴은 뒤에서 조용히 듣고 있었다. 먼 하늘을 올려다보면서.

굿덕의 한탄이 이어졌다.

"마님, 소인은 일평생 마님처럼 되기를 꿈꾸고 살았습니다. 큰 집도 지었고요. 딸들도 보란 듯이 키워 자랑스러웠습니다. 마님이 부럽지도 않았습니다. 그래서 송구스럽지도 않았습니다. 그런데 결국, 쇤네는 종이고 첩입니다. 제사 지내줄 아들도 없는 노비 신세입니다. 마님은 죽어서도 정경부인이십니다. 마님은 죽어서도, 엄숙한 얼굴로 야단치듯 소인을 내려다보고 있습니다. 이제 어떡하지요? 쇤네에게는 제사 지내줄 아들자식도 없습니다. 어찌합니까? 영감마님 발밑에라도 좋으니 여기 묻히고 싶습니다. 마님, 허락해주세요. 새집 지을 마음을 불쑥 비쳤을 때, 마님이 물었지요? 새집을 짓고 싶은 겐가? 소인은 냉큼 답했습니다. 그날, 마님의 허락이 아니었다면 저는 언감생심, 새집을 꿈꾸지 않았습니다. 마님이 아니었으면 그 어떤 것도 이룰 수 없었습니다. 제 자식들 면천에 혼인까지, 늘 너그럽게 허락하지 않으셨습니까. 마님, 마님의 은혜를 제가 어찌 모르겠습니까. 소인을 제발 받아주십시오. 저는 죽어서도 갈 곳이 마님의 다음 자리 아닙니까."

굿덕은 처음부터 제 인생을 살아보지 못한 것 같았다. 마지막까지 속량을 위해 그리 애썼건만, 주인 이구는 들어주지 않았다. 과거 급제를 했으나 끝내 참봉으로 살았던 이구는 어릴 적 친구인 유희춘의 첩을 자기 재산으로 남겨두었다. 속량금에 재물을 더 얹어 주겠다고 해도 소용없었다. 굿덕의 속량은 이룰 수 없는 꿈이 되었고, 그것이 한으로 맺혀 남았다.

마님, 저는 평생 마님을 등불로 삼아 살았습니다.

굿덕은 흐르는 눈물을 겨우 닦아내고 고개를 돌렸다. 눈자위가 붉어진 경렴이 뒤에서 멀찌감치 떨어져 하늘만 올려다보고 있었다.

종예가 대문 안으로 들어서는 굿덕의 처진 어깨와 핏기 없는 얼굴을 마주했다. 경렴은 굿덕이 측은했다. 서녀 넷이 모두 속량이 되었지만 정작 아버님의 첩은 속량이 되지 못했다. 오죽하면 제사를 지내달라고 찾아왔을까. 애잔하고 안타까웠다.

조금 떨어진 별채에서 들리는 굿덕의 흐느낌은 길고 길었다. 폭풍 같은 통곡이 잦아든 뒤에 찾아오는 울음은 끝이 없을 것 같았다. 경렴은 새벽이 올 때까지 아내 종예와 의논이 깊었다.

아버지의 두 번째 유배지가 정해졌을 때, 경렴은 어머니의 서찰을 들고 종성으로 갔다. 아내 종예와 혼례를 치른 후, 두 달 만에 겨우 찾아간 아버지의 적소였다. 큰 눈이 펑펑 내리는 겨울, 깊은 밤이 되어서야 초막의 마당으로 들어섰다. 눈이 내리는 길을 쉬지 않고 걸어온 탓인지, 추위 속 긴장이 풀린 경렴은 등불이 가물거리는 방 앞에서 그대로 정신을 잃고 말았다. 아버님,

이라는 목소리도 제대로 내지 못하고, 한동안 내리는 눈에 덮여 산송장이 될 뻔했던 것을 여종이 발견하고 놀라 방으로 옮겼다. 여종은 아버지의 자리끼를 새로 들여놓으려고 일어났다는 것이다. 경렴은 고열이 심해 사경을 헤맸다. 여종은 신새벽에 눈 내린 길을 혼자 걸어서 마을의 의원을 찾아갔다. 쌓인 눈으로 오지도 가지도 못할 길을 헤쳐가며, 죽을 힘을 다해 미끄러지며 걷다가 또 미끄러지기를 수없이 되풀이하면서 걸었다고 했다. 마을과 외떨어진 아버지의 초막에 의원과 함께 여종이 들어섰을 때는 눈이 그치고 햇빛이 환하게 빛나는 정오가 지나서였다.

　─눈에 덮여 초죽음이 된 너를 살린 게 무자다. 목숨을 걸고 눈길을 헤쳐가며 의원을 청하러 다녀온 것도 무자 아니냐. 하나뿐인 우리 아들이 까딱하다가 얼어 죽을 뻔했다. 겨울에 길을 나서려면 주막에서 꼭 밤을 보내고 아침에 나서야 한다는 것을 왜 잊었느냐.

　정신이 겨우 들었을 때 아버지가 경렴에게 말했다. 의원이 진맥을 한 후, 미리 준비해온 약재를 여종이 약탕관에 달이고 있었다.

　─조금만 늦었어도 명을 달리했습니다. 무릎이 푹푹 빠지는 눈길을 걸어왔지만 거절했소. 그랬더니 울고불고 기어이 가질

않아서! 나도 목숨 내놓고 걸었소. 허허.

의원이 정신이 든 경렴에게 말했다.

경렴이 열흘 이상을 기침에 시달리는 것을 낫게 한 것도 여종이었다. 막 혼례를 치른 새신랑이 하마터면 객사할 뻔했던 것. 아찔한 사건이었다. 경렴은 그때 일을 잊어본 적이 없었다. 여종이 아버지의 첩으로 서녀를 넷이나 낳고 살았던 것을 어머니께 끝까지 알리지 않았던 이유가 그것이었다. 경렴은 여종과의 약조를 지켜낸 것이었다.

―그랬구나. 참으로 고마운 사람이구나. 나는 사실 네게도 몹시 섭섭했더란다. 어찌 이런 엄청난 일을 이십 년이나 속였단 말인가, 하고.

나중에야 이야기를 듣고, 어머니는 고개를 끄덕일 뿐이었다.

"당신에게 그때 일을 말한 적이 있지 않았소. 그러니 혹시 만나게 된다면 작은어머니라고 꼭 그렇게 불러달라고 말이오."

아내 종예에게는 미리 말해둔 일이었다. 오늘이 그런 날이 되었다.

내 목숨을 살린 은인이 작은어머니 아니십니까. 그래서 오늘 제가 살아 있는 것 아니겠습니까.

종예는 말없이 들으며 생각이 깊은 표정이었다.

어머님, 용서하시겠지요. 소자의 목숨값입니다. 부디 허락하시겠지요.

경렴은 그리 생각했다. 만일 경은이가 알면 펄펄 뛰면서 반대할 것이다. 문중에서도 마찬가지일 것이다.

"그럽시다. 우리 부부가 입 다물고 은밀하게 치러도 좋지 않겠소."

경렴의 의견이었다. 종예가 고개를 끄덕였다.

별채에는 검은 그림자가 깊이 고여 흔들리지 않았다.

경렴 내외는 기척을 한 뒤에 작은어머니, 를 불렀다. 화들짝, 놀란 굿덕이 방문을 활짝 열었다.

"그렇게 하겠습니다. 안사람과 의논을 마쳤습니다."

경렴의 말에 굿덕은 화색이 겨우 돌아왔다.

"고맙네. 고맙네. 이것이 내 유언이라네. 해마다 영감마님과 마님 기일에는 찾아오겠네."

자리에 누운 굿덕은 그제야 마음이 평안했다. 남은 것은 회한의 눈물뿐이었다. 앞으로는 아무 기다림 없이, 기대도 없이 살아야 할 삶이었다.

영감마님, 저는 죽어서도 떠나지 않을 겁니다. 넋이 되어서도 따를 것입니다. 가장 은애하셨던 꽃은 소첩이 아닙니까. 굿덕은 죽음 뒤의 걱정이 해결되어서 마음이 한결 가벼웠다. 두 눈 속에 뜨겁고 매운 것이 울컥 쏟아졌다. 통증인지, 안도감인지 알 수 없었다.

적막한 밤, 굿덕은 세상에 혼자만 남겨진 것 같았다. 연계를 흐르는 물소리가 가까이 들렸다. 대숲이 바람에 소소히 흔들리는 소리가 들렸다. 밤새가 서럽게 울었다. 굿덕은 물소리를 자장가 삼아 곤히 잠에 빠져들었다. 너무도 긴 하루였다.

산 아래 안개가 들에 가득히 내린 아침, 굿덕은 힘을 내어 걸음을 재촉했다. 앞장선 내은동의 뒤를 따라가면서 날아갈 듯 마음이 가벼웠다. 죽음 뒤의 길이 환히 열린 듯했다. 해남까지는 길이 멀었다.

**

기축년 시월에 황해도 관찰사 한준이 정여립이 모반했다고 고변했다. 위관 정철은 오랜 앙숙이었던 이발을 정여립과 엮어 광산이씨 가문을 멸문지화滅門之禍로 만들었다.

영감마님, 보시옵소서.

영감마님 떠나신 지 벌써 십수 년의 세월이 흘렀습니다. 이제야 땅을 치고 통곡하며 후회합니다.

소첩이 양반의 문벌을 탐내어 이런 횡액을 자초했는지 가슴이 찢어질 것 같습니다. 어여쁘고 참한 막내 해귀가 결국 정신을 놓치고야 말았습니다. 모두 제 잘못입니다. 영감마님, 어찌 저를 말리지 않으셨습니까. 이제 속량을 시켰으니 다 이룬 것 아니냐. 양인으로 그저 평범한 지아비와 함께 살게 하거라. 그렇게 하셨어야지요. 그 한마디면 저는 따랐을 것입니다.

가슴에 뜨거운 화로가 이글이글 끓고 있습니다. 사위의 집안이 풍비박산이 되었으니 해귀라고 정신이 온전하겠습니까. 소첩은 딸들이 오직 천것으로 살지 말라는 마음이었습니다. 딸자식 중 하나만은 정부인 마님처럼 당당하게 살게 되기를 바랐습니다. 사위에게는 본처도 죽고 없으니 어찌 그것이 가능하지 않겠습니까. 아니, 아닙니다. 거기까지는 아니더라도 해귀가 참하고 어여쁘니 쇤네처럼 영감마님을 은애하듯 그리 아름답게 살 것이라 생각했습니다. 해귀가 아들을 낳았다 할 때, 소첩은 기쁨이 한량없었습니다.

세상을 다 가진 것 같았습니다. 어찌됐든 제 손자 명철이 노비의 자식은 아니지 않습니까. 제 어미가 양인이 되었으니 앞으로 벼슬길도 순조롭게 열리지 않겠습니까. 영특하고 바른말 잘하기를 사위 이발을 닮았지요. 아니, 영감마님의 젊은 날의 모습도 담겨 있었습니다. 광산이씨 가문은 문과 급제가 십대에 이르렀잖습니까. 소첩이 그 가문을 욕심냈습니다. 해귀가 아들을 낳으면 틀림없이 신통방통한 문과 급제로 영감마님처럼 당상관 벼슬에 오를 것이라 생각했습니다. 그 꿈, 산산조각이 나버릴 꿈이었습니다. 열 살짜리 자식이 압슬형으로 죽었으니, 정신을 놓친 우리 해귀를 이제 어찌합니까.

다행히 선산유씨 가문은 보존이 되었습니다. 홍주송씨 가문도 무탈하옵니다. 단지, 제 자식 해귀만 정신을 놓쳤습니다. 이를 어찌해야 할까요. 제 욕심 때문이었습니까. 말씀해주십시오. 이제 저는 죽고만 싶습니다.

억장이 무너지고, 애간장이 녹아버렸습니다. 제 무덤에는 풀도 나지 않을 것입니다. 이 원통함을 어찌합니까. 딸자식의 인생을 어미가 망쳐버린 셈입니다.

이것이 과욕이었습니까. 해복이도 옥사가 일어난 후, 집으로 돌아와 제가 거두고 있습니다. 해명이의 전간은 상태가 좋아지지 않아 발작이 일어나면 집안이 난리가 납니다. 차라리 죽었으면 좋겠습니다. 소첩은 딸 자식 넷을 거두면서 가슴에 피가 흘렀다가 맺혀 피딱지가 생겨나고 그 자리에 다시 생피가 터져 흐르고 있습니다.

굿덕은 부칠 곳 없는 편지를 썼다. 이십이 칸 집을 늘려 이십오 칸을 계획했다가, 기어이 이십칠 칸을 지었다고 했을 때, 영감마님은 잘했구나, 잘했어. 그런 격려를 해주었다. 정부인은 금조각 일곱 개를 보내 기와를 굽는 데 쓰라고 보냈다. 그런 아량을 보여준 정부인께 안부 편지는커녕 일부러 감사 인사를 하지 않았다. 해산물을 여느 때처럼 올려보냈을 뿐이다. 그때는 아쉬울 것이 없었다. 어쩐지 그러고 싶었다. 그런 생각을 하면서 굿덕은 허탈하게 웃었다.

영감마님, 영감마님. 저는 어찌해야 좋습니까요. 대답해 주십시오. 천한 노비가 양인 되기를 꿈꾸었으나 이루지 못했습니다. 자식들만은 온전히 양인으로 살게 해주고 싶었습니다. 이것이 욕심입니까요. 손자 하나만이라도 어엿하

`세 관복을 입는 모습을 보고 죽고 싶었습니다. 그래야 제가 눈을 감을 수 있다고 생각했습니다.

어찌 세상이 이럽니까. 세상에 노비는 사람도 아니어서… 주인 이구는 이날까지도 저의 신공을 받아가고 있습니다. 이가 갈립니다. 어찌하여, 저를 면천시켜주시지 않았는지요? 정부인께서 그리하라고 하셨는가요? 왜 저만은 노비로, 끝내 노비로 살아야 합니까. 참으로 알 수 없는 운명입니다. 천한 노비라서 저는 목숨을 부지했습니다. 끝내 미쳐버린 해귀는 오늘 죽을지 내일 죽을지 알지 못합니다. 저고리를 쥐어뜯으며 울부짖고, 한밤중에 바다로 달려 나갑니다. 제 자식을 찾으러 간다면서 통곡합니다. 어쩌면 해귀를 영영 놓칠 것만 같습니다. 차라리 죽어라. 차라리 죽어. 뼈만 남아 해골이 된 해귀에게 소리쳤습니다. 소첩인들 정신이 어찌 온전하겠습니까.

그 옛날 종성에서의 시절, 이렇게 되리라고 생각하기나 했겠습니까. 정부인께서 점점 밥숟가락도 제대로 들지 못하시길래, 저를 보내시려나 하고 미리 해남으로 내려온 그날, 북풍에 옷이 찢기고, 심장이 얼어붙는 것같이 서러웠습니다. 해남까지 만 리 길을 딸자식 넷을 데리고 넘어야 했을 때, 영감마님의 해배를 꿈꾸었습니다. 평생소원인 면천을 이룰 것에 마음이 부풀어 바닷속에서 떠오르는 해를 보고 힘을 냈습니다. 참으로 두둥실 떠오르는 밝은 해였습니다. 그때, 마음으로 기도하며 큰 꿈을 심었습니다. 내 자식 하나만은 기어이 정부인처럼 만들 것이다. 그것이, 그것이… 어찌 오늘같이 참혹한 날이 오리라고 상상이나 했겠습니까.

마님은 오십 칸의 집을 수국리에 지었지 않소. 홍주송씨 부잣집 따님, 정경부인이 겨우 금 조각 일곱 개를 보내시곤, 내 할 일 다했다고 하셨는가요.

배알이 뒤틀렸고 투기가 끝이 없었다. 그러나 이제는 부질없는 일이었다. 정부인을 넘어서고 싶었으나 뜻대로 되지 않았다. 기축년 옥사로 넋을 놓친 해귀 때문에 오열했으나 그 통곡의 시간도 지나갔다. 천한 목숨이라 빨리 죽어지지 않는다고 탄식했다. 그러나 살아야 할 이유가 딱 한 가지 남아있었다. 딸들과 손자들의 목숨을 이어주어야 했다. 안개 속 같은 조정의 일은 무서워서 알 수 없었지만, 단 한 가지 힘이 난다면 자손들은 양인이라는 것이었다.

이것도 고마운 것이라면 그리해야지요. 이것도 감지덕지라면, 그리 살아야겠지요.

굿덕은 매일 새벽 우물에 나가 첫물을 길어 정한수를 올렸다. 간절한 기도를 마치고 눈을 들어 금강산을 바라보면 미암바위가 자애롭게 웃고 있는 것 같았다. 굿덕은 미암바위를 향해 두 손을 모으고 그리움을 달랬다. 한스러운 마음을 훌훌 털어내고 있었다.

영감마님, 오늘도 소첩은 힘을 내고 있구만요. 소첩을 아끼고 끝까지 지켜주신다고 하시더니 어찌 그리 허무하게 가셨습니까. 해남에서 함께 살자던 약조를 저버리시고…. 사는 일이 제겐 적막강산입니다.

어찌합니까. 영감마님, 해귀를 데려가시옵소서. 제발, 얼이 빠지고 혼이 나가버린 저 허깨비 해귀를 데려가 주시옵소서. 그래야만 제가 세 자식 데리고 논밭 일구고, 어선을 놓아 고기 잡아 팔면서 겨우 먹고 살아가지 않겠습니까. 영감마님 돌아가신 뒤로, 피비린내 나는 옥사의 일로 이 해남에서는 아무도 우리를 돌아보는 이가 없습니다. 소첩은 노비 신세라서, 딸들 데리고 그나마 목숨을 부지한 채 지내고 있습니다. 그래도 좋습니다. 저는 제 힘으로 자식들을 먹여 살리고 신공을 이날 이때껏 바치고 있으니까요. 필경 여종 굿덕으로 이름을 남기겠지요. 그 이름이 참으로 싫습니다.

소첩은 기어이 영감마님의 곁에 잠들 것입니다. 정부인께서 등을 돌려도 소용없습니다. 이것만은 꿈을 이룰 수 있겠지요. 기필코 되겠지요.

"어머니, 막내가 또 없어졌어요."

해복이가 급히 소리쳤다.

"빨리 횃불을 들어라. 어서 나서자. 어서!"

굿덕의 다급한 목소리가 대청에 울렸다. 해성과 해복이 달려나왔고 해명은 놀란 두 눈을 크게 뜨고 어미 굿덕을 올려다보았다. 겁에 질린 눈이었다. 해명은 무관 장이창의 첩으로 살았을 때, 본처에게 맞아 더욱 심하게 앓았다. 놀라게 하거나 불안하면 발작이 시작되었다. 머리카락을 잘리고 온몸이 성한 데 없이 맞았던 끝이었다. 가엾기 짝이 없는 첩실 팔자였다. 해명을 여종 부용에게 맡겼다. 굿덕은 정부인의 여종 부용이를 가족처럼 의지하면서 평생을 살아왔다.

"해귀야!"

횃불을 든 종 내은동을 앞세우고 두 딸이 대문 밖으로 다급하게 달려 나갔다. 굿덕은 가슴이 찢어질 것같이 아팠다.

내 욕심이 자식들의 앞날을 망쳤구나.

가슴이 먹먹했다. 눈앞이 캄캄해 정신을 잃을 지경이었다.

어머니, 이제 걱정 내려놓으셔도 됩니다. 아버님 말씀이
맞았어요. 당상관 이발이 해귀를 참으로 아끼고 사랑한다
고 합니다. "해귀가 나이는 어려도 단정하고 몸가짐이 신
중하오. 지식이 높고 재능도 뛰어나서 실로 아버님의 여식
이라 생각했습니다."라고 했습니다.

아주 오래전, 해복이 보낸 언문편지가 머릿속에 떠올랐다.

아이구, 불쌍한 내 자식 해귀야!

사방의 어둠은 끝없이 광활할 뿐이었다. 무릎이 팍, 꺾이면
서 몸에 점점 힘이 빠져나가고 있었다. 굿덕은 앞으로 고꾸라졌
으나 기어이 일어섰다.

거친 바람 때문에, 붉은 횃불은 어둠 속에서 곧 꺼질 듯 위태
롭게 너울거리고 있었다.

"해귀야, 해귀야! 아이고 내 자석아!"

386

막내 해귀를 찾는 환한 횃불들이 어둠을 뜨겁게 태우며 서편 앞바다를 향해 달렸다.

어느 겨울, 우연히 『미암일기』를 발견했다. 희열을 느꼈다. 눈 내리는 밤, 틈틈이 미암 선생의 일기를 읽는 일은 새로운 충격이 었다.

담양 대덕을 가끔 찾았다.

연계정 뒤로는 대숲이 바람에 흔들리고 있었다.

그 아래 맑은 시내가 흐르고,

초록 언덕에는 노랑 상사화가 드문드문 피어 아련했다.

그 풍경을 보고 떠올린 첫 구상의 주된 인물은 송덕봉이었다.

담양송순문학상에 부끄러운 이름을 올렸을 때,

방굿덕을 살리면 더욱 좋겠다는 소설가 문순태 선생님의 귀한 말씀이 숙제처럼 오래 남았다.

우연이었을까. 필연이었다. 다시 담양을 찾게 되었다.

미암 선생과 덕봉 선생의 쌍봉에는 청명한 하늘 아래 빛나는 햇살이 따뜻했다. 그리고 조금 떨어진 아래, 소나무 그늘이 드리워진 가난한 무덤이 눈에 들어왔다. 풀이 성글게 돋아있어 쓸쓸했다. 평생, 사랑을 믿었던 여성 방씨의 묘지였다.

해남읍 해리, 바다가 보였던 산마을을 물어물어 찾았다. 높고 푸른 곳 금강산. 미암바위는 눈썹을 가늘게 뜨고 자애로운 표정으로 마을을 내려다보고 있는 듯했다.

그곳에서 바다 안개처럼 멀고 아득한 사랑을 했던 굿덕이 말한다.

기어이 영감마님의 곁에 잠들 것입니다. 이것만은 이룰 수 있겠지요. 기필코 되겠지요.

붉은 모란 방굿덕이 치열하게 살았던 건, 다만 욕망이었을까.

그녀의 행복은 순간순간 꿈을 이루는 과정에 있었다.

불가능은 관념이었을 뿐이다.

함께,

문학을 살고 있는 선생님들께 깊이 감사드린다.

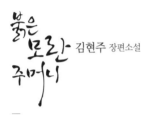

붉은 모란 주머니 김현주 장편소설

—

초판 1쇄 인쇄   2023년 7월 11일
초판 1쇄 발행   2023년 7월 20일

—

지 은 이   김현주
펴 낸 이   임성규
펴 낸 곳   다인숲
디 자 인   정민규

—

출판등록   2023년 3월 13일 제2023-000003호
주   소   62357 광주광역시 광산구 월곡산정로 20-49 101동 106호
전자우편   a-dream-book@naver.com

—

—

ISBN 979-11-982572-2-2 03810

이 책은 광주광역시 광주문화재단의 지역문화예술육성지원사업으로
지원받아 발간되었습니다.